KB200276

시인, 영화관에 가다

문학과 영화에 대한 글쓰기 - 박민영

태학사

박민영

1963년 서울 출생. 이화여자대학교 국문과 및 동대학원 석사과정 졸업하였으며, 한림대학교 대학원에서 박사학위를 받았다. 1990년 월간 『현대시학』에 평론을 발표하면서 문학평론가로 등단. 저서로는 『현대시의 상상력과 동일성』(태학사), 『행복한 시읽기』(월인출판사), 『매혹의 언어』(태학사), 『현대시 산책』(태학사), 『시적 상상력과 언어』(공저, 태학사), 『행복한 시인의 사회』(공저, 소명출판사), 『이제 희망을 노래하련다 — 90년대 우리시 읽기』(공저, 소명출판사), 『글쓰기』(공저, 성신여대출판부) 등이 있다. 현재 성신여자대학교 국어국문학과 조교수.

시인, 영화관에 가다_ 문학과 영화에 대한 글쓰기

초판 제1쇄 인쇄 2010.11.15
초판 제1쇄 발행 2010.11.18
지은이 박민영
펴낸이 지현구
펴낸곳 태학사
등록 제406-2006-00008호
주소 경기도 파주시 교하읍 문발리 파주출판도시 498-8
전화 마케팅부 (031) 955-7580~2 편집부 (031) 955-7585~89
전송 (031) 955-0910
전자우편 thaehak4@chol.com
홈페이지 www.thaehaksa.com

값은 뒤표지에 있습니다.

ISBN 978-89-5966-410-8 93810

시인, 영화관에 가다
문학과 영화에 대한 글쓰기

“

너그럽고 넉넉한 마음에 늘 감사하며

남편에게

”

머 리 말 >

여름 내내 어깨가 아팠다. 이렇게 무거운 머리를 오십 년 가까이 얹고 다녔으니 그럴 만 하다는 생각이 들었다. 운전하기도 어려울 만큼 아팠음에도 하루건너 꼬박꼬박 연구실에 나간 것은 빛이 거의 들지 않는 북향 창가를 애처롭게 지키고 있는 화분 몇 개 때문이었다. 내가 키우는 화초들은 어찌된 일인지 이틀만 돌봐주지 않아도 시들어 버린다.

무더운 연구실을 드나들며 그동안 썼던 논문을 찾아 정리했다. 진작부터 문학과 영화에 대한 글을 모아 책을 내고 싶었지만, 지난여름에서야 겨우 작업에 들어갈 수 있었다.

이 책은 1부 문학 텍스트를 분석 대상으로 한 글과, 2부 영상 텍스트를 감상한 글로 나누어진다. 1부의 김동인·이상 소설에 대한 논문은 예전에 강의했던 내용을 간추린 것이다. 2부의 영화를 텍스트로 한 글들도 그렇다. 특히 영화 〈일 포스티노(Il Postino)〉는 현대시 강의 시간에 학생들에겐 보는 즐거움을, 강의하는 나에겐 쉬는 편안함을 선사해 준 고마운 작품이다. 「영상으로 읽는 우리 문학」에서 다룬 〈서편제〉, 〈꿈〉등 문학을 원작으로 한 영화의 분석 역시 「영상문학론」 강의 노트에서 가져왔다. 시를 전공했음에도 불구하고 시에 대한 논문은 몇 편이 안 된다. 소설을 읽고 영화를 강의하고, 없는 재주에 여기저기 참 많이도 기웃거렸다. 시를 보던 짧은 안목으로 예술 전반을 이해하고자 한 무모한 시도였음을 나 스스로도 잘 알고 있다.

원고를 정리하다가 한숨 돌릴 때면 춘천 생각을 했다. 이 책에 실린 대부분의 글을 춘천 시절에 썼기 때문이다. 춘천은 내가 처음으로 강의를 한 곳이며, 공부를 다시 시작한 곳이고, 또 나의 첫 직장이 있는 곳이다. 그곳에는 스승이신 김은자 시인이 산기슭에 핀 난초처럼 아름다운 향기를 품고 계시고, 그리고 다정한 벗들이 있다. 내가 십여 년 동안 춘천에서 풍요로운 시간을 보낼 수 있었던 것은 그들의 따뜻한 관심과 격려 덕분이었다. 이 자리를 빌려 고마움의 뜻을 전한다. 나에게 시를 가르쳐 주신 김현자 교수님과 오탁번 시인께도 감사드린다.

피차 먹고 살기에 바빠 유일한 공통 취미인 조조상연 영화보기도 언제 했더라, 기억이 희미한 남편에게 또 한 권의 책이 나왔음을 알린다. 내가 갑갑해 할 때마다 "그러면 책을 쓰라"는 남편의 처방은 이번에도 유효했다. 잡풀 몇 포기 심어놓고 애태우는 것을, 누가 시켜서 그러는 것도 아니고 그저 제 팔자소관이려니 모르는 척 해주는 남편이 고마울 따름이다. 아빠를 많이 닮은 아들 현종도 너그럽고 넉넉한 청년으로 잘 자랄 것이다.

이번에도 책의 출판을 흔쾌히 허락해주신 태학사 지현구 대표님께 감사드리며, 벌써 일곱 번째로 표지 작품을 만들어주신 한림성심대학 디자인과 현영호 교수님께도 깊은 감사를 드린다.

2010년 가을

박민영

차례 contents

차 례 contents

오탁번 시와 순은(純銀)이 빛나는 세계

1. 동심의 상상력

2. 순수함으로의 회귀

3. 시인의 눈, 아이의 마음

4. 시어의 맑은 숨결

5. 빙하기 은행나무

1. 동심의 상상력

시를 공부하고 시를 논하는 일이 문득 시답지 않다고 느껴질 때, 나는 오탁번 시인의 글을 읽는다. "시는 사소한 것에서 시작한다", "중학생과 대학교수가 똑같이 좋아하는 시가 좋은 시다", "빗자루로 마당 쓸 듯, 몽둥이로 개 잡듯, 호각 불어서 줄 세우듯, 문학을 공부해서는 안 된다", "한 편의 좋은 시는 마치 나비와도 같아서, 그 아름다움을 온전히 포착하기 위해서는 나비의 날갯짓과도 같은 섬세하고 조용한 시선과 시에 대한 애정이 있어야 한다…". 시와 문학에 대한 이러한 시인의 말은 시를 읽는 데 해이해진 나의 마음을 다시금 긴장시키곤 한다. 오탁번 시인의 글은 언제나 나에게 많은 것을 생각하게 한다.

지난 겨울, 오랜만에 나는 그의 시 작품들을 찾아 다시 읽었다. 시론집 『현대시의 이해』(2004)와 『오탁번 詩話』(2007)는 논문을 쓰거나 강의준비를 하면서 꽤 꼼꼼히 읽은 편이었으나, 시 작품을 한꺼번에 몰아서 읽기는 처음이었다. 나는 그의 시를 여러 번 되풀이해서 읽으며 시인의 마음에 깃들어 있는 해맑은 동심의 상상력에 주목하였다. 맑고 순수한 마음으로 척박한 현실을 여유롭게 끌어안는 오탁번의 시는 마치 손뜨개질한 벙어리장갑처럼 겨우내 시렸던 나의 마음을 훈훈하게 감싸주었다. 나는 오탁번의 시세계를 유년 체험과 동심의 상상력을 중심으로 살펴보고자 한다.

2. 순수함으로의 회귀

오탁번 1943~

오탁번 시인은 1943년 충북 제천 군 백운 면에서 태어났다. 1962년 원주고등학교 재학시절 시 작품 「걸어가는 사람」이 학원 문학상에 당선되는 등 일찍이 문학적 재능을 인정받았다. 그 후 1966년 고려대학교 영문과 재학 시 『동아일보』 신춘문예에 동화 「철이와 아버지」가, 1967년 『중앙일보』 신춘문예에 시 「純銀이 빛나는 이 아침에」가 당선되었고, 졸업 후 1969년 『대한일보』 신춘문예에 소설 「處刑의 땅」이 당선되어, 시인 · 소설가 그리고 동화작가로 이른바 '신춘문예 3관왕 신화'를 이루었다.

이 장에서는 먼저 시인의 데뷔작인 「순은이 빛나는 이 아침에」를 살펴봄으로써 앞으로 전개될 상상력의 지향성을 가늠해보고자 한다.

> 눈을 밟으면 귀가 맑게 트인다.
> 나뭇가지마다 純銀의 손끝으로 빛나는
> 눈내린 숲길에 멈추어 선
> 겨울 아침의 행인들.
>
> 原始林이 매몰될 때 땅이 꺼지는 소리,
> 천년동안 땅에 묻혀
> 딴딴한 石炭으로 변모하는 소리,
> 캄캄한 시간 바깥에 숨어 있다가

발굴되어 건강한 炭夫의 손으로
화차에 던져지는,
原始林 아아 原始林
그 아득한 世界의 運搬소리.

이층방 스토브 안에서 꽃불 일구며 타던
딴딴하고 강경한 石炭의 發言.
연통을 빠져나간 뜨거운 기운은
겨울 저녁의
無邊한 世界 끝으로 불리어 가
은빛 날개의 작은 새,
작디 작은 새가 되어
나뭇가지 위에 내려 앉아
해뜰 무렵에 눈을 뜬다.
눈을 뜬다.
純白의 알에서 나온 새가 그 첫번째 눈을 뜨듯.

구두끈을 매는 시간만큼 잠시
멈추어 선다.
행인들의 귀는 점점 밝아지고
지난밤에 들리던 소리에
생각이 미쳐
앞자리에 앉은 계장 이름도
버스·스톱도 급행번호도
잊어버릴 때, 잊어버릴 때,

분배된 해를 純金의 씨앗처럼 주둥이 주둥이에 물고
일제히 날아오르는 새들의 날개짓,
지난 밤에 들리던 石炭의 變成소리와
아침의 숲의 관련 속에
비로소 눈을 뜬 새들이 날아오르는
조용한 동작 가운데
행인들은 저마다 불씨를 분다.

행인들의 純粹는 눈 내린 숲 속으로 빨려가고
숲의 純粹는 행인에게로 오는
移轉의 순간,
다 잊어버릴 때, 다만 기다려질 때,
아늑한 世界가 運搬되는
은빛 새들의 무수한 飛翔 가운데
겨울 아침으로 밝아가는 불씨를 분다.

—「純銀이 빛나는 이 아침에」 전문

시 「순은이 빛나는 이 아침에」의 겨울 풍경은 오탁번 시인이 가진 맑고 따뜻한 상상력의 세계로 들어가는 입구가 된다. 눈 내린 숲길에 멈춰 서서 그 순은의 아름다움에 취하는 잠시의 시간, 시인의 상상력은 원시림이 매몰된 천 년 전으로 거슬러 올라간다. 천 년의 시간이 만든 석탄은 이층 방 스토브 안에서 꽃불을 일구며 타고, 그 연기는 연통을 빠져나가 은빛 날개의 작은 새, 곧 눈이 되어 나뭇가지에 내린다. 석탄과 눈이 환기하는 대립의 이미지는 눈을 만든 것이 석탄의 열기라는 인식으로 통합되면서, 순은의 순간은 천 년의 기다림이라는 긴 어둠의 시간과 등가물이 된다.

검은 석탄의 열기를 은빛 새들의 날갯짓으로 변용시켜, 천 년 전 원시림의 순수한 생명력으로 회귀시키는 오탁번 시의 놀라운 상상력의 세계. 이 시는 순간 속에서 영원을 해독해 내며, 밝음 속에서 어둠을 보고, 그 어둠을 다시 빛나는 밝음으로 환원해내는 시인의 상상력의 개성이 함축되어 있다. 그의 시에서 과거로의 회귀는 바로 순수함을 향한 시인의 지향의식을 보여주는 것이다.

현실의 어둠 속에서 순수를 지향하는 또 한 편의 시가 「굴뚝 消除夫」다. 오탁번의 초기 시에 속하는 이 시는 「순은이 빛나는 이 아침에」와 동일한 상상력의 구조를 보여준다. 겨울 안개와 굴뚝과 석탄처럼 검은 빛은 어두운 현실을 상징한다. 그 어둠의 반대편에 길고 깊은 암흑을 파내는 굴뚝 소제부와 한 여성이 있다. 그 여성은 마치 굴뚝 소제부가 그러는 것처럼 시인의 전신에 쌓인 암흑의 기류를 파낸다. 시인이 지향하는 순수함의 상징이다.

「굴뚝 소제부」에서 마치 주문과도 같이 울리는 '은이후니'에 대하여 오탁번은 아내와 자신을 지칭한 것이라고 밝힌 바 있다. 은이는 아내인 김은자 시인이고, 후니는 '훈이'로 동화를 발표할 때 쓰던 오탁번의 필명이라는 것이다. 그러니까 이 시에 나오는 여성은 다름 아닌 바로 그의 아내다.

'은이후니'라는 주문은 시 「아내」에서도 나오는데, 옮겨보면 다음과 같다.

> 서울 땅을 모두 주어도
> 바꿀 수 없는 아내,
> 내가 소실 몇 얻어도

울지 않을 아내,
착한 김은자.
어머니 임종 가까운 무렵
머리를 감겨드리던
왼손 다섯째 손가락,
나는 잊을 수 없다
아내의 못생긴 손톱을.
은이후니
너무 많은 어둠을 이제
지나와
은이후니 은이후니
착한 김은자.

—「아내」 전문

이 시는 영혼을 밝혀주는 연인이자, 시를 쓰고 함께 학문을 논하는 문학적 동지인 아내 김은자에 대한 시인의 헌사다. 그에게 아내는 세속적인 가치로는 결코 가늠할 수 없는 귀한 존재다. 그러한 아내에 대한 사랑 역시 세속적인 사랑과 어느 정도 거리를 두고 있는 것처럼 보인다. "소실 몇 얻어도/울지 않을 아내"라는 실제 아내의 마음과 분명 무관할 시인의 호언장담은 아내에 대한 그의 사랑의 형태를 짐작할 수 있게 한다.

그에게 아내란 어머니의 다른 이름이다. 아내에 대한 시를 쓰면서, 그 아내의 여러 아름다운 모습 중 유난히 어머니의 병 수발하던 모습을 기억하는 것은 그의 마음속에서 아내의 자리가 어머니의 자리와 아주 가까운 곳에 자리하고 있음을 암시한다. 시인에게 아내는 어머니가 그랬

듯 지고지순한 존재다. 그것은 너무 많은 어둠을 지나서 만난 순은으로 맑게 빛나는 세계, 한 마디로 '착한 김은자'라는 절대선의 세계다.

어두운 현실 속에서, 그 어둠을 지나 회귀하는 순수함의 세계는 오탁번 시의 상상력을 이해하는 하나의 출발점이 될 것이다.

3. 시인의 눈, 아이의 마음

사물에 대한 선입관을 버릴 때 비로소 그 사물은 새로운 모습으로 인식되기 시작한다. 일상적인 사물이 시적 대상으로 탄생하는 순간이다. 이렇게 우리가 익숙하게 대해왔던 사물에서 관념의 묵은 때를 벗겨내고 있는 그대로의, 혹은 최초의 모습으로 환원해 내는 것이 바로 시인의 눈이다. 이러한 관점에서 볼 때 시인의 눈은 동심, 즉 아이의 마음과 일치한다. 오탁번의 시 「토요일 오후」는 시인의 눈과 아이의 마음이 얼마나 비슷한지를 보여주는 유쾌한 작품이다.

토요일 오후 학교에서 돌아온 딸과 함께
베란다의 행운목을 바라보고 있으면
세상일 세상사람 저마다 눈을 뜨고
아주 바쁘고 부산스럽게 몸치장 예쁘게 하네
하루일 하루공부 다 끝내고 중고생 관람가
못된 장면은 가위질한 그저 알맞게 재미난 영화
팝콘이나 먹으며 구경하러 가는 것일까
한 주일의 일과 추억을 파라솔 접듯 조그맣게 접어서
가볍게 들고 한강 시민공원으로 나가는 것일까

매일 물을 뿌려 주어야 싱싱한 잎을 자랑하는
베란다의 행운목이 펼쳐 주는 손바닥만큼씩한 행복
토요일 오후의 우리집은 온통 행복뿐이네
세 살 난 여름에 나와 함께 목욕하면서 딸은
이게 구슬이나? 내 불알을 만지작거리며 물장난하고
아니 구슬이 아니고 불알이다 나는 세상을 똑바로
가르쳤는데 구멍가게에 가서 진짜 구슬을 보고는
아빠 이게 불알이나? 하고 물었을 때
세상은 모두 바쁘게 돌아가고 슬픈 일도 많았지만
나와 딸아이 앞에는 언제나 무진장의 토요일 오후
모두다 예쁘게 몸치장을 하면서 춤추고 있었네
구슬이나? 불알이나? 어릴 적 질문법에 대하여
아빠가 시를 하나 써야겠다니까 여중 2학년은
아니 아니 아빠 저를 망신시킬 작정이세요?
문법도 경어법도 딱 맞게 말하는 토요일 오후
모의고사를 열 문제나 틀리고도 행복하기만한
강남구에서 제일 예쁜 내 딸아 아이구 예쁜 것!

—「토요일 오후」 전문

시 「토요일 오후」는 사소한 일상의 한 단면을 드러내 보이면서 그 속에서의 작고 소중한 행복을 노래하고 있다. 시인인 아버지와 여중 2학년 학생인 딸이 누리는 일상의 즐거움이 이 시의 테마인데, 시인을 더욱 행복하게 하는 것은 그 딸과의 추억이다.

시인과 목욕을 하며 "이게 구슬이나?"하고 물었던 아이. 세 살 난 어린아이의 눈에는 모든 것이 새롭고 신기하게 보였다. 시인은 짐짓 진지하게 "아니 구슬이 아니고 불알이다"라고 가르쳤는데, 그런데 아이는 진짜 구슬을 보고는 "이게 불알이나?"라고 묻는다. 이 대목에서 우리는 웃음을 터뜨리지 않을 수 없다. 오탁번은 구슬과 불알을 같게 보는 어린 딸아이의 천진한 시선에서 모든 구별과 경계를 넘어선 진정한 시인의 모습을 본다.

오탁번 시인에게 딸은 아내와 더불어 또 하나의 순수함의 표상으로, 시 속에서 매우 사랑스러운 모습으로 등장한다. 시 「꼴뚜기와 모과」에서 시인은 딸아이의 목소리를 빌려 "조그맣고 못생기고 맛있고 향기로운" 것들에 대한 애정을 천진난만하게 노래하였다. 소화유치원 병아리반 어린이였던 "동대문구에서 제일 예쁜 딸"(「기침」)은 어느덧 "강남구에서 제일 예쁜 딸"로 자랐고, 그리고 세월이 흘러 이제는 두 아이의 엄마가 되었지만 시인의 딸로서 한때 그보다 훨씬 더 시적인 눈을 가졌던 그녀는 귀여운 꼬마 시인의 모습으로 오탁번의 시를 사랑하는 독자들의 마음속에 남아있다.

이렇게 동심은 오탁번 시인이 단조로운 일상에서 시적 진실을 발견해내는 상상력의 원천이자, 그의 시를 일관하는 개성이다. 그는 많은 시에서 아이의 눈을 통해 사물을 인식하고 있으며, 어린아이의 목소리로 현실을 재구성한다. 특히 어린 딸이나 아들의 눈으로 바라보는 세상은 「토요일 오후」에서처럼 마냥 평화롭고 행복하다. 그러나 정작 시인 자신의 유년 시절을 회상하는 시편들을 살펴보면 양상이 달라진다. 그의 실제 고향인 천등산에서 치악산으로, 혹은 제천에서 원주로 가는 공간은 평화보다는 불안감을, 행복보다는 결핍의 정서를 나타내 보인다.

> 천등산 산불이 아침이면 저절로 꺼져서 햇빛 속에 빛나는 것도, 내 뱃속에 들어간 쪼꼬레뜨가 동네 여자들의 몸값이라는 것도 나는 몰랐다 누룽지를 달라고 보채다가 부지깽이로 얻어맞고 눈물 흘리며

바라보면, 높고 평화로운 산이 미웠다 돌멩이를 걷어찼다 발톱이 아파서 깨금발로 뛰기만 했다

—「천등산 박달재」에서

야뇨증이 심해서 바짓가랑이는 젖고
기계충이 새하얀 머리는 똥누면서도
가려웠다 어디에도 내가 숨어서
말라붙은 코딱지를 빨아먹을 수 있는 곳
평화로운 장소는 없었다
허허로운 벌판을 쏘다녔다

—「고향」에서

온 천지에 노랑물감 뿌려놓은 듯
아찔하게 돌아가는 들판에서
나생이 뿌리 찾으며
배가 고파서 울었다
따먹을 고드름도 이미 녹았고
진달래꽃은 아직 피지 않았다

—「봄비」에서

인용된 시에서 보여주는 것처럼, 시인의 유년 시절은 불안과 허기 이외

에 별다른 것이 없었다. 그러던 어느 날, 마치 한줄기 빛처럼 한 여성이 등장한다. 그가 백운 국민학교 3학년이었을 때 충주사범을 갓 졸업한 권영희란 젊은 여교사가 담임선생님으로 부임해 온 것이다. 그는 이 일을 "내 생애의 한 복판에 민들레꽃으로 피어서/배고픈 열한 살의 나를 숨 막히게 했다."(「영희누나」)라고 회상한다. 풍금을 잘 치던 예쁜 여교사는 어느 날 그에게 동생이 되어주지 않겠느냐고 말한다. "선생님이 누나가 되는 정말 이상한 일이/아무렇지도 않은 듯" 일어나고, 그리고 시인은 유년의 불안과 허기를 이겨내기 시작한다.

누나다 누나다 선생님이 이젠 누나다
영희누나다 영희누나다
가을물 반짝이는 평장골 뒷개울에서도
고드름 떨어지는 겨울 한나절에도
누나와 동생으로 꾸는 꿈은
솔개그늘처럼 아늑했다
영희누나가 있으면 배고프지도 않았다
울지도 않고 숙제도 잘했다

—「영희누나」에서

그러나 무엇보다 시인의 결핍감을 견딜 수 있게 해주는 힘은 어머니다. 오탁번의 시에서 어머니는 그의 유년의 모습과 연계되어 지속적으로 나타난다.

이승은 한줌 재로 변하여

이름모를 풀꽃들의 뿌리로 돌아가고
향불 사르는 연기도 멀리 멀리
못 떠나고
관을 덮은 명정의 흰 글자 사이로
숨는다
무심한 산새들도 수직으로 날아올라
무너미재는 물소리가 요란한데
어머니 어머니
하관의 밧줄이 흙에 닿는 순간에도
어머니의 모음을 부르는 나는
놋요강이다 툇마루 끝에 묻힌
오줌통이다 오줌통이 비치던
잿빛 처마 끝이다
이엉에서 떨어지던 눈도 못 뜬
벌레다
밭두렁에서 물똥을 누면
어머니가 뒤 닦아주던 콩잎이다 눈물이다
저승은 한줌 재로 변하여
이름모를 뿌리들의 풀꽃으로 돌아오고

—「하관」 전문

어머니는 삶과 죽음의 원리를 초월하여 늘 그의 곁에 있으며, 시인은 그런 어머니께 교신을 시도한다. 그가 기도하고 참회하는 대상인 어머니는 종교의 경지에까지 이른다. 어머니에게 그의 존재는 '놋요강, 오줌통,

오줌통이 비치던 잿빛 처마 끝, 이엉에서 떨어지던 눈도 못 뜬 벌레, 밭두럭에서 물똥을 누면 어머니가 뒤 닦아주던 콩잎, 눈물'과도 같이 아주 작디작은 존재다. 보잘것없는 자신과, 그 자신을 둘러싼 절박한 현실의 상황 속에서 어머니는 유일하게 그를 구원해 줄 신이 된 것이다. 다음은 어머니라는 유일신을 섬기는 시인의 이야기다.

> 나는 평소에도 삶의 본능보다 죽음의 본능에 의하여 조종되고 있는지도 모른다. 내가 지금 살아가고 있는 방식은 죽어가고 있는 아름다운 방식을 찾아가는 과정에 불과하고 그 끝에 가면 나는 어머니를 만나 어머니의 태반 속으로 다시 회귀하게 되리라. 하느님이 되신 나의 어머니.[1]

어머니를 향한 모태회귀본능은 「순은이 빛나는 이 아침에」에서 보여주었던 과거 지향적 상상력과 맞물려 척박한 현실에서 찬란하게 빛나는 순수의 세계를 일궈 놓았다. 결국 시인의 시세계를 일관하는 동심의 상상력은 바로 위대한 어머니의 어린 아들로서 세상을 읽고 재해석하는 방법이었다. 오탁번에게 시인 됨이란, 어머니의 아들 됨과 동의어다. 어머니는 절대선이자, 절대 순수의 다른 이름이며, 현실의 어둠을 이겨내는 힘의 원천이다.

01 오탁번, 「어머니 나라에서 누워 듣던 우레」, 『오탁번 시화』, 나남, 2007, 99면.

4. 시어의 맑은 숨결

오탁번의 시에서 겨울의 계절은 예사롭지 않게 등장한다. 앞에서 살펴보았던 시 「순은이 빛나는 이 아침에」와 「굴뚝 소제부」의 시간적 배경 역시 겨울이었다. 청년기의 고뇌와 차가운 현실의 은유로 큰 무리 없이 이해할 수 있었던 겨울의 상징은 근래 들어 조금 다른 모습으로 나타난다.

동심의 상상력이 가장 눈에 띄게 나타나는 시집 『벙어리 장갑』(2002)에서는 겨울의 계절과 함께 '빙하기'라는 시어가 나온다. 시인은 겨울 속에서 꿈을 꾸며 만 년 뒤에 다시 올 빙하기를 기다린다고 하는데, 여기서 빙하기의 속뜻은 무엇일까.

> 건너 마을 다듬이 소리가
> 눈발 사이로 다듬다듬 들려오면
> 보리밭의 보리는
> 봄을 꿈꾸고
> 시렁 위의 씨옥수수도
> 새앙쥐 같은 아이들도
> 잠이 든다
>
> 꿈나라의 마을에도
> 눈이 내리고
> 밤마실 나온 호랑이가
> 달디단 곶감이 겁이 나서
> 어흥어흥 헛기침을 하면

눈사람의 한쪽 수염이
툭 떨어져서 숯이 된다

밤새 내린 눈에
고샅길이 막히면
은하수 물빛 어린 까치들이
아침 소식을 전해주고
다음 빙하기가 만년이나 남은
눈 내리는 하양 지붕이
먼 은하수까지 비친다.

—「눈 내리는 마을」 전문

시 「눈 내리는 마을」은 오탁번 시인의 순수하고 아름다운 개성이 잘 나타난 시다. 눈발 사이로 다듬다듬 들려오는 다듬이 소리, 봄을 꿈꾸는 보리밭의 보리, 봄을 기다리며 잠이 든 시렁 위의 씨옥수수, 새앙쥐 같은 아이들. 이들이 만들어내는 따뜻하고 평화로운 분위기는 꿈속에서 만나는 옛날이야기 속의 호랑이와 수염 난 눈사람과 아침 소식을 전해주는 어린 까치에게로 전해져, 마침내는 먼 은하수까지 확산된다. 이러한 동화적인 이미지들은 세속에 물들지 않은 원초적인 맑음의 세계로 우리를 인도한다. 어린 시절 한 번쯤 꿈꾸었을, 그러나 우리도 모르는 사이에 잃어버린 순수한 세계를 시인은 재현해내고 있는 것이다.

시인에게 겨울은 꿈을 꾸는 계절이다. 앞에서 살펴본 시 「순은이 빛나는 이 아침에」에서도 그는 스토브 안의 석탄을 보고 원시림이 매몰되었던 천 년 전의 시간을 불러내었다. 「눈 내리는 마을」에서는 만 년 후에 올 빙하기의 시간에 대하여 노래한다. 겨울의 계절은 천 년 전 과거에서부터 만 년 후 미래까지를 아우르는 상상력의 깊이와 넓이를 가졌음을 알 수 있다.

이 시에서 무엇보다 돋보이는 것은 우리말의 숨결을 잘 살린 시어들이다. 다듬이 소리를 '다듬다듬'이라고 표현하고 있는데, 이것은 기발함, 혹은 재치 있음을 넘어선 우리말에 대한 시인의 깊은 애정을 엿볼 수 있게 한다. 눈발이 흩날리는 가운데 멀리서 아련히 들려오는 다듬이 소리는 정말 '다듬다듬 다듬다듬…'으로 느껴지지 않는가.

우리말의 숨결이 잘 살아있는 시 한 편을 더 살펴보자.

> 앵두나무 꽃그늘에서
> 벌떼들이 닝닝 날면
> 앵두가 다람다람 열리고
> 앞산의 다래나무가
> 호랑나비 날개짓에 꽃술을 털면
> 아기 다래가 앙글앙글 웃는다
>
> 태초후
> 45억 년 쯤 지난 어느날
> 다랑논에서 올벼가 익어갈 때
> 청개구리의 젖은 눈알과
> 알밴 메뚜기의 볼때기에
> 저녁노을 간지럽다
> 된장독에 쉬 슬어놓고
> 앞다리 싹싹 비벼대는 파리도

거미줄 쳐놓고
한나절 그냥 기다리는
굴뚝빛 왕거미도
다 사랑하고 싶은 날

—「사랑하고 싶은 날」 전문

시 「사랑하고 싶은 날」에서 "앵두가 다람다람 열리고"를 읽으면 앙증맞게 다람다람 열린 앵두의 모습이 떠오르면서, /—람 —람/이라는 발음과 함께 앵두의 달콤한 맛이 입 속에 고인다. "아기 다래가 앙글앙글 웃는다"에서 '앙글앙글'은 그 소리를 내는 입 모양만으로도 우리를 미소 짓게 한다. 시 「눈 내리는 마을」과 「사랑하고 싶은 날」에 쓰인 이러한 의성어, 의태어는 오랜 고민 끝에 만들어진 시어임을 한눈에 알 수 있다.

시인은 색채를 언어로 풀어내는 감각도 남다르다. '은하수 물빛', '굴뚝빛'이란 대체 어떤 빛깔일까. 그리고 '하양 지붕'은 하얀 지붕보다 얼마나 희고 맑은 색일까. 또한 고샅길·다랑논·올벼와 같이, 그것 자체만으로도 충분히 아름다운 우리말이 시행 곳곳에 빛나는 보석처럼 박혀 맑은 숨결을 내쉬고 있다.

「사랑하고 싶은 날」이 1999년 봄, 계간지 『시와 시학』에 발표되었을 당시의 부제목은 '빙하기를 기다리며'였다. 앞에서 살펴본 시 「눈 내리는 마을」과 다음 장에서 살펴볼 시 「은행나무」도 '빙하기를 기다리며'라는 같은 부제목으로 함께 발표되었다. 그러면 빙하기의 의미는 무엇일까.

5. 빙하기 은행나무

빙하기라는 시어는 「눈 내리는 마을」 등을 발표할 무렵에 출간한 시집 『1m의 사랑』(1999) 머리말에도 등장한다. 나는 빙하기에 대한 3편의 시를 오랜만에 다시 읽다가 그 당시 무심코 지나쳤던 시집의 머리말을 기억하였다.

> 몇 천 년 후에는 다시 빙하기가 지구를 뒤덮을 것이다. 지구를 한 순간에 박살낼 수 있는 중성자별도 우주 저 멀리에서 빠른 속도로 전진해 오고 있다. 그러므로 지구의 생애는 절대절명의 위기에 처해 있다. 인간의 삶이 풀잎이슬과도 같아서 지구의 종말을 미리 걱정할 것은 없지만, 무릇 예술은 우주와도 같은 광활하고 영속적인 생명을 얻는 일에 헌신하는 것임을 생각할 때, 나의 시가 먼 훗날 어떤 의미의 교감주술로 전해질 수 있을지 두렵다.[2]

시인은 자신의 시 작품을 읽다가 혹시 모를, 길을 잃고 헤매는 독자들을 위해 빙하기의 속뜻을 여기서 암시해주고 있었던 것이다. 앞으로, 언젠가는 도래할 절멸의 시간을 넘어설 생명의 힘을 꿈꾸는 시인. 그러한 시인에게, 공룡시대인 1억 5천만 년 전 지구를 뒤덮고 있었고 거대한 공룡이 멸종된 뒤에도 살아남아 지금 우리 눈앞에 있는 은행나무야말로 영속적인 생명의 표상이다.

시인은 강 언덕에 서서 해마다 열매를 맺는 한 그루의 은행나무를 다음과 같이 노래한다.

02 오탁번, 「머리말」, 『1미터의 사랑』, 시와 시학사, 1999.

할아버지 산소로 가는 강언덕에
아름드리 은행나무 한 그루가 있는데
번성한 자손 바라는
할아버지의 마음인 듯
다닥다닥 해마다 은행이 열린다
근처에 은행나무 수놈이 없지만
강물에 비친 제 그림자를
늠름한 제 짝으로 생각하고
정받이를 하는 은행나무

만년 전 빙하기 때
마주 보고 서 있던 수은행나무는
얼음에 갇혀 숨을 거두고
불같은 사랑 혼자 꿈꾸며
뛰어난 상상력으로 빙하기를 견딘
옛날의 암은행나무 한 그루가
할아버지 산소로 가는 강언덕에
홀로 다산성을 뽐내면서 살고 있다고
자손들은 믿는다

—「은행나무」에서

수은행나무 없이, 강물에 비친 제 그림자를 제짝으로 생각하고 열매를 맺는 암은행나무. 1억 5천만 년 전에 지구를 지배하였던 거대한 공룡들이 흔적도 없이 사라진 지금, 불같은 사랑 혼자 꿈꾸며 '뛰어난 상상력'으로 절멸의 시간 빙하기를 견디어 낸 이 은행나무의 상징을 우리는 무엇으로 이해하여야 할까.

윤동주 시에 나타난 새의 이미지

1. 까치 울음과 산울림
2. 「종달새」에 나타난 자아의 두 모습
3. 닭이 상징하는 현실의 세계
4. 역설의 새, 독수리
5. 새의 이미지와 상상력의 지향점

1. 까치 울음과 산울림

'암흑기의 등불'로 일컬어지는 윤동주(1917~1945)의 시 작품은 주로 저항성 여부나 기독교 문학이라는 문학사적·정신사적 맥락 속에서 파악되었다. 이 글은 윤동주의 시 작품을 작품 자체의 이미지 분석을 통하여, 상상력의 구조와 지향의식을 밝히고자 함을 목적으로 한다.

윤동주 시의 상상력 연구에 대한 기존의 논의를 살펴보면 다음과 같다. 김현자[1]는 윤동주 시의 뿌리를 이루고 있는 것은 자의식의 이미지라고 하면서, 이는 아청빛의 잔잔한 푸름으로 형상화되고 있다고 하였다. 또한 그는 윤동주의 시세계를 자기 성찰의 과정으로 파악하고, 생성과 부활에 대한 신념을 나타내는 매개항의 존재를 통해 화해의 세계를 지향한다고 하였다. 이사라[2]는 기호학적인 방법론으로 이항대립 속에서 매개항의 기능을 구체적으로 분석하였는데, 그 결과 윤동주의 시에서는 시적 언술이 '부정—매개—긍정'의 기호체계로 이루어져 있음을 밝혀내었다. 김은자[3]는 윤동주 시에 나타난 동굴 모티브의 분석을 통하여, 우물이나 방과 같은 내 공간 속에서의 휴식과 위안은 앞으로 나아갈 길을 위한 내면적 힘을 기르기 위해 필연적으로 요구된 하나의 전 단계라고 보았다.

이 밖에도 윤동주 시의 상상력에 대한 논의로 시에 나타난 물의 이미지 연구[4], 상징적 표현 연구[5] 등이 있다. 이상의 논의들은 윤동주 시의 개성을 이해하는 데 중요한 성과로 평가될 것이다.

01 김현자, 「아청빛 이미지」, 『시와 상상력의 구조』, 문학과 지성사, 1970.
_____, 「대립의 초극과 화해의 시학」, 『현대시』, 1984년 여름.
02 이사라, 「윤동주 시의 기호론적 연구」, 이화여자대학교 박사논문, 1987.
03 김은자, 「「自畵像」의 동굴모티브」, 『현대시의 공간과 구조』, 문학과 비평사, 1988.
04 최동호, 「현대시에 나타난 물의 상징과 의식 연구」, 고려대학교 박사논문, 1981.
05 마광수, 「윤동주 연구」, 연세대학교 박사논문, 1984.

윤동주 1917~1945

나는 윤동주 시의 상상력을 새의 이미지를 중심으로 살펴보고자 한다. 윤동주 시에 나타난 다양한 이미지 중 새의 이미지에 주목한 이유는 그것이 시 작품 전반에 걸쳐 지속적으로, 그리고 다양한 모습으로 나타나기 때문이다. 또한 이들 새의 이미지는 새 그 자체의 아름다움을 노래한 것과, 나아가 자아 혹은 자의식의 표상으로 의미가 심화된 것으로 나누어지며, 후자는 불 또는 물이라는 물질적 이미지와 연계되어 있어, 상승과 침잠 등 상상력의 역동적인 방향성을 가늠할 수 있다. 따라서 윤동주 시에 나타난 새 이미지의 전개 양상을 살펴봄으로써 시인이 가지고 있는 상상력의 내적 질서와, 자의식의 생성과 갈등을 통한 자기 성숙이라는 일련의 과정을 파악할 수 있으리라 기대한다.

주로 '거울'(「懺悔錄」)이나 '우물'(「自畵像」)을 통하여 살펴보았던 자아 성찰, 혹은 자기 동일성의 인식 양상을 새의 이미지를 통해 고찰한다는 것은 지금까지 대부분의 연구에서 상대적으로 소외되었던 시 작품들을 연구의 대상으로 폭넓게 수용하며, 윤동주의 시를 새로운 각도에서 살펴볼 수 있다는 점에서 의미있는 작업이 될 수 있을 것이다.

까치가 울어서
산울림,
아무도 못 들은
산울림.

까치가 들었다,

산울림,

저혼자 들었다,

산울림.

—「산울림」 전문[6]

윤동주의 시 「산울림」[7]은 1939년 조선일보사 발행의 『少年』지에 발표된 작품으로, 시인으로서의 출발을 마련해줌[8]과 동시에 자신의 시작(詩作) 태도를 암시하고 있는 시라고 볼 수 있다. 이 시는 깊은 산속에서 우는 한 마리의 새와 산울림에 대하여 노래하고 있다. 심리학적으로 새는 아니마(Anima), 즉 심혼(心魂)의 상징이다. 아니마는 무의식에 있는 원형으로서 의식으로 하여금 무의식의 깊은 세계로, 궁극적으로는 전체 정신의 중심인 자기(自己)로 이끄는 역할을 한다.[9] 시 「산울림」에서 새의 울음소리는 우리를 고적함의 세계로 인도하며, 윤동주 시인의 상상력의 세계를 열어 보인다.

깊은 산속에서 우는 까치의 울음소리와, 아무도 듣는 이가 없지만 그것

06 텍스트는 윤동주 全詩集 『하늘과 바람과 별과 詩』(정음사, 1994)로 하였다.

07 윤동주 시집 『하늘과 바람과 별과 詩』의 「윤동주 연보」에는 「산울림」이 동요였다고 나온다. 그러나 이 글에서 다루고자 하는 것은 곡의 가사이므로 시라고 보아도 무방할 것이다. 또한 앞으로 연보에서 '동시'로 분류된 작품 역시 '시'로 지칭하여 다루겠다. 『少年』지와 『카톨릭 少年』지에 발표된 작품들과 같이 게재된 지면에 의한 분류를 제외하고는, 대다수의 미발표 작품의 경우 동시와 시의 구분이 모호하기 때문이다.

08 위의 책 연보에 의하면, 윤동주 시인의 최초의 작품은 1934년에 쓴 「삶과 죽음」, 「초 한 대」, 「내일은 없다」로 나타나 있다. 이후 「남쪽 하늘」(1935) 등의 많은 시와 동시를 썼는데, 그중 「병아리」 등의 일부 작품이 1936년 간도 연길에서 발행하던 『카톨릭 少年』지에 게재되었으며, 시 「아우의 印象畵」와 산문 「달을 쏘다」가 1939년 조선일보 '학생란'에 학생의 신분으로 실렸다. 시 「산울림」은 1938년에 쓴 작품으로, 1939년 조선일보사 발행의 『少年』지에 발표되었는데, 이 때 '처음으로 원고료를 받았다'고 한다. 윤동주는 생전에 '시인'이란 이름을 얻지 못했으나, 「산울림」이 당시 서울이라는 중앙문단에서 공식적으로 직업문인의 대우를 받고 발표한 작품이므로, 나는 이 시를 시인으로서의 출발작으로 보고자 한다.

09 한국문화상징사전편찬위원회 편, 『문화상징사전』, 동아출판사, 1994, 413면 참조.

을 되받아 우는 산울림을 노래한 이 시에서, 까치를 시인 자신으로 울음을 시로 바꿔 놓으면 그 의미가 명확하게 전달된다. 보편적으로 시인이 새에 비유됨은 '노래한다'라는 공통점 때문이다. 이러한 비유에 개성을 불어넣는 것이 산울림이라는 장치다. 이 시에 나타나는 새 — 까치는 자신의 울음소리를 산울림을 통하여 '저 혼자' 또다시 듣는다.

산울림은 소리의 거울이다. 이 새는 소리의 거울을 통하여 자신의 노래를 성찰하는 것처럼 보인다. 윤동주에게 시란 아무도 듣지 않는 (즉 듣는 이를 전제하지 않고 쓰는) 내면의 고백이며, 시를 통하여 다시 한 번 자신의 소리에 귀 기울임으로써 내면세계를 객관화시킴을 이 작품은 보여주고 있다. 따라서 그는 시를 쓰는 시인이자, 자신의 시를 읽는 독자가 된다. 거의 같은 시기에 쓰인 시 「山峽의 午後」(1937)를 보면 울음과 산울림의 관계가 한층 직설적으로 드러나 있다.

내 노래는 오히려
설은 산울림.

골짜기 길에
떨어진 그림자는
너무나 슬프구나

—「山峽의 午後」에서

내면적 심경의 토로와, 그것이 자신에게 되돌아온 '설은' 반향을 듣고, 시인은 주위를 돌아본다. 그는 비로소 자신의 그림자가 슬프다는 자의식을 갖게 된다.

그는 노래를 통하여 끊임없이 자신을 확인한다. 그의 시는 이러한 자기 성찰을 통하여 생성된 자의식의 산물이다. 시인은 내적 성숙을 이루기 위해서 갈등하고 좌절하며 희망을 모색한다. 시 안에서 현상적 화자의 진솔한 자기 고백적 태도는 그를 시인 자신과 동일시하게 한다.

실제로 윤동주의 대부분의 시에서 현상적 화자와 시인은 일치한다. 「序詩」나 「자화상」, 그리고 「별헤는 밤」이 우리에게 주는 감동은 기법의 세련됨이나 사상의 심오함보다는 바로 이러한 진솔한 자기 고백적 태도에서 비롯된 것이라고 보아도 좋을 것이다.

이렇게 윤동주의 시세계는 새의 이미지에서부터 출발하고 있다. 그의 시에 나타나는 새는 비둘기·꿩·기러기·참새·종달새·닭·병아리·갈매기·독수리·제비·까마귀 등으로, 이들은 앞에서 밝혔듯이 크게 두 종류로 나눌 수 있다.

첫째는 새 그 자체의 아름다움을 노래한 것이다. 여기에서 좀 더 심화되어 시인 혹은 자아의 표상으로 발전하는 것이 두 번째다. 전자는 윤동주가 시에서 즐겨 다루는 '착하고 연약하고 아름다운' 시적 대상의 연장선상에 있다.

별하나에 追憶과
별하나에 사랑과
별하나에 쓸쓸함과
별하나에 憧憬과
별하나에 詩와
별하나에 어머니, 어머니,

어머님, 나는 별 하나에 아름다운 말 한마디씩 불러봅니다. 小學校

때 冊床을 같이 했던 아이들의 이름과, 佩, 鏡, 玉 이런 異國 少女들의
이름과, 벌써 애기 어머니 된 계집애들의 이름과, 가난한 이웃 사람들
의 이름과, 비둘기, 강아지, 토끼, 노새, 노루, 프랑시스 쟘, 라이너 마
리아 릴케 이런 詩人들의 이름들 불러봅니다.

—「별헤는 밤」에서

여기서의 새 — 비둘기는 바로 "아름다운 말 한 마디"에 해당하는 것이며, 강아지, 토끼, 노새, 노루와 크게 다를 바 없는 작고 귀여운 동물로서 憧憬이라는 정서와 대응된다.[10]

이러한 작은 동물로서 새가 환기하는 평화로운 분위기는 어린아이 화자를 통한 동시 풍의 시를 형성하며, 시 안에서 새의 모습 역시 단지 귀여울 따름인 미성숙한 모습으로 묘사된다. "안아보고 싶게 귀여운/산비둘기 일곱 마리"(「비둘기」)나, "가을 지난 마당은 하이얀 종이/참새들이 글씨를 공부하지요."(「참새」), "좀 있다가/병아리들은/엄마품 속으로/다 들어 갔지요"(「병아리」) 등의 새들이 그것이다. 시인은 이들의 평화롭고 행복한 모습을 동경해 마지않는 것이며, 이는 그가 처한 현실이 결코 평화롭거나 행복하지 않음을 반증하고 있다고 볼 수 있다.

이와 같이 평화에 대한 동경이라는 비교적 단순한 쓰임으로서의 새

10 「별헤는 밤」의 3, 4연은 각각 정서와 그를 환기하는 시어("이름")들로 대응된다.
追憶 = 小學校 때 冊床을 같이 했던 아이들의 이름
사랑 = 佩, 鏡, 玉 이런 異國 少女들의 이름과, 벌써 애기 어머니 된 계집애들의 이름
쓸쓸함 = 가난한 이웃 사람들의 이름
憧憬 = 비둘기, 강아지, 토끼, 노새, 노루
詩 = 프랑시스 쟘, 라이너 마리아 릴케, 이런 詩人의 이름
이사라, 앞 글, 162면 참조. 이사라는 "벌써 애기 어머니 된 계집애들의 이름"을 '쓸쓸함'의 항목에 넣었다.

이미지는 시인이 보다 성숙한 시각을 갖게 되는 과정에서 분열된 자의식의 표상으로 분화된다. 다음 장에서는 시인, 혹은 자아의 표상으로서의 새 이미지에 대하여 집중적으로 살펴보겠다.

2. 「종달새」에 나타난 자아의 두 모습

윤동주 시에서 까치와 더불어 시인을 표상하는 새는 종달새다. 셸리(Shelley)가 종달새를 "불처럼 솟아오르는 한 점의 구름"[11]이라고 노래했듯이, 종달새가 가진 수직적 비상의 역동성은 우리들의 상상력 속에서 불의 이미지와 연계된다. 바슐라르는 "새들이 지닌 생명력은 그 안에 내재한 순수하고 근본적인 불의 속성 덕분이다."라고 하면서, "새는 햇볕 가득한 공기의 순수함 속에 살고 싶어 이 대지를 떠난다."[12]라고 하였다. 윤동주 시에 나오는 종달새 역시 이러한 불의 속성을 가진 새로서, "어느 이랑에서나 즐거웁게 솟치는"(「봄」) 즐거운 종달새로 묘사된다. 다음은 윤동주의 종달새에 관한 또 한 편의 시다.

종달새는 이른 봄날
질디진 거리의 뒷골목이
싫더라.
명랑한 봄하늘,

11 Higher still and higher/From the earth thou springest,/Like a cloud of fire:/The blue deep thou springest,/And singing still dost soar, and/ soaring ever singest.
—Shelley, P. B. 「To a Skylark」/『밤에게』, 김기태 역 편, 태학당, 1993, 27면.

12 바슐라르, 『공기와 꿈』, 정영란 역, 민음사, 1993, 154면 참조.

가벼운 두 나래를 펴서
요염한 봄노래가
좋더라,
그러나,
오늘도 구멍 뚫린 구두를 끌고,
훌렁훌렁 뒷거리길로
고기새끼 같은 나는 헤매나니,
나래와 노래가 없음인가
가슴이 답답하구나.

—「종달새」 전문

이 시는 이른 봄날 종달새의 모습과, 시적 화자인 '나'의 모습이 두 부분으로 나뉘어 대비되고 있다. 종달새는 하늘에서 가벼운 두 나래를 펴고 봄노래를 부르고 있다. 그러나 그는 구멍 뚫린 구두를 무겁게 끌고 질디진 뒷거리 길을 헤매고 있으며, 진창 속의 고기새끼에 비유된다. 이렇게 종달새와 시적 화자는 '가벼움/무거움'으로 대립되며, '불의 새/물고기'의 불과 물의 대립으로 이어진다. 여기에서 파생되는 이미지는 '하늘/질디진 뒷거리길'의 건조함과 습함, 개방과 폐쇄, 밝음과 어둠의 대립, '날다/헤매다'의 수직과 수평이라는 움직임의 대립을 만들고, 나아가 '명랑함/답답함'이라는 상반되는 정서를 환기한다.

이 시에서 시적 화자는 자신이 처해있는 현실을 '답답함'으로 인식하기 시작한다. 종달새는 그의 마음속에서 수평적인 생활의 범속함에 지금껏 죽어있던 수직적 몽상의 본능을 일깨운 것이다.

그렇다면 윤동주는 어떠한 이유로 이 시의 화자를 고기새끼로 비하할 수밖에 없었을까. 그것은 스스로 밝히고 있듯이, '나래와 노래'가 없기 때문이다. 이 말은 진창을 헤매는 물고기도 나래와 노래가 있다면 종달새가 될 수 있다는 의미로도 읽을 수 있다.[13] 여기서 윤동주는 날개라는 일상어 대신, 노래와 음상(音像)이 닮은 한층 가볍고 부드러운 느낌의 나래라는 시어를 선택하였다. 그럼으로써 나래와 노래라는 서로 다른 성질의 두 요소는 종달새를 가장 종달새답게 해주는 동일한 역할의 요소로 보다 자연스럽게 묶인다.

이 시에서 시적 화자 '나'는 현실적 자아이며, 종달새는 이상적 자아, 즉 노래하는 시인의 모습을 상징한다. 이러한 자아의 두 모습은 답답함으로 갈등의 징후를 드러낸다. 윤동주 시에서 자주 보이는 자아의 갈등양상은 이렇게 추구하는 이상과 처해있는 현실, 혹은 '보이고 싶은 나'와 '보여지는 나' 사이의 거리감에서 비롯된 것이다.

시 「자화상」에서 우리는 미움, 연민과 그리움의 상반된 감정을 불러일으키는 우물 속의 사나이를 통하여 시인의 답답함이라는 자기 인식의 정서를 다시 한 번 확인할 수 있다. 우물 속에 비친 사나이는 바로 시 「종달새」에서 물속의 '나'의 모습, 즉 종달새와 상대적 위치에 있었던 고기새끼의 다른 모습이다.

13 윤동주가 자신을 고기새끼에 비유한 것은 단순한 자기비하가 아니라, 비록 지금은 '질디진 거리'라는 열악한 환경으로 인하여 수평적으로 밖에는 움직일 수 없으나, 물고기의 속성상 새와 같이 수직적으로 움직일 수 있다는 사실을 간접적으로 시사한 것이라고 보아도 좋을 것이다. 이렇게 본다면, 종달새와 고기새끼의 이미지의 상호전이는 보다 자연스럽게 인식된다. 바슐라르는 비상하는 새와 헤엄치는 물고기의 相似性을 다음과 같이 지적하였다. "새와 물고기는 입체적 공간 속에서 산다. 반면 우리는 지면 위에서만 산다. (…중략…) 그들은 우리보다 더 많은 '자유'를 가지고 있다. 새와 물고기는 비슷한 역동적 공간을 지니기 때문에, 충동이 지배하고 움직이는 상상력이 지배하는 가운데서 두 종류의 동물을 혼동하는 것은 있을 수 있는 일이다."
—바슐라르, 『로트레아몽』, 윤인선 역, 청하, 1988, 54면.

우물 속에는 달이 밝고 구름이 흐르고 하늘이 펼치고 파아란 바람이 불고 가을이 있고 追憶처럼 사나이가 있습니다.

—「自畵像」에서

다시 손바닥을 들여다본다. 손금에는 맑은 강물이 흐르고, 맑은 강물이 흐르고, 강물 속에는 사랑처럼 슬픈 얼굴—아름다운 順伊 얼굴이 어린다

—「少年」에서

위의 두 시에서 우물과 강물이 거울의 역할을 하고 있는데, 시의 화자는 물의 거울 속에 비친 자신의 얼굴을 사나이나 順伊, 즉 타자로 인식하고 있다. 이는 라캉(Lacan)이 거울의 이론(Le Stadedu Miroir)[14]에서 지적한 대로 유아기에 나타나는 미숙한 자기 인식의 과도기적 단계라고 볼 수 있다. 여기서 한 단계 발전한 것이 구리거울을 통한 자기 인식이다.

파란 녹이 낀 구리거울 속에
내 얼굴이 남아 있는 것은

14 라캉(Lacan)은 인간이 자기 동일성을 인식해 가는 출발점으로, 6~18개월 정도의 아이가 거울을 보면서 자기 몸이 하나의 유기체임을 깨닫는 과정을 관찰하였다. 이것이 '거울의 단계(Le Stadedu Miroir)'인데, 이는 다음의 세 가지 단계를 거쳐 마무리된다. 먼저 아이는 거울 속의 모습을 타자로 인식한다. 그러나 곧 거울을 만져보거나 거울 뒤로 돌아가 보고는 거울 속의 인물이 영상에 불과하다는 사실을 알게 된다. 그리고 그 영상은 결국 자신의 모습임을 깨닫는다. 거울을 통하여 자기의 정체성을 확인한다는 것은 곧 거울 속의 '그'가 동시에 '자기'라는 것을 깨닫는 것이다.
—김형효, 『구조주의 사유체계와 사상』, 인간사랑, 1996, 238면 참조.

어느 王朝의 遺物이기에
이다지도 욕될까

—「懺悔錄」에서

그는 구리거울을 통하여 타인이 아닌 '내 얼굴'로, 보다 성숙한 자기 인식을 하고 있다. 그러나 이것 또한 현실 속 자신의 욕됨을 부끄러워하고 있다는 데서, 시 「자화상」에서 우물 속 사나이에 대하여 시인이 느꼈던 갈등의 정서와 맥을 같이 한다. 구리거울은 파란 녹이라는 습기가 낀, 또 하나의 물의 거울인 것이다. 그래서 "밤이면 밤마다 나의 거울을/손바닥으로 발바닥으로 닦아보자"는 시인의 행위는 바로 이 습기(녹)를 제거하고자 하는 것이며, 나아가 현재의 모습을 부정하고 이상적인 자아의 모습을 찾고자하는 노력으로 볼 수 있다.

이렇게 윤동주에게 부정적 자기 인식은 물의 이미지를 빌려 나타난다. 물의 이미지는 하강 또는 침잠의 방향성을 지향하고, 대상을 굴절 또는 왜곡시킨다. 불의 이미지로 연계되었던 이상적 자아와 물의 이미지로 인해 나타난 현실적 자아와의 이러한 갈등 속에서, 윤동주는 이상적 자아란 꿈에서나 존재하는 것임을 깨닫는다. 시 「꿈은 깨어지고」는 윤동주 시인의 현실 인식의 첫 단계로서 깨진 꿈과 황폐의 쑥밭일 따름인 현실의 모습을 잘 보여주고 있다.

꿈은 눈을 떴다
그윽한 幽霧에서.

노래하는 종다리

도망쳐 날아나고,

(…중략…)

오오 荒廢의 쑥밭,
눈물과 목메임이여!

—「꿈은 깨어지고」에서

그가 꿈에서 깨어나자 노래하던 종다리는 도망쳐 날아가고, 현실에는 노래 대신 '눈물과 목메임'이 자리하고 있다. 시인의 현실 인식과 함께, 종달새라는 불의 이미지는 눈물이라는 물의 이미지로 전환되는 것이다. 그는 눈물과 목멤 속에 침잠한다.

그러면 우물이나 진창 등 물의 이미지로 깊이의 공간을 지향했던 현실의 자아는 어떠한 새의 이미지를 빌려 나타나는 것일까.

3. 닭이 상징하는 현실의 세계

닭은 원형적으로 새벽을 알리는 새이며, 그 울음으로 천지가 개벽하고 악귀가 물러갈 정도로 우리의 전통 문화 속에서 신성한 존재로 간주되었다.[15] 그러나 윤동주 시에서 닭은 신성성이 제거된 채 단지 두엄 파기에 분주한 굶주린 새로 나온다. 전통적으로 신성함을 상징하는 새가 이토록

15 한국문화상징사전편찬위원회 편, 앞 책, 1994, 197면 참조.

왜소하게 그려지는 것에서 우리는 당시 식민지 체제의 억압이 반영된 시인의 정신세계를 엿볼 수 있거니와, 이는 앞에서 살펴본 시 「종다리」에서 고기새끼가 헤엄치는 현실이 맑은 물이 아닌 진창으로 묘사되는 것과 동일한 현실 인식의 연장선상에 있다고 볼 수 있다. 즉 닭이 헤집는 두엄더미는 물고기가 헤매는 진창이 변용된 것이며, 굶주린 닭의 이미지는 노래하는 종달새와 대비되어 '生活과 生産의 苦勞'의 현실의 세계를 보여준다. 노래하던 종달새가 도망쳐 날아간 황폐한 쑥밭에 닭이 자리한 것이다. 이렇게 윤동주 시에서 닭은 고기새끼와 더불어 노래와 날개를 잃고 현실에 추락한 종달새의 다른 모습이다.

> 한間 鷄舍 그 너머 蒼空이 깃들어
> 自由의 鄕土를 잊은 닭들이
> 시들은 生活을 주잘대고
> 生産의 苦勞를 부르짖었다.
>
> (…중략…)
>
> 닭들은 녹아드는 두엄을 파기에
> 雅淡한 두 다리가 奔走하고
> 굶주렸던 주두리가 바지런하다.
> 두 눈이 붉게 여물도록—
>
> —「닭」에서

—닭은 나래가 커도

왜, 날잖나요
—아마 두엄 파기에
홀, 잊었나봐.

—「닭」 전문

도망쳐 날아간 종달새가 상징하는 붕괴된 이상과, 그에 따른 현실에 대한 인식은 날지 못하는 닭의 이미지를 통하여 전개된다. 종달새가 수직적 높이로 비상하는 새라면, 닭은 날개가 커도 날지 못하는 지상의 새다. 뿐만 아니라 닭은 노래하지 않는다. 시들은 생활을 주잘대고, 생산의 고로를 부르짖을 따름이다. 닭의 부리는 여느 새들처럼 지저귀는 부리가 아니라, 굶주린 주두리다. 닭은 커다란 날개로 창공을 향해 비상을 시도하는 대신, 아담한 두 다리와 굶주린 주두리로 두엄을 '파내려 간다.' 이 두엄은 '녹아드는' 물의 성질을 지니면서 침잠을 유도한다.

윤동주에게 현실은 두엄더미로 간주된다. 그가 현실 속에 살아가는 것은 닭이 썩은 두엄더미를 파헤치는 것과 같다. 그러면 현실에서의 생존을 위한 필사의 노력이 윤동주에게는 다만 더럽고 냄새나는 두엄을 헤집는 것과 같이 비루한 일일까.

우리는 이 시에서 닭이 파내려 가는 것이 두엄이라는 것에 주목할 필요가 있다. 두엄은 썩은 유기물로 당장의 허기는 채워줄 수 없지만, 그것이 썩으면 썩을수록 미래에 더 많은 양식을 수확하게 하는 비료가 된다. 두엄은 그 안에 새 생명을 위한 양분을 감추고 있다. 따라서 윤동주가 현실을 두엄으로 인식한 것은 표면 진술과 이면 진술이 상반되는 이중적 의미망을 형성하면서, 상황적 아이러니로 발전될 가능성을 제시한다.

상황적 아이러니는 윤동주의 시세계를 함축하는 중요한 열쇠다. 그에게는 노래하는 종달새와 같은 꿈이 있었고, 그 꿈이 깨진 자리에 고달픈 현실이 모습을 드러냈다. 그는 이제 고통 속에 침잠할 수밖에 없다. 그러나 침잠은 비상의 힘을 응축하는 계기로 전환된다. 고통스러운 현실의 이면에는, 그 고통을 바탕으로 성숙되는 생명의 힘이 자리 잡고 있기 때문이다. 여기에서 우리는 단풍잎이 떨어져 나온 자리마다 봄을 마련해 놓고, 눈 속에서 꽃을 피워내는 윤동주 시인의 상상력의 원천을 발견할 수 있다.

> 여기저기 단풍잎 같은 슬픈 가을이 뚝뚝 떨어진다. 단풍잎 떨어져 나온 자리마다 봄을 마련해 놓고 나뭇가지 위에 하늘이 펼쳐져 있다.
>
> —「소년」에서

> 눈이 녹으면 남은 발자욱 자리마다 꽃이 피리니 꽃사이로 발자욱을 찾아나서면 1年 열두달 하냥 내마음에는 눈이 내리리라.
>
> —「눈오는 地圖」에서

위의 시들에서 우리는 부정적 현실을 나타내는 시어들 — 가령 '슬픈 가을이 뚝뚝 떨어져 나온 자리'나 '눈이 녹으면'들은 물의 성질을 갖고 있으며, '봄'이나 '꽃' 같은 긍정적인 시어들은 불의 특성을 갖고 있음을 읽어낼 수 있다.

윤동주 시에서 불과 물은 표면적으로 긍정과 부정, 생명과 죽음, 이상과 현실로 각각 대립된다. 그러나 죽음으로 자라나는 생명의 힘이라는 역설이 성립되면서, 궁극적으로 물은 불을 존재하게 하는 근원이 된다. 단풍잎의 죽음은 곧 새 생명의 자리를 마련해 놓는 것이다. 여기서 가을의 추락은 봄의 약동을 기약한다. 눈이 녹은 자리에는 꽃이 피어난다. 눈의 물속에는 꽃의 불이 감추어져 있었던 것이다. 현재의 죽음은 그 안에 생명의 씨를 키운다.

太陽을 사모하는 아이들아
별을 사랑하는 아이들아

밤이 어두웠는데
눈 감고 가거라.
가진 바 씨앗을
뿌리면서 가거라.

―「눈 감고 간다」에서

그러나 겨울이 지나고 나의 별에도 봄이 오면
무덤위에 파란 잔디가 피어나듯이
내 이름자 묻힌 언덕위에도
자랑처럼 풀이 무성할 게외다.

―「별 헤는 밤」에서

하루의 울분을 씻을 바 없어 가만히 눈을 감으면 마음속으로 흐르는 소리, 이제, 思想이 능금처럼 저절로 익어가옵니다.

―「돌아와 보는 밤」에서

태양과 별의 빛남을 지향하는 씨앗은 밤의 어둠을 자양으로 발아한다. 겨울이 지나고 봄이 오면 무덤 위에는 푸른 잔디가 피어난다. 현실의 울분은 사상이 익어가는 내면 성숙의 계기가 된다. 이렇게 윤동주의 시에서 죽음은 곧 생명의 바탕을 이루고 있는 것이며, 죽음으로써 새 생명에 이를 수 있다는 역설로 발전한다.

4. 역설의 새, 독수리

윤동주의 시 「肝」은 익히 알려진 대로 귀토설화(龜兎說話)와 프로메테우스 신화가 상호텍스트성(Intertextualiy)을 형성하는 시다. 따라서 윤동주는 이 시에서 프로메테우스와 토끼의 페르소나(Persona)를 쓰고 있는데, 각 연의 화자가 프로메테우스와 토끼로 구분되는 것이 아니라, 프로메테우스와 토끼적인 요소가 혼합된 (토끼의 경험을 한 프로메테우스라고 보는 것이 적절할 것이다) 다소 불안정한 모습으로 나타난다. 시인의 페르소나는 마지막 연의 "프로메테우스 불쌍한 프로메테우스"라고 부르며 탄식하는 데서 사라지는데, 이 연의 화자는 토끼도, 프로메테우스도 아닌 시인 자신이라고 볼 수 있다. 결국 윤동주는 동시 풍의 시에서 유년의 화자를 사용한 것을 제외하고는, 「肝」을 포함한 대부분의 시에서 시인과 화자가 일치한다고 볼 수 있다. 이것은 윤동주의 시가 앞에서도 밝혔듯이 자기 고백적 요소가 강하기 때문이다. 그러면 윤동주의 시 「肝」을 새의 이미지를 중심으로 읽어보겠다.

바닷가 햇빛 바른 바위위에
습한 肝을 펴서 말리우자,

코카서스山中에서 도망해온 토끼처럼
둘러리를 빙빙 돌며 肝을 지키자.

내가 오래 기르던 여윈 독수리야!
와서 뜯어 먹어라, 시름없이

너는 살찌고
나는 여위어야지, 그러나,

거북이야!
다시는 龍宮의 誘惑에 안떨어진다.

프로메테우스 불쌍한 프로메테우스
불 도적한 죄로 맷돌을 달고
말없이 沈澱하는 프로메테우스

—「肝」 전문

이 시에서 '습한 肝'은 용궁의 유혹에 떨어졌던 토끼의 간을 의미한다. 따라서 용궁(바다)이나 습한 간의 물기는 죽음을 의미한다고 볼 수 있다. 죽은 간에서 생명의 간으로 회생시키는 것이, "바닷가 햇빛 마른 바위 위에 습한 간을 펴서 말리는" 행위다. 이로써 습한 간은 마른 간이 되며, 생명의 간이 된다. 그런데 3연에서 화자는 독수리에게 간을 뜯어먹으라고 말한다. 간을 뜯어먹음으로써 독수리는 살찌고, '나'는 여위어 간다. 여기서 독수리는 생명의 간을 쪼아 먹는 죽음의 새처럼 보인다. 그러나 프로메테우스의 간은 뜯어 먹힘으로써 새로 돋아난다. 즉 독수리가 가져다 준 고통과 죽음은 불멸의 생명을 이루는 원동력이 된다. 여기서 우리는 윤동주 시학의 절정이라고 볼 수 있는 역설의 새, 독수리의 실체와 만나게 된다.

현실의 고난, 절망, 고통, 죽음 등 모든 부정적인 요소들을 상징하는 독수리는, 그러나 "내가 오래 기르던" 것이라고 이 시의 화자는 말한다. 결국 윤동주 시인을 고통스럽게 한 것은 외부적인 요인들이라기보다는, 자신의 내부에서 비롯된 것들이라는 해석이 비로소 가능해진다. 이러한 의견을 뒷받침해주는 시가 「바람이 불어」다.

> 바람이 부는 데
> 내 괴로움에는 理由가 없다.
>
> 내 괴로움에는 理由가 없을까.
>
> 단 한女子를 사랑한 일도 없다.
> 時代를 슬퍼한 일도 없다.

—「바람이 불어」에서

그는 이 시에서 "時代를 슬퍼한 일도 없다"라고 분명한 어조로 말하고 있다. 이것을 반어법이나, 과장법으로 읽기에는 시의 어조가 너무도 진솔하다. 결국 시인이 고통스러워 한 주된 원인은 스스로가 키운 자의식에서 기인된다고 보아야 할 것이다. 다시 말하여 독수리는 '나'에게서 분열된 '또 하나의 나'이다. 분열된 자아와의 갈등과 부조화 속에서 시인은 육체적 죽음을 초월하여, '불멸의 간'이라는 영원한 생명을 이루어냈다.

5. 새의 이미지와 상상력의 지향점

지금까지 윤동주 시인이 가진 상상력의 내적 질서를 새의 이미지와, 그와 연계된 불과 물의 이미지를 중심으로 살펴보았다. 윤동주 시에 나타나는 새의 이미지는 평화를 동경하는 시인의 정서를 대변하며, 나아가 분열된 자의식을 표상한다.

시인의 자의식은 이상적 자아인 종달새와 현실적 자아인 닭으로 나뉜다. 그는 즐겁고 명랑하게 노래하는 종달새를 지향하지만, 그것은 꿈속에서나 존재하는 새로 드러난다. 현실에서 그는 굶주린 닭에 불과하다. 윤동주에게 현실은 절망과 죽음으로 인식되며, 시인은 그 고통의 근원을 시대와 사회 같은 외부에서 찾기보다는 자기 자신에게로 돌리고 있다. 시인은 자신의 분신과도 같은 절망과 죽음을 자양으로 영원의 생명을 창조하고자 한다. 여기에서 시인은 간을 뜯어 먹힘으로써 오히려 불멸의 간을 얻게 된 프로메테우스와 동일시된다. 윤동주는 스스로 키워낸 자의식의 산물인 고통을 감내하여, 완전한 자기 성숙의 경지를 지향한다.

이러한 과정에서 자기 성숙의 과도기적 단계로 우물 등 물의 거울을 통한 자기 인식의 단계가 나온다. 물속의 자아의 모습은 답답함·연민·미움·슬픔·욕됨·부끄러움 등의 부정적 정서를 불러일으켜, 현실적 자아와 이상적 자아의 심화된 갈등양상을 보여준다.

그러면 윤동주 시에서 진정한 자기 동일성을 이루는 거울은 무엇일까. 출발의 시 「산울림」에서 까치 울음소리의 거울이 '산울림'이었다면, 윤동주의 자의식의 거울은 바로 '시'로 드러난다. 윤동주가 마지막으로 남긴

시[16] 중에 하나인 「쉽게 씌어진 詩」(1942)는 분열된 자의식을 통합하고, 시인으로서의 천명을 재확인한 중요한 작품이다. 나는 이 시를 분석함으로써 윤동주 시의 상상력의 지향점을 가늠해보고자 한다.

窓밖에 밤비가 속살거려
六疊房은 남의 나라,

詩人이란 슬픈 天命인줄 알면서도
한줄 詩를 적어 볼가,

땀내와 사랑내 포근히 품긴
보내주신 學費封套를 받아

대학 노—트를 끼고
늙은 敎授의 講義를 들으러 간다.

생각해 보면 어린때 동무들
하나, 둘, 죄다 잃어 버리고

나는 무얼 바라
나는 다만, 홀로 沈澱하는 것일까?

16 연보에 의하면, 윤동주는 도쿄 立教大學 시절인 1942년 4 ~ 6월에 「쉽게 씌어진 詩」 등 5편의 시 작품을 서울 한 친구에게 우송한다. 이것이 오늘날 찾을 수 있는 윤동주의 마지막 작품이다. 이 작품들 중 「쉽게 씌어진 詩」는 1947년 2월 13일자 『경향신문』에 실리게 된다.
— 윤동주, 「윤동주 연보」, 앞 책, 1994, 254, 259면 참조.

人生은 살기 어렵다는데
詩가 이렇게 쉽게 씌어지는 것은
부끄러운 일이다.

六疊房은 남의 나라
窓밖에 밤비가 속살거리는데,

등불을 밝혀 어둠을 조금 내몰고,
時代처럼 올 아침을 기다리는 最後의 나,

나는 나에게 작은 손을 내밀어
눈물과 慰安으로 잡는 最初의 握手.

—「쉽게 씌어진 詩」 전문

이 시는 윤동주의 자기 고백적인 태도가 잘 드러나는 대표적 작품으로, 현상적 화자인 '나'와 시인은 일치하고 있다. 시인은 육첩방 남의 나라에 있는데, 창밖은 어두운 밤이고 비가 내리고 있다. 그런데 그는 어둡고 차가운 현실을 상징하는 밤비에 결코 저항하지 않는다. 오히려 그 속으로 다만 침전한다. 이러한 현실의 무저항적 수용은 쉽게 씌어진 시 한 편을 탄생시킨다. 윤동주는 불멸의 시 한 편을 쓰기 위하여, 마치 프로메테우스처럼 "맷돌을 달고 말없이"(「간」) 현실에 침전하는 고통을 감수했던 것이다.

현실의 어둠은 시의 등불을 빛나게 해준다. 그는 밤이 깊어갈수록 아침이 멀지 않았다는 기다림의 의미를 깨닫는다. 살기 어려운 현실 속에서 쉽게 한 편의 시가 쓰이면서, 윤동주의 분열된 자아는 "눈물과 慰安으로 잡는 最初의 握手”를 한다. “오랜 마음 속에/괴로워하던 수많은 나”(「흰 그림자」), “내가 우는 것이냐/白骨이 우는 것이냐/아름다운 魂이 우는 것이냐”(「또다른 故鄕」) 등에서 볼 수 있는 것처럼, 윤동주 시에 자주 등장하는 분열된 자아는 오직 시를 씀으로써만이 화해를 모색할 수 있다. 즉 시 쓰기만이 그가 진정한 자아에 이를 수 있는 유일한 길이다.

이미지 중심으로 이 시를 다시 한 번 읽어보면, 밤비의 어둡고 차가운 물의 이미지는 시적 화자인 ‘나’의 침전을 유도한다. 그러나 시가 쓰임으로써 물은 등불이라는 불의 이미지를 획득하게 되며, 이는 밤의 어둠 속에서 아침의 빛 — 태양을 기약하는 힘으로 발전한다.

따라서 윤동주의 시에서 삶과 죽음의 경계는 무너진다. 그의 상상력의 질서 속에서, 죽음은 언제나 생명을 탄생시킨다. 그래서 그는 생명을 찬양하는 대신, 모든 죽어 가는 것을 사랑한다(「序詩」). 그것이 시인 윤동주에게 주어진 길이며, 곧 “시인이란 슬픈 天命”이다. 그는 시를 씀으로써, 시의 거울을 통하여 자신을 성찰하고, 마침내 진정한 시인으로서의 자기 동일성을 이루어낸 것이다. 그러나 그가 쓴 “눈물과 위안으로 잡은 최초의

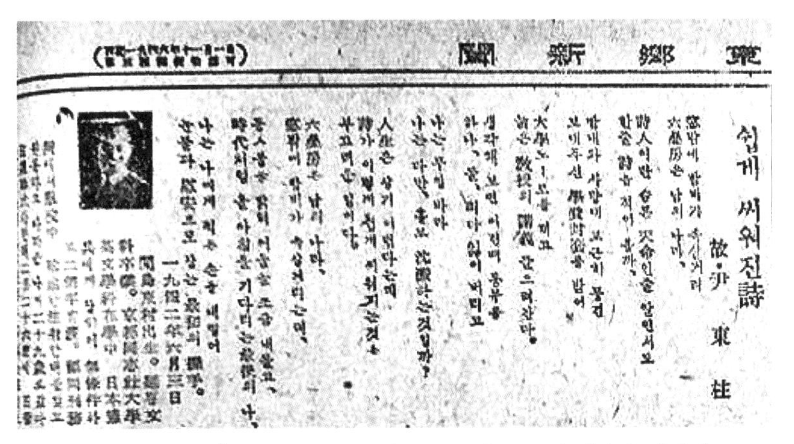

京鄕新聞

쉽게 씌워진 詩

故·尹東柱

窓밖에 밤비가 속살거려
六疊房은 남의 나라,
詩人이란 슬픈 天命인줄 알면서도
한줄 詩를 적어 볼까,
땀내와 사랑내 포근히 품긴
보내주신 學費封套를 받어
大學노-트를 끼고
늙은 敎授의 講義 들으러 간다.
생각해 보면 어린때 동무를
하나, 둘, 죄다 잃어 버리고
나는 무얼 바라
나는 다만, 홀로 沈澱하는것일까?
人生은 살기 어렵다는데
詩가 이렇게 쉽게 씌워지는것은
부끄러운 일이다.
六疊房은 남의 나라,
窓밖에 밤비가 속살거리는데,
등불을 밝혀 어둠을 조금 내몰고,
時代처럼 올 아침을 기다리는 最後의 나,
나는 나에게 적은 손을 내밀어
눈물과 慰安으로 잡는 最初의 握手。
一九四二年六月三日

1947년 2월 13일자 『경향신문』에 실린 윤동주의 유고시 「쉽게 씌어진 詩」

악수"의 시가 우리에게 윤동주 최후의 시로 남겨진 것은 불행한 역사가 만든 비극이며, 또 하나의 슬픈 역설이라고, 나는 이 글을 맺으며 생각한다.

전후 시의 한 양상, 조향의 시세계

1. 한국의 전후 문학
2. 후반기(後半紀) 동인의 도시적 감수성
3. 조향 시와 초현실주의
4. 오브제(Objet)로서 이미지의 구조
5. 조향 시의 미학적 개성

1. 한국의 전후 문학

1950년대 문학은 6. 25의 폐허 위에서 시작된다. 전쟁이 끝난 후 창간, 혹은 복간되는 문예지를 통하여 신진 문인들이 대거 등장하는데, 이 전후 세대 문인들은 전쟁 전의 세대와의 단절을 문학의 출발점으로 삼고 있다. 바로 이어령이 비유한 '화전민'의 문학이 그들의 위상이다.

> 엉겅퀴와 가시나무 그리고 돌무더기가 있는 황량(荒凉)한 지평 위에 우리는 섰다. 이 거센 지역을 찾아 우리는 참으로 많은 바람과 많은 어둠 속을 유랑해 왔다. 거부 받은 생애일랑 차라리 풍장(風葬)해 버리자던 뼈저린 절망을 기억한다. 손마디 마디마디와 발가락에 흐르던 응혈의 피, 사지의 감각마저 농하지 않던 수난의 성장을 기억한다. 그러나 우리가 이대로 패배를 인정하기엔 너무나 많은 내일이 남아 있다. 천치와 같은 침묵을 깨치고 퇴색한 옥의(獄依)를 벗어 던지지 않고는 견딜 수 없는 유혹이 있다. 그것은 이 황야 위에 불을 지르고 기름지게 밭과 밭을 갈아야 하는 야생의 작업이다. 한 손으로 불어오는 바람을 막고 또 한 손으로는 모래의 사태(沙汰)를 멎게 하는 눈물의 투쟁이다.
>
> 그리하여 우리는 화전민(火田民)이다.
>
> 우리들의 어린 곡물의 싹을 위하여 잡초와 불순물을 제거하는 그러한 불의 작업으로써 출발하는 화전민이다. 새 세대 문학인이 항거해야 할 정신이 바로 여기에 있다.[1]

01 이어령, 『저항의 문학』, 예문관, 1965, 15면.

전후 세대의 문인들은 이렇게 기존의 흔적을 불살라 재로 만들고, 그 위에 스스로의 문학적 세계를 경작하였다. 전쟁은 일상적 삶을 폐허로 만들었을 뿐만 아니라, 존재의 근원적 조건마저도 황폐화시켰다. 권영민이 지적했듯이, 한국 전쟁은 남북 분단을 고정시키고 이념적 대립을 지속시킴으로써 민족의 동질성을 훼손하고 민족 문학의 이상도 무너뜨렸다. 그런 가운데 탄생한 한국의 전후 문학은 전후 현실의 황폐성과 삶의 고통을 개인의식의 내면으로 끌어들이고 있지만, 이데올로기의 허구성을 정면으로 파헤치지 못한 채 정신적 위축 상태를 벗어나지 못했다.[2] 이와 같이 전개되는 50년대의 전후 문학 가운데 우리가 주목하여야 할 것이 '후반기(後半紀)' 동인들의 시작활동과, 그 동인의 주요 구성원인 조향(趙鄕) 시인이다.

조향 1917~1985

김경린·김규동·박인환·이봉래·조향 등이 활동한 후반기 동인들은 '後半紀', 즉 1950년대를 지나 이십세기의 후반이라는 의미의 이름이 상징하듯 전통과의 단절을 추구한다. 그들은 당대 우리 시단의 중심이었던 유치환·서정주 등의 인생파와 조지훈·박목월·박두진 등의 청록파를 공식적으로 비판하였다. 후반기 동인들의 탈 전통성은 시에 있어서의 현대성 추구, 즉 도시적 감수성을 바탕으로 한 서구 모더니즘 기법의 수용으로 나타난다. 후반기 동인들은 1950년대 한국 문단에 모더니즘을 부활시켰다.

이렇게 후반기 동인들은 6. 25의 폐허 속에서, 전 시대와 구별되는 미학적 개성으로 우리 시문학사에 새로운 주류를 형성하였다. 특히 이 글에서 집중적으로 살펴보고자 한 조향은 시와 시론에서 초현실주의를 정론적으로 실천하고자 하였다. 그는 시 작품에 초현실성을 구현하기

02 권영민, 『한국문학사』, 민음사, 1993, 100면 참조.

위하여 자동기술법, 데페이즈망(전위), 포멀리즘과 아크로스틱 기법, 그리고 음향시와 영화시 등 실험시의 기법을 시도하였다. 이러한 기법을 통한 시작 성과의 성공 여부에 대한 평가는 엇갈리고 있으나, 그의 시가 이후 한국 현대 시단에 미친 영향은 결코 가볍지 않다.

이 글은 후반기 동인을 중심으로 한 1950년대 우리 시단의 모더니즘적 경향을 살펴보고, 나아가 전후 모더니즘 시의 독특한 양상으로 조향 시세계의 미학적 개성을 가늠하는 것을 목표로 한다.

텍스트는 『조향전집 1. 시』(열음사, 1994)로 하고, 시론은 『조향전집 2. 시론·산문』(열음사, 1994)을 참고하였다.

2. 후반기(後半紀) 동인의 도시적 감수성

1950년대는 전쟁의 체험과 분단의 고착으로 이어지는 민족 정체성의 혼란기였다. 특히 전쟁의 체험은 자신의 의지와는 무관하게 전개되는 부조리한 세계에 대한 인간의 무력함을 자각하게 했다. 후반기 동인들의 이데올로기적인 문제는 이러한 전후라는 특수 상황을 염두에 두고 볼 때 보다 명확하게 해명될 것이다. 조향은 후반기 동인의 형성과정에 대하여 다음과 같이 정리하였다.

> 6. 25가 발발하기 1년 전인 1949년 김수영, 김경린, 박인환 등이 모더니즘을 표방한 사화집 『새로운 도시와 시민의 합창』을 펴내고, 그 해에 이한직, 조향, 박인환, 김경린 등이 모더니즘을 표방하는 후반기 동인을 결성한다. 후반기 동인은 전쟁 중에 임시 수도였던 부산에서 집단적인 운동을 편다. 이 운동을 김춘수는 "한국 시의 여태까지의

타성에 대한 반성과 반발이 일어나게 되어, 상당히 과격한 운동이 일시적이기는 하나 있었던 일"[3]이라고 회상한다. 1951년에는 동인이었던 이한직, 이상로가 빠지고 김차영, 김규동, 이봉래가 새로 동인으로 가담한다.[4]

후반기 동인들은 앞에서 말했듯이 조지훈이 주장한 순수시의 개념을 부정하며, 이데올로기에 대한 관심을 기울인다. 이 이데올로기는 다음의 세 가지 물음으로 구체화되는 바, 첫째는 역사와 전통에 대한 의문, 둘째는 그런 역사와 전통의 이데올로기가 현실로 자리 잡고 있는 국가 및 사회제도들에 대한 회의, 셋째는 해방기로부터 논쟁의 쟁점이 되었던 문학 노선에 대한 비판적 거부가 그것이다. 그들은 반전통성, 도시성, 그리고 서구 모더니즘 기법의 수용을 지향했다.

따라서 후반기 동인이 우리 시문학사에서 차지하는 시사적 의의는 대체로 두 가지로 정리할 수 있다. 첫 번째 의의는 해방에서 6. 25까지의 문학적 공백기를 이은 교량적 역할로서, 한국 문학의 맥을 이어줬다는 사실이다.[5] 두 번째 의의는 청록파에 의해 계승되던 전통 미학을 부정한 데 있다. 이는 대체로 모든 동인이 도시를 노래하며 문명에 대한 불안을 본격적으로 드러낸다는 점 등으로 실천된다. 즉 1950년대 후반기 동인은 1930년대의 모더니즘 미학을 심화시켰다는 의의를 가지며, 특히 조향이 보여준 초현실주의 방법론에 대한 실천은 6. 25 이후 한국시의 현대성 확보라는 점에서 중요한 의의를 지닌다.[6] 다음은 후반기 동인 중에 하나인 김규동과 조향의 시인데, 1930년대의 대표적 모더니즘 시인인 김기림의

03 박인환 편, 『한국전후문제시집』, 신구문화사, 1961, 305—306면.
04 조향, 「조향 연보」, 『조향전집 2 시론 산문』, 열음사, 1994, 375면 참조.
05 오세영, 『20세기 한국시 연구』, 새문사, 1991, 340면 참조.
06 이승훈, 「1950년 우리 시와 모더니즘」, 『현대시사상』 1995년 가을, 131면 참조.

「바다와 나비」와 비교해 보겠다.

아모도 그에게 水深을 일러준 일이 없기에
흰 나비는 도모지 바다가 무섭지 않다.

靑무우 밭인가 해서 나려갔다가는
어린 날개가 물결에 저러서
公主처럼 지처서 도라온다

—김기림, 「바다와 나비」에서

현기증 나는 활주로의
최후의 절정에서 흰 나비는
돌진의 방향을 잃어버리고
피 묻은 육성의 파편들을 굽어 본다.

—김규동, 「나비와 광장」에서

나비는
起重機의
허리에 붙어서
푸른 바다의 층계를 헤아린다

—조향, 「바다의 層階」에서

1930년대 모더니스트인 김기림의 나비가 일제 강점기 지식인을 상징한다면, 김규동의 나비는 "현기증 나는 활주로의/최후의 절정"에서 돌진의 방향을 잃고 방황하는 현대인, 특히 자신의 의지와는 무관하게 전쟁의 참혹함 속에 던져져 "피 묻은 육성의 파편들"을 굽어보는 전후 세대의 자의식을 표상한다. 이 나비는 조향의 시에서 기중기라는 예기치 못한 사물과 만나 새로운 이미지를 창출한다. 「바다의 층계」는 나비와 기중기 등 이질적인 사물을 데페이즈망 기법을 사용하여 연결한 조향의 대표적인 초현실주의 시다.

이렇게 후반기 동인의 시는 김기림이 지향하던 모더니티를 문명비판과 전후 실존의식으로 심화시켰으며, 그중에서도 특히 조향의 시는 당시로는 충격적인 초현실주의 기법을 시에 도입하여 새로운 시의 미학을 구축하였다. 조향의 시는 초현실주의의 실천이라는 점에서 전후 현대시사에 독특한 위치를 갖게 된다.

그러면 1950년대 전후 문학으로서 조향의 시가 갖고 있는 미학적 개성을 초현실주의 수용 양상을 중심으로 살펴보겠다.

3. 조향 시와 초현실주의

조향은 1940년 『매일신보』 신춘문예에 시 「初夜」가 삼석으로 입선되어 시작 활동을 시작한다. 연보에 의하면, 그가 초현실주의에 관심을 갖게 된 것은, 1941년 김수돈이 갖고 있던 일본 계간지 『詩와 詩論』[7]을 읽고부터다.[8] 그러나 당시 그의 시에서 초현실주의 경향을 찾아보기란 어렵다.

07 『詩와 詩論』은 일본의 대표적인 모더니즘 동인지이다. 동인들은 北園克衛을 비롯하여, 일본의 저명한 초현실주의자로 구성되어 있다.

그가 초현실주의의 세계관을 본격적으로 수용하여 시화시킨 것은 1950년을 전후로 해서다. 이 시기에 조향은 「EPISODE」(1948), 「바다의 층계」(1951), 「不毛의 엘레지」(1951), 「SARA DE ESPÊRA(抄)」, 「검은 DRAMA」 등 초현실주의 기법을 원용한 시들을 발표했는데, 특히 1950년 6. 25 전쟁 중 부산 피난 시절에 후반기 동인회를 통해 활발하게 시작 활동을 하였다. 해방 후의 혼란기와 6. 25 전쟁은 그의 내부에 잠재해 있었던 초현실주의적 세계관의 표출을 촉발시켰다고 추측할 수 있다. 그러면 6. 25 전쟁 후라는 한국의 사회적 배경과 초현실주의의 적극적 수용은 어떠한 함수로 맞물리는 것일까.

여기서 초현실주의 이론과, 그러한 운동이 일어나게 된 서구의 사회적 배경을 간략하게 살펴보겠다.

초현실주의는 새로운 예술유파를 지향하는 것이 아니고, 논리의 이면을 실제로 인식하는 방법으로 간주된다.[9] 따라서 초현실주의는 작품 자체의 가치보다는 작품을 제작하는 정신을 우위에 두었다. 이런 정신은 의식과 무의식, 육체와 영혼이라는 부자연스런 경계를 없애고, 지금까지 도외시되었던 잠재의식의 영역을 새롭게 제시하려는 것이다. 초현실주의의 본질은 현실세계와 꿈이 통합된 이른바 슈퍼 리얼리티(Super Reality)의 구현이다.

이러한 초현실주의의 모태가 되는 것이 다다이즘이다. 제1차 세계대전 이후, 신세대 젊은 지성은 구세대의 합리주의적 사고방식과 기성 윤리가 다져 놓은 기존의 사회에 대하여 심하게 반발하였는데, 다다 운동이 바로 그러한 사실의 구체적인 표현이다. 트리스탄 자라는 동료들과 함께 1916년 취리히의 한 카페에서 다다이즘을 선언한다. 이 다다 운동의 핵심은 전통적인 것 일체와 절연하고, 허무 · 혼란 · 무질서를 그대로 구현하고자

08 조향, 앞 책, 「조향연보」, 1994, 374면 참조.
09 브르통 外, 『다다/쉬르레알리슴 선언』, 송재영 역, 문학과 지성사, 1996, 242면 참조.

하는 것이다.

이러한 운동은 문학에도 영향을 주어서, 시에서는 묘사하고자 하는 대상의 표면과 이면을 병치함으로써 입체주의 문학을 산출했으며, 나아가 논리와 문장법을 파괴한 형태로 표현되기 했다. 다다의 요란한 선언, 사회 제도에 대한 부단한 도전, 보수적 윤리에 대한 반발 등으로 표출되는 그들의 부정의식은 제1차 세계대전 이후의 인간이 처해 있는 노예적 상황에서 인간을 구원하고자 하는 의지의 표현이라 할 수 있다. 그들의 논리에 따르면, "일체는 파괴되고 재구성되어야 한다". 이러한 이념을 가진 다다이스트들은 1922년 앙드레 브르통의 다다와의 공식적인 결별을 위시하여, 거의 대부분이 초현실주의자로 전향하게 된다.[10]

다다이즘과 초현실주의는 모두 반(反)논리, 반(反)이성을 지향하는 사상이다. 다다이스트들은 부정과 파괴를 목표로 삼았으며, 초현실주의자들은 다다의 부정과 파괴를 깊이 파고드는 무의식의 경지, 무의미의 의미를 목표로 삼았다. 이러한 공통점에도 불구하고 다다이즘과 초현실주의는 분열된다. 초현실주의자들이 다다가 파괴한 폐허 위에도 여전히 모든 종류의 구속이 뿌리 깊게 남아 있음을 발견하여, 어떻게 하면 그 구속에서 벗어나 인간의 정신이나 자유를 해방할 수 있는가 하는 문제를 느끼기 시작했기 때문이다. 그리고 무엇보다 다다이즘이 부정·파괴를 일삼는 데 비하여, 초현실주의는 상상력과 창조의 자유를 구현하고자 한다는 점에서 차별화된다.

이렇게 제1차 세계대전 이후 황폐해진 서구에서 시작된 다다와 초현실주의는 우리나라에서는 해방 후의 혼란과 6. 25라는 폐허 속에서 '한국 전후 문학'의 한 양상으로 자연스럽게 자리 잡게 된다. 조향은 초현실주의 시를 썼을 뿐만 아니라, 한국 시사에서는 드물게 초현실주의 시론을 개진

10 브르통 外, 위 책, 237—241면 참조.

했다. 그는 초현실주의에 대한 지속적인 관심을 바탕으로 「이십세기 문예사조」(1950), 「현대시론(초)」(1950), 「초현실주의 개설」(1980), 「초현실주의와 현대문학의 방향」(1982) 등의 시론을 집필한다. 다음은 초현실주의 시작 기법 중에 하나인 자동기술법에 대한 그의 글이다.

> 자동기술법은 인간의 깊숙한 무의식의 밑창에 깔려있는 정신의 자동운동의 광맥을 찾으려는 작업이다. (…중략…) 자동기술법의 목적은 자유이며, 진아(眞我)를 찾음으로 해서 의식의 확대를 꾀하자는 것이며, 의식의 확대는 곧 생의 확대이다. 현실과 상상(꿈)의 이원성이 부정된 지고점이라는 초현실성이야말로 절대변증법에 있어서의 '합'의 세계이다. (…중략…) 현실과 꿈처럼, 도저히 맺어질 수 없어 뵈는 두 사물, 혹은 이마쥬를 결부함으로써 하나의 자장을 만드는 초현실주의 시는, 읽는 사람을 당황의 극점으로 몰아넣는 것이다. (…중략…) 그러나 당황하는 것은 현실적 습관적 감각이며, 그 감각을 차단해 버리면 다른 근본적 현실, 절대적, 곧 초현실성이 나타나는 것이다.[11]

위 인용문은 초현실주의 시론의 핵심이자, 조향 자신의 시작 방법을 함축하는 부분이다. 초현실주의자들은 논리를 파괴하기 위한 논리가 필요했는데, 프로이트의 정신분석학과 그에 따른 자유연상법이 바로 시에 있어서의 자동기술법으로 발전한 것이다.

조향은 이러한 초현실주의의 일원론적 세계관을 수용하여, 시의 현대성을 확보하고자 한다. 하우저가 말했듯이, 20세기의 예술의 유일한 주제는 대립되는 것들의 통일과 모순되는 것들의 종합이기 때문이다.[12] 거기에

11 조향, 앞 책, 1994, 326면.
12 하우저, 『문학과 예술의 사회사』, 백낙청 역, 창작과 비평사, 1974, 237면.

전후라는 한국의 특수 상황은 형식의 역설적 성격과 모든 인간의 부조리성을 세계관의 기초로 삼은 초현실주의가 보다 효과적으로 실험될 수 있는 바탕을 이룬다.

조향의 시론은 초현실주의 미학의 소개라는 점에 의의가 있으며, 조향은 의식적으로 이를 실천하고자 한 시인이다. 조향의 초현실주의 시작 기법과 실천 양상에 대해서 다음 장에서 집중적으로 살펴보고자 한다.

4. 오브제(Objet)로서 이미지의 구조

조향의 시세계는 후반기 동인 활동이 시작되는 1949년을 중심으로 크게 두 부분으로 나누어진다. 제1기는 1940년 문단 등단 후부터 후반기 동인이 결성되기 전까지로, 이 시기에는 데뷔작 「初夜」를 비롯하여 감각적 서정을 바탕으로 한 낭만적인 시 작품들이 주류를 이룬다.

> 한자옥 드려놋키도 못미처
> 섶까지 스집고 淨潔한 薰香에
> 마음되려 하잔홀까 저음이 두려워—.
>
> 쌍燭臺 쒸는 불빛!
> 둘리운 屛風엔 鴛鴦 한 쌍이
> 미시립게 헤이고 속삭이고—.

—「初夜」에서

제목 그대로 초야를 노래하고 있는 이 시는, 신랑과 신부의 순결한 만남을 '박달나무 처녀림' '淨潔한 薰香' '쌍燭臺 쒸는 불빛' '鴛鴦衾枕' 등의 선명한 감각적 이미지를 통해 그려내고 있다.

이 시를 발표한 지 1년 뒤인 1941년, 조향은 처음으로 초현실주의 이론과 만나게 된다. 그러나 이후 거의 십 년이라는 기간 동안 그의 시에서 초현실주의적인 요소는 발견되지 않는다. 이때를 초현실주의 문학의 잠재기라 보아도 될 것이다.

초현실주의를 적극적으로 표방한 작품은 1949년 '후반기 동인'을 결성한 이후에 동인지를 중심으로 발표된다. 이때부터가 제2기에 해당되는데, 이는 다시 1950년대부터 1960년대 중반의 초현실주의 기법을 다양하게 시도하는 이른바 실험기와, 1970년대 이후부터 1984년 작고할 때까지 초현실주의 방법론이 육화되는 완숙기로 나눌 수 있다.[13] 이 글의 목적은 1950년대 전후 문학의 한 양상으로서 조향의 시를 살펴보는 것이므로, 제2기 초현실주의 경향의 시 작품 중 실험기를 중심으로 살펴보겠다.

낡은 아코오뎡은 대화를 관 뒀읍니다.

—여보세요?

13 이 구분과 명칭은 주로 조향이 몸담았던 동인지의 성격을 중심으로, 필자가 나누어 본 것이다. 조향은 1940년에서 1984년까지의 작품 활동 기간 중 '후반기' 등 무려 9개의 동인회에 가입했으며, '아시체(雅屍體)' 등 10개의 동인지를 통해 주로 작품을 발표했다. 그의 문학 활동은 동인회에 의해 전개되었다고 보아도 무리가 없을 것이다. 다음은 각 기 별로 본 조향이 가입하여 활동한 동인회와 출간한 동인지다.

제1기 잠재기: 『시문학연구』, 『일본시단』, 『노만파』

제2기 실험기: 후반기, 현대문학연구회(『현대문학』), 전위극단(『예술소극장』), Gamma (『geiger』), 『일요문학』

완숙기: 초현실주의연구회(『아시체』), 초현실주의문학 예술연구회(『오브제』), 전환 동인회(『전환』)

폰폰따리아

마주르카

디이젤—엔진에 피는 들국화

—왜 그러십니까?

　　　모래밭에서

受話器

　女人의 허벅지

　　　　　낙지 까아만 그림자

비둘기와 소녀들의 랑데—부우
그 위에

손을 흔드는 파아란 깃폭들

나비는

起重機의

허리에 붙어서

푸른 바다의 층계를 헤아린다.

—조향, 「바다의 層階」 전문

1952년에 발표된 조향의 대표적인 시 중에 하나인 「바다의 層階」는 자동기술법, 데페이즈망, 포멀리즘 등 다양한 초현실주의 시작법이 시도된 작품이다. 조향은 이 시에서 주로 데페이즈망을 중점적으로 실험하고

자 한 듯, 「데페이즈망의 美學」이라는 시의 해설을 남기고 있다. 간추려 보면 다음과 같다.

> 시에 있어서 말이란 것을, 아직도 의미를 구성하고 전달하는 단순한 연모로만 알고 있는 사람들에겐 이 시는 대단히 이해하기가 어렵게 느껴질 것이다. 말의 구성에 의하여 특수한 음향이라든가, 예기치 않았던 이미지, 혹은 활자의 배치에서 오는 시각적인 효과 등, 말의 예술로서의 기능의 면에다가 중점을 두는 이른바 현대시로서, 이 시를 읽고, '느껴야' 한다. 폰폰따리아, 마주르카, 디이젤 엔진, 들국화에는 아무런 현실적이고 일상적인 이미지의 연관성이 없다. 그럼에도 불구하고 이들은 서슴없이 한 자리에 모여 있다. 이와 같이 사물의 존재의 현실적인, 합리적 관계를 박탈해 버리고 새로운 창조적인 관계를 맺어주는 것을 초현실주의에서는 '데페이즈망(Depaysement)' — 轉位라고 한다. 이와 같은 방법에 의하여, 데페이즈된 하나하나의 사물을 초현실주의에서는 오브제(Objet)라고 부른다. 이 오브제는 일상적인 합리적인 관념에서 해방된 특수한 객체를 의미한다. 이런 의미에서 「바다의 層階」를 비롯한 나의 여러 작품들은 '포엠 오브제(Poeme Objet)'라고 할 수 있다.[14]

데페이즈망 기법에 의하여 형성된 오브제를 중심으로 「바다의 층계」를 살펴보면 다음과 같다.

낡은 아코디언의 서투른 연주가 끝났다. 막이 열린다. 고요가 있다. 어디에선가 "여보세요?"라고 부르는 소리가 난다. 그것은 먼 기억의 심층에서 울리는 환청과도 같다. 다시 고요해진다. 그 다음 행은 오브제들로

14 박인환 편, 앞 책, 1961, 417—418면 참조.

이루어져 있다. '폼폰따리아, 마주르카, 디이젤 엔진에 피는 들국화'가 그것이다.

폼폰 달리아(Pompon Dahlia)

마주르카

폼폰따리아는 지금껏 해석이 되지 않는 어휘였으나, 나는 그것이 달리아 꽃의 품종 중의 하나인 폼폰 달리아(Pompon Dahlia)를 의미한다고 본다. '정열·불완전·변덕'이라는 꽃말을 갖고 있는 멕시코 원산지의 꽃과, 폴란드 민속춤의 하나인 마주르카의 만남은 이국적이면서도 생경하다. 그 다음 행, 문명의 상징물인 거창한 디젤 엔진과 연약하고 서정적인 들국화의 결합 역시 뜻밖이다. 이렇게 거리가 먼 것일수록 이미지의 충격효과는 크다.

이번에는 아까 부르는 소리에 답하는 목소리가 들린다. "왜 그러십니까"는 음향의 몽타주로서 시에 변화를 주기 위한 수법이다. 다음 연에는 또다시 오브제들이 등장한다. 하얀 모래밭이라는 공간에 남성을 상징하는 딱딱한 수화기와, 부드럽고 관능적인 여인의 허벅지, 그로테스크한 낙지 까만 그림자의 대비에서 우리는 강렬한 이미지의 충돌을 경험한다. 그리고 여기에선 각각의 오브제에 위치적인 변화를 주기 위하여 포멀리즘의 기법을 시도한다.

다음은 비둘기와 소녀와 파란 기폭들이 등장하는, 이 시에서 가장 서정적이고 로맨틱한 연이 이어진다. 그리고 마지막 연에서는, 앞의 제2장에서도 잠시 살펴보았지만, 연약하고 서정적인 나비와 육중한 기중기의 원거리적 만남이 이루어진다. 이것은 앞 연에서 '들국화 — 디이젤 엔진'의 연결에 대응되는 것으로 기중기와 디젤엔진, 꽃과 나비의 상식적이며 일상적인 만남이 데페이즈망 기법에 의하여 뒤바뀌었음을 알 수 있다.

이 시는 "푸른 바다의 층계를 헤아린다"로 서정적인 여운을 남기면서 끝맺음이 되는데, 여기서도 각 행이 층계의 모양처럼 배열되는 포멀리즘의 기법이 시도되었다.

시 「바다의 층계」의 오브제들은 주로 자연과 문명을 축으로, '연약함/육중함', '부드러움/딱딱함', '흰색/검은색', '여성/남성'의 대립을 하고 있다. 이러한 대립하는 것들의 만남은, 곧 모든 대립하는 것들에서 통합을 지향하는 초현실주의의 세계관을 반영한다고 볼 수 있다.

> 百合꽃은 하아얀 幾何學이다.
> 새로운 기하학은 "웨딩·마아취"인가요?
>
> —「1950년대의 斜面」에서

> 로바체브스키이 씨의 非유우크릿드幾何學과 로맨티씨즘과의 관련에 대해서.
>
> 글쎄, 석류꽃 그늘에서 노오랗게 휴식하는 피타고라스와 모든 寓話는 수지로 돌아가 버렸다는 사실에 관해서 色紙細工을 계속하는 톨소오.
>
> —「透明한 午後」에서

> 詩集을 안고. 「빠아」〈地中海〉의 辭表. 거만한 高架線. 과부 구락부. 「메가폰」. 걸어가는 헌병 Mr. Lewis. Poker. 검문소의 〈몽코코·크림〉. 聖教堂에서는 街娼婦人과 卒業證明書. (…중략…) 검은 안경. 화랑부대 ○○고지 탈환. von de nuit. 〈을지문덕〉의 미소. (…중략…)〈모택동〉의 피리소리. 파아란 맹렬한 밤. 그럼요. 〈카사브랑카〉.
>
> —「어느 날의 MENU」에서

인용된 시들에서 시적 대상은 시인의 무의식을 그대로 반영하는 듯한 자동기술법을 통하여, 각기 충돌하고 있다. 가령 "百合꽃은 하아얀 幾何學이다"(「1950년대의 斜面」)는 백합의 모습이 기하학적으로 생겼다는 해석을 그나마 가능하게 하지만, 다음 행에서 새로운 기하학이 다시 웨딩마치와 연결되는 데는 당혹스럽기 그지없다. 백합과 웨딩마치라는 평범한 조합 속에 기하학이 난데없이 끼어들음으로써 백합도 기하학도 웨딩마치도 낯선 시적 대상으로 변모한다. 조향이 의도하는 것이 바로 이 낯설고 당혹스러움의 느낌일 것이다. 이 이미지들의 전위와 충돌은 합리성과 비합리성을 구별하는 우리의 이원론적 사고에 충격을 가하면서, 의식과 무의식의 영역이 하나로 드러난 초현실의 세계로 우리를 인도한다.

이 시에는 논리와 비논리가 한데 엉겨 있다. 삼단 논법에 의거하여 이 시를 다시 한 번 읽어보면, 백합꽃은 웨딩마치와 연결된다. 아마도 시인의 무의식 속에는 웨딩마치의 주인공인 순결한 신부의 이미지가 잠재되어 있으며, 그것이 백합꽃이라는 시적 대상과 만나면서 의식의 표면으로 떠오른 것이라 볼 수 있다. 그러나 이 시의 의미를 이해하고자 하는 것은 궁극적으로 어리석은 시도에 불과하다. 초현실주의 작품은 이해되는 것이 아니라, 그 자체의 존재를 인정하는 것이다. 작품보다 중요한 것이, 그

작품을 만든 '인간 총체로서의 회복'을 지향하는 정신이기 때문이며, 이미지는 이 정신을 표현할 따름이다. 이 시에서 우리가 느껴야 하는 것은 백합꽃에 따른 이미지의 자유연상과, 그에 따른 무의식의 이끌어 냄이다.

"로바체브스키이 씨의 非유우크릿드幾何學과 로맨티씨즘과의 관련"(「透明한 午後」) 역시 위의 맥락으로 파악할 수 있는데, 여기서는 외래어가 환기하는 음향적인 특성이 추가된다. 이질적인 세 단어들의 만남에서, 그 말이 무엇을 의미하고 있는가는 중요하지 않다. 즉 로바체브스키이 씨가 누구인지, 비유우크릿드기하학이 무엇인지, 로맨티시즘이 어떤 특성을 가진 문예사조인지는 문제가 되지 않는다. 우리가 주목해야 할 것은 '만남의 현상'이다. 즉 세 종류의 이국 단어의 만남은 그 단어의 근원이라고 할 수 있는 이국적 정서의 이질감을 변별적으로 보여준다. 또한 각각의 단어들에는 /R, M, N/ 등의 부드러운 소리와 /P, CH, K, T, S/의 거친 소리가 구겨져 들어가 있음을 발견할 수 있다.

2연에서는 석류꽃 그늘과 피타고라스가 데페이즈망 되어 있다. 여기서 피타고라스는 수학자일 따름이라는 우리의 고정관념을 무너뜨리면서, "석류꽃 그늘에서 노오랗게 휴식하는"이라는 낯선 공간에 새로운 이미지로 전위된다. 여기서 우리는 브라크의 말에 귀 기울일 필요가 있다.

> 아름다운 렛델이 붙은 통조림통이 아직 부엌에 있는 동안은 그 의미는 지니고 있으나, 일단 쓰레기통에 내버려져서 그 의미의 효용성을 잃어버렸을 때, 나는 비로소 그것을 아름답다고 한다.[15]

"의미의 효용성을 잃어버렸을 때"란 곧 실용성과 일상적 의미의 세계를 포기한다는 말이다. 그 뒤에 비로소 남는 것이 순수 즉 대상의 실존이며,

15 조향, 앞 책, 1994, 146면 재인용.

이 상태가 바로 아름다움이라는 것이 브라크의 견해다. 위의 시에서 피타고라스는 일상적 의미의 세계를 넘어, 순수한 아름다움의 세계를 구현한다. 피타고라스의 의미가 사라진 지점에서 피타고라스의 아름다움은 시작되는 것이다.

이는 "색지세공을 계속하는 톨소오"에서 다시 한 번 확인된다. 손이 없는, 그리고 생명조차 없는 상반신 상일 따름일 토르소(Torso)가 색지세공을 한다는 것은 토르소의 일상적 의미가 표백되면서 꿈에서나 실현되는 '불가능한 가능의 세계'를 보여준다.

인용된 시 중 1954년에 발표한 시 「어느 날의 MENU」에 이르면 이미지의 충돌은 한층 심화된다. 이 시는 마치 음식점의 메뉴판처럼 각기 다른 이미지의 파편으로 이루어져 있다. 이들 불완전한 이미지의 조합[16]을 통하여, 시인은 무엇을 보여주려고 하는 것일까.

메뉴판의 서로 연관성이 없는 음식 이름들이 사실은 음식이라는 공통점으로 자리를 같이 하듯, 인과론적 관계를 갖지 않는 이 시의 이미지들은 시인의 무의식 속에 숨어있는 전쟁의 상흔을 공통분모로 하고 있다. 다음의 시는 보다 직설적으로 무의식에 잠재해 있는 전쟁의 기억을 이끌어낸다.

> 죽어쓰러진 엄마 젖무덤 파고드는 갓난애.
>
> 버려진 軍靴짝.
>
> 피 묻은 「까아제」.

16 미술에서 콜라주라고 부르는 이 기법은 데페이즈망 된 오브제를 조합하여 총체적인 새로운 이미지를 창조하는 것이다. 특히 다다이스트들이 즐겨 사용했던 콜라주는 보는 사람들에게 이미지의 연쇄반응, 곧 부조리와 시니컬한 충동을 일으키게 한다.
—이승훈, 『포스트모더니즘 시론』, 세계사, 1991, 127면 참조.

휘어진 鐵筋.

구르는 頭蓋骨.

부서진 時計塔.

전쟁이 쪼그리고 앉았던 廣場에는 누더기 주검들이.

彈丸 자국 송송한 郊外의 兵舍.

—「文明의 荒蕪地」에서

이 시에서 일그러진 이미지들은 마치 한 장의 사진처럼 하나씩 차례로 제시된다. 시인은 이미지의 끝마다 반드시 마침표를 찍고 행갈이를 함으로써 의식의 단절을 꾀한다. 이렇게 각기 독립된 이미지들은 몽타주 되어 무의식의 외상을 드러내고, 나아가 전쟁의 참상이라는 하나의 거대한 이미지를 완성한다.

조향 시의 미학적 개성을 이루는 무의식의 근원에는 전쟁의 어두운 기억이 도사리고 있다. 그는 "殺戮과 虛妄이 「로망」처럼 빛나는 世紀의 폐허에서"(「SARA DE ESPÊRA(抄)」) "돌아다봤더니 내 뒤에는 검은 壁壁壁壁壁壁壁 되돌아 나갈 바늘구멍 하나도 없는"(「검은 DRAMA」) 한계상황을 인식한다. 그러나 시인은 다음과 같은 초현실주의 시를 통하여 재생의 생명력을 희구한다.

검은 것과 회색의 아롱점이 찍혀 있는 무대 위에서 우리의 DRAMA는 끝없이 되풀이 되어 가고.

〈gernica〉를 빠져나와 다시 까아만 천장에 매달리는 너는 [삐에로].
너의 生理에서 듣(滴)는 푸른 물방울이 내 [사보텐] 꽃잎에 떨어진다.

나는 마른 목을 축인다. 우리는 아직도 이렇게 살아 있다. 스스로 타
버린 잿더미에서 다시는 생생하게 숨쉬는 것.

—「왼편에 나타난 灰色의 사나이」에서

"우리는 아직도 이렇게 살아있다. 스스로 타버린 잿더미에서 다시는 생생하게 숨쉬는 것"이야말로 억압된 죽음의 검은 벽에서 자아를 해방시킨 조향의 실존이자, 전쟁의 잿더미 속에서 자신의 문학세계를 일구어낸 전후 세대 시인들의 위상이라고 볼 수 있다. 초현실주의 기법은 조향이 전쟁으로 상처받은 무의식을 드러내어 극복하는 데 가장 적절한 방법론이었던 것이다. 여기서 조향의 초현실주의 시가 한국 현대시사에서 '전후 시의 한 양상'으로 자리매김할 수 있는 근본이 마련된다.

따라서 조향의 시를 살펴보는 데 있어서, 그가 초현실주의를 표방하고 있다는 사실보다 중요한 것은 조향이 초현실주의를 선택할 수밖에 없었던 동기이며, 이는 1950년대 전후라는 정신사적 맥락에서 이해되어야 할 것이다. 앞으로 조향에 대한 연구는 이러한 방향으로 개진되리라 믿는다.

5. 조향 시의 미학적 개성

이상으로 전후 시의 한 양상으로서 조향의 초현실주의 시를 살펴보았다. 조향이 본격적으로 초현실주의 시를 쓰기 시작한 것은 1949년 '후반기 동인회'를 결성하고부터다. 후반기 동인들은 6. 25의 폐허 속에서 전 시대와 구별되는 개성으로 당대 문단에 새로운 주류를 형성하였다. 이들 후반기 동인의 시사적 의의는 해방에서 6. 25까지의 전후로 한 문학적 공백기를

이은 교량적 역할을 하면서, 한국 문학의 맥을 이어줬다는 것이다. 또한 1930년대의 김기림이 지향하던 모더니티를 문명비판과 전후 실존의식으로 심화시켰다. 특히 조향의 시는 당시로는 충격적인 초현실주의 기법을 시에 도입하여 새로운 시의 미학을 구축하였다.

조향이 초현실주의 문학론에 관심을 갖은 것은 1940년대 초반이다. 그러나 당시에 발표했던 시 작품에 초현실주의적인 요소는 나타나지 않는다. 그가 초현실주의 세계관을 적극적으로 수용하여 시화한 것은, 십 년 뒤인 1950년 무렵이다. 즉 해방 후의 혼란과 6. 25 전쟁은 그의 내부에 잠재해 있었던 초현실주의적인 세계관의 표출을 촉발시켰을 것이라고 추측된다. 제1차 세계대전 이후 황폐화된 서구에서 시작된 초현실주의는 이렇게 한국 전후 문학의 한 양상으로 자리 잡게 되었다.

조향의 초현실주의 시에는 일상과 비일상이, 꿈과 현실이 공존한다. 특히 데페이즈망을 통해 창조된 오브제는 합리성과 비합리성을 구별하는 우리의 이원론적 사고에 충격을 가하면서, 의식과 무의식이 하나로 드러난 초현실의 세계를 제시한다. 특히 죽음이나 어둠, 탄환이나 병사들의 이미지들은 무의식에 잠재해 있는 전쟁의 상처에서 비롯된 것이라 할 수 있다. 조향 시의 미학적 개성을 이루는 무의식의 근원에는 전쟁의 어두운 기억이 도사리고 있다.

그는 전쟁의 폐허라는 한계상황을 초현실주의적 상상력으로 극복한다. 조향은 시를 통하여, 타버린 잿더미에서 생생하게 숨 쉬는 자신을 새롭게 인식한다. 이는 억압된 죽음의 검은 벽에서 해방된 조향의 실존이자, 전쟁의 잿더미에서 자신의 문학작품을 일구어 낸 전후 세대 시인들의 위상이다.

전봉건 연작시 「6. 25」와 상실의 시적 극복

1. 전쟁의 체험과 실향 의식
2. 생명력의 추구와 불의 상상력
3. 돌과 존재의 전환
4. 돌에서 불새로의 비상, 피리의 세계
5. 연작시 「6. 25」와, 「눈물빛 별」

1. 전쟁의 체험과 실향 의식

전봉건 1928~1988

우리는 전봉건을 6. 25의 시인이라 부른다. 그것은 전봉건이 1950년 등단 이후 근 40년의 세월 동안 6. 25라는 하나의 주제를 아름답고 다양하게, 그리고 지속적으로 노래하였기 때문이다. 연보에 따르면 그는 1928년 평안남도에서 태어나 1946년 여름 38선을 넘어 월남했고, 6. 25 동란 시 직접 전투에 참가했다가 중동부 전선에서 부상을 입고 제대한다. 이러한 참전과 분단으로 인한 고향의 상실은 그의 일생을 가름하는 결정적인 체험이며, 이후 시의식의 밑바탕을 이루게 된다. 그는 전쟁의 체험을 시로 형상화시켜 그 속에서 부단히 생명력을 탐구하고, 잃어버린 고향에 대하여 여러 편의 작품을 쓰면서 전쟁으로 인한 상처의 극복을 모색한다.

다음의 시는 시집 『北의 고향』(1982)에 실린 작품으로, 시인의 잃어버린 고향에 대한 그리움을 잘 나타내 주고 있다.

이따금 꿈길에 가는 고향집 가을 햇살은 등어리에 따사롭습니다. 안방에서 사랑채로 혹은 대문으로 넉넉한 걸음걸이 옮기시는 아버님과 어머님께서는 들국화 향내가 납니다. 그런데 모를 것은 아무리 보고 다시 보아도 아버님과 어머님의 모습이 삼십 안팎으로 밖에는 안 보이는 사실입니다. 쫓겨 헤매인 이남땅 찬 비바람에 시달려 모질게 깊이 아프게 삭은 칠십의 고개에서 팔 다리 오그린채 눈 감으셨던 아버님과 어머님.

아마도 두 분은 죽어서야 다시 찾은 고향집에서 삼십의 나이로만 사시기로 그렇게 작정을 하시었나봅니다. 이북땅 고향 잃고 헤매인 숱한 날들은 다 지워버리시고 어둠보다 짙고 깊은 한 맺힌 죽음의 칠십 고개도 깡그리 지워버리시고 그렇게 사시기로 작정을 하시었나 봅니다.

그렇습니다. 두 분은 죽어서야 다시 찾은 고향집에서 고향 잃기 전의 나이로 그 나이로만 사시기로 단단히 작정을 하시었나봅니다. 그리하여 안방에서 사랑채로 혹은 대문으로 넉넉한 걸음걸이 옮기시며 들국화의 향내도 풍기시며 사시기로 작정을 하시었나 봅니다. 내가 이따금 꿈길에 가는 고향집 가을햇살은 등어리에 따사롭습니다.

—「죽어서야」 전문, 『北의 고향』

고향에는 유년의 공간이 추억으로 살아있다. 그러므로 고향에 간다는 것은 과거의 시간과 그 시간에 따른 상황을 기억을 통해 만나고자 하는 행위이다. 인용 시 「죽어서야」에서 시인은 꿈길을 통하여 고향에 가고 있다. 이 꿈길은 현실에서는 갈 수 없는 이북 땅의 고향을 가기 위해 시인이 만든 매개체다. 꿈길을 통하여 가는 고향집에는 서른 살 안팎의 젊은 부모님들이 살고 있다. 그것은 "쫓겨 헤매인 이남땅 찬 비바람에 시달려 모질게 아프게 깊이 삭은 칠십의 고개에서 팔다리 오그린채 눈감으셨던" 현실의 모습에서 "어둠보다 짙고 깊은 한 맺힌 죽음의 칠십 고개를 깡그리 지워버리시고" 고향 잃기 전의 나이로 사시는 모습이다. 시인의 무의식 속에는 고향집이 "어릴 적 그때와 다름없는"(「찬바람」) 모습으로 존재하고 있는 것이다.

이남의 타향/이북의 고향이라는 대립되는 현실의 두 공간은 시인의 꿈길을 통한 몽상에 의하여 '꿈속의 고향'이라는 새로운 초월적 공간을 만든다. 이곳에서 시인은 고향 잃기 전의 긍정적인 과거의 시간을 지향함으로써, 과거(북의 고향) → 현재(이남의 타향) → 과거(꿈속의 고향)이라는 순환적인 시간구조를 형성한다. 여기에서 현실의 공간과 꿈의 공간은 꿈의 공간이 과거의 시간을 지향함으로써 다시 대립하게 되며, 그 대립의 양상은 부모님들의 늙음(죽음)/젊음, 어둠/밝음, 차가움/따뜻함, 헤맴/안정됨으로 나타난다.

전봉건의 시에서 잃어버린 고향에 대한 몽상은 밤의 시간에 시작된다.

열시　　흐릿하다
열한시　가물가물 보인다
열두시　하루가 다하고
　　　　하루가 시작되는 어둠은
　　　　더욱 짙은 어둠이다
　　　　그러나 그때 성큼 한 발자국
　　　　내게로 다가서는 너를 본다
한시　　마침내 너는 어둠을 밀어낸다
　　　　산이여 강이여 하늘이여
두시　　밭이여 언덕이여 샘이여
　　　　홰나무여 대문이여 안뜰이여
　　　　큰 부엌의 큰 솥이여 작은 솥이여
　　　　마른 나무 활활 불타는 눈부신 아궁이여
세시　　할아버님 할머님
　　　　아버님 어머님이시여
네시　　(네 번 치는 괘종 소리)

다섯시　머리 위에 떠오르는 희끄무레한 창

여섯시　다시 네가 없는 밝음이다

—「여섯시」 전문, 『北의 고향』

밤은 인간의 의식이 잠들고 내면세계의 순수한 상상력이 깨어나는 시간이다. 이 시에서 시인의 내면세계는 밤 열 시가 되면서 열리기 시작한다. 이윽고 자정이 되자 누군가 눈앞에 성큼 나타난다. 짙은 어둠 속에서 다가오는 인물은 시 「내 어둠」과 「봄이 오는 4월에」에서도 볼 수 있는데, 그 사람은 따뜻한 손으로 시인의 시리고 주름진 손을 잡아주기도 하고, 꽃으로 비유되기도 하다가, 날이 밝으면 사라져 버린다. 이렇게 여성적인 모습으로 어둠의 시간에 나타나는 인물은 고향에 대한 몽상 속에서 만들어진 시인 자신의 아니마(Anima)라고 볼 수 있다.

아니마는 남자의 논리적인 마음이 자신의 무의식 속에 숨은 사실을 인지할 수 없을 때 그것을 파내도록 도와주며, 마음을 올바른 가치에다 맞추어 좀 더 깊은 내적 심층과 연결시켜 준다고 한다.[1] 시인은 아니마의 인도에 따라 무의식 속에 잠재해 있는 고향으로 간다.

고향의 모습은 먼저 산, 강, 하늘의 확산적이고 먼 풍경으로 제시되다가, 밭, 언덕, 샘의 보다 일상적인 생활공간으로 근접하고, 다음 행부터는 고향집으로 축소된다. 고향집의 외부공간인 홰나무, 대문을 거쳐 시인의 시선은 안뜰이라는 내부 공간을 향한다.

시인은 여성적 공간인 안뜰에서 부엌으로 들어간다. 우리의 재래식 가옥 구조에서 부엌의 바닥은 지표보다 낮으며, 주택에서 가장 폐쇄적인

01 융 外, 『인간과 상징』, 조승국 역, 범조사, 1987, 219면

공간인 안방과 온돌 아궁이가 연결되어 있다. 즉 부엌은 집안 가장 깊숙한 곳에 위치한 여성 공간이다. 부엌에서 시인의 시선은 그릇을 거쳐 "마른 나무 활활 불타는 눈부신 아궁이"라는 지하공간의 내밀한 불까지 이른다. 아니마의 안내로 시작한 시인의 탐색은 짙은 어둠 속에서 그 어둠을 밀어내고, 가장 밝고 뜨거운 불의 공간까지 이른 것이다.

여성적인 불의 한 유형인 이 아궁이의 불은 다음 행의 할아버님, 할머님, 아버님, 어머님의 조상의 모습과 연결됨으로써, 이미 죽은 자들을 현현시키는 재생의 힘을 보여준다. 고향집이 갖고 있는 불이란 죽음과 재생의 속성을 갖고 있는 '모성의 불'인 것이다.

죽은 자들은 다른 시에서도 "훤한 빛"(「꿈길」)으로 재생되며, 웃음 지으시는 어머니의 얼굴에 나타나는 "빛무늬"(「뻐저린 꿈에서만」)로 구체화되기도 한다. 그 빛으로 꿈속의 고향은 "아프게 저리도록 훤한 밝음"(「내 어둠」)으로 존재한다.

전봉건의 시에서 내부에 모성적인 불을 지니고 있는 고향집은 모태와 동일시되며, 고향으로의 회귀는 이 모성적 불을 향한 지향성을 가지고 있다고 볼 수 있다.

2. 생명력의 추구와 불의 상상력

전봉건은 한 대담에서 "시란 궁극적으로 생명의 확대작업의 일환이며, 에로스란 죽음에 이르기까지 지속되는 생의 찬가요 생명의 리듬"[2]이라고 말하였다. 시인이 꿈꾸었던 북의 고향 속에서 모성적 불로 타올랐던 불 이미지는 여성의 관능적 이미지와 결합하여 에로스(Eros), 즉 생명력의

02 전봉건, 「시와 에로스」, 『현대시학』 1973년 9월, 9면.

상징으로 비유된다.

여성이 지니고 있는 불은 꽃피고 잘 익어 즐거운 불이며(「願」), 죽음의 계절인 겨울에서 봄을 이끌어 내는 생명의 힘(「祝禱」)이기도 하다. 그것은 둥글게 빛나며 풍요롭게 타오른다.(「속의 바다/7, 19」) 여성의 내부에 있는 이 불은 김현이 지적하였듯이 풍요한 생산성의 불, 즐거운 화합의 불이며, 원초적인 힘을 표상한다.[3] 시인은 이러한 여성적 불로의 접근과정을 시 「여섯 개의 바다/여섯」에서 압축하여 보여주고 있다.

물의 살을
비집고 들어갔더니
불이더군

불의 살을
비집고 들어갔더니
金이더군

金의 살을
비집고 들어갔더니
빛이더군

빛의 살을
비집고 들어갔더니
거긴 너였어

03 김현, 『책읽기의 괴로움』, 민음사, 1984, 36면.

너의 살을
비집고 들어갔더니
어둠이더군

어둠의 살
비집고 들어갔더니
거기 있더군

아아
종횡무진 궁구는
아흔아홉 햇덩이 바다

—「여섯 개의 바다/여섯」 전문, 『꿈 속의 뼈』

물과 불과 金을 거쳐 빛에 당도한 이 시의 화자는 너의 어둠을 통과하여 물과 불과 금, 그리고 빛이 결합한 금빛 햇덩이 바다에 이른다. 여기서 어둠은 1연에서 4연까지 물에서 빛으로 발전적 변용을 한 시적 대상이 너의 내부로 들어감으로써 겪게 되는 상징적 죽음의 모습으로, 이는 7연의 햇덩이로의 재생을 가능하게 하는 단계다. 이렇게 그는 빛→어둠→빛의 변증법적 변용을 통하여 너의 내부에 있는 어둠 속에서 가장 밝고 가장 뜨거운 불인 "아흔 아홉 햇덩이 바다"를 만난다.

여성의 가장 내밀한 곳에 있으면서 여성과 동일시되는 전봉건 시의 바다는 원형적 상상력에서 말하는 죽음과 재생의 모태, 곧 자궁을 의미한다. 그의 시에서 '속의 바다'란 곧 자궁이며, 시인은 "이글거리고 뒤척이는 紺靑의 불"(「속의 바다/11」, 「새벽」)과 타오르기 위해 안으로, 안으로 들어

가고 있는 시적 화자를 창조했다. 시인에게는 여성에게 느끼는 에로스적인 욕망과 더불어, 완전히 무로 돌아가고 싶다는 타나토스(Thanatos)적인 욕망이 공존하고 있음을 알 수 있다.

그는 에로스와 타나토스의 종합을 타오름으로 실현한다. "불붙는 네 속에서 너와 하나로"(「말/3」) 불이 붙어 "살뿌리채 소용돌이치는 타오름"(「속의 바다/7」)이 그것이다. 시인은 여성이 가지고 있는 생명의 불 안에서 타오름으로써 새 생명으로의 전환을 꿈꾼다.

3. 돌과 존재의 전환

에로스와 타나토스가 결합된 불 안에서의 타오름은 사물을 소멸시킴과 동시에 새로운 존재로의 전환을 가능하게 한다. 다음의 시는 시집 『돌』(1984)에 실린 작품이다.

눈물은 바다였다
말씀은 나무요 나무뿌리요 나뭇가지요
나뭇잎이요 별이었다
몸은 바람이었다
마침내 바다
나무 나무뿌리 나뭇가지 나뭇잎 별
바람 불로 사르니
한 줌 재였다
한 줌 재에서 태어난
한 점 하늘빛 맑은 작디작은

돌이었다
사람들은 그것을 사리라고 불렀다

—「돌/56」 전문, 『돌』

리샤르가 말했듯이, 눈물은 내면세계의 가장 깊은 곳에 있는 물이다. 인용 시에는 부처의 눈물이 나온다. 부처의 눈물은 깊이의 세계를 가득 채우는 바다로 비유된다. 또한 그의 말씀은 천상의 가장 높은 곳에서 초월적 빛을 발하는 별이자 그 하늘과 세속인 지상을 수직으로 이어주는 나무이며, 몸은 그 사이를 쉼 없이 떠도는 바람에 비유되고 있다. 이렇게 천상과 지상, 그리고 바다라는 깊이의 공간에까지에 걸쳐 우주적인 형상을 지닌 그의 모습은 불로써 타오르고 한 줌의 재가 된다.

재는 불이 열과 빛을 상실하고 죽은 모습이다. 그러나 이 죽음이 단순한 소멸을 의미하는 것이 아님을 전봉건 시인은 보여준다. 시인은 재 속에서 "한 점 하늘빛 맑은 작디작은 돌"을 창조해 낸다. 바로 사리다.

사리는 하늘의 빛을 한 점에 응축하여 담고 있는 빛나는 돌, 즉 전 우주의 불타오름이 석화되어 만들어진 불의 돌이다. 불 속에서의 타오름은 한 점의 작디작은 돌을 탄생시킨 것이다. 이렇게 전봉건의 시에서 돌은 불의 모습으로 나타난다.

그가 노래하는 돌(수석)은 죽기 전 남한강의 불타오름 속에서 만들어졌다. 불타오름 속에서 무늬와 형상을 얻고, 먹빛 어둠의 색깔 속에 한 덩어리의 해를 앉혀 놓는다. 하늘에 닿을 듯 훨훨 불길 타오르는 봉화대의 형상이기도 하고, 대가리를 치켜든 구렁이의 모습이기도 한 돌은 내부에 후끈거리는 햇살의 열을 지닌, 그래서 "목숨을 가진 짐승처럼"(「돌/16」) 만져지는 살아있는 돌이다.

전봉건의 돌은 타오르는 불이 석화되어 만들어진 것이며, 이러한 고체화의 과정에서 불 안에서의 죽음은 생명을 가진 빛과 열의 존재로 전환되고 있다.

불에 의하여 만들어진 돌은 진주의 이미지로 나타나기도 한다. 보편적으로 물 이미지를 상징하는 진주는 전봉건의 상상력 속에서 감청빛 불의 바다 속, 그 불의 열에 의하여 생성되어 빛으로 응결되는 것으로 나타난다. 시 「새벽」에서, 모든 것이 타오르고 새롭게 새벽을 맞는 동해의 깊은 만(灣) 속에는 밤새도록 불의 열기로 조개의 살이 "뒤설레인다". 조개의 움직임 뒤, 전봉건의 진주는 불타버린 어두운 죽음의 자리에서 "죽음의 목젖을 찢고"(「太陽」) 탄생한다.

이러한 바다 속 진주는 대지의 씨앗 이미지로 발전한다.

무엇을 줄까.
어느 것일까.
가장 성스러운 잔인함으로 하여
너의 味覺을 꽃잎처럼 피어나게 하고
눈부시게 할 것이.
진주의 목걸이와
한 대의 옥수수와.

—「옥수수 幻想曲/5」 전문, 『꿈속의 뼈』

太陽은 몇 개나 있어서
매일 아침 새것이 뜨는 것이었일까.
어떻든 옥수수 한 대의 옥수수 씨알마다

太陽은 하나씩

빛나고 있었다.

—「옥수수 幻想曲/7」 전문, 『꿈속의 뼈』

옥수수 알이 늘어선 모습을 진주 목걸이에 비유하고 있는 시인은, 다시 옥수수 씨알 속에서 빛나는 태양을 보고 있다. 진주→옥수수 씨알→태양이라는 이미지의 전이 과정을 통하여, 죽음을 극복하고 바다 속 조개라는 모성적 공간에서 태어난 진주는 지상에서는 옥수수 알이라는 씨앗과, 천상에서는 매일 저녁 죽고 매일 아침 새로 뜨는 태양과 재생의 생명력을 가지고 있다는 점에서 연계된다.

이렇게 전봉건의 시에서 돌은 불 안에서의 죽음을 완성시킴과 동시에, 새 생명으로 태어난다. 모태인 불의 바다 속에서 불타오름으로써 존재를 무화시켰던 시인의 상상력은 그 불 안에서 돌을 만들어 내면서 새로운 생명으로 전환되었다.

4. 돌에서 불새로의 비상, 피리의 세계

타오르는 불 속에서 새로운 존재로 태어난 전봉건의 돌은 내부에 불을 지닌 살아있는 돌이다. 이 생명의 돌 속에서 시인의 상상력은 꽃을 피워낸다.

비가 돌에도 내려서

돌을 적셔 온몸으로 벙글게 하여

돌로 하여금 꽃 피게 하는 것을

아는 사람은 더욱 많지 않다.

—「돌/43」에서.『돌』

돌에 비가 내리자 돌 안에 갇혀있던 불은 꽃으로 피어나고 있다. 돌 안에서 구심점을 향하여 응축되고 굳어진 불이 빗물에 의하여 꽃이라는 또 하나의 불로 터져나온 것이다. 따라서 돌은 꽃의 전신인 불의 씨앗이며, 빗물은 씨앗에서 꽃으로의 전환을 이어주는 매개체가 된다. 불 속에서 타오름으로써 먹빛 돌을 만들었던 시인의 상상력은 비 내리는 봄날 "스스로 먹빛 살을 찢어 헤쳐"(「돌/47」) 꽃을 피워 올린다.

전봉건의 돌은 그 내부에 새를 지니고 있기도 하다. 말없는 돌 속의 말없는 새들이 시인이 쓴 시를 말없이 지켜본다고 한다.(「돌/17」) 이때 돌은 새의 전신인 생명의 알이 된다. 그 생명의 알 속에서 부화를 기다리는 새들은 일곱 가지 색깔, 즉 태양광선의 색깔로 하늘의 푸른빛을 눈에 담고 있는 천상의 새다. 이 새는 인간을 잠으로 추락시키는 베개 모양의 무늬돌 안에서 하늘 가득히 날개를 펴고 날고 있다.(「요즈음의 詩」) 돌 속에 들어있는 전봉건의 새는 상승하는 불의 속성을 지닌 새다.

이러한 불의 새가 들어있는 생명의 알은 물에 적셔짐으로 부화된다.

밤새 비는 내리고
나는 잠을 이루지 못한다
(…중략…)
밤새 내리는 빗물 머금어
자욱한 어둠보다 더 짙은 검정빛
한 마리 작은 새가 되는 돌 탓이다

—「돌/7」에서.『돌』

일요일마다
무늬돌 무수히 현란한 물 속에서
우는 물새 만나러
모래밭에 가서 묻힌다.

—「물새」에서, 『새들에게』

돌은 밤비를 머금어 어둠의 색깔인 검정빛 새가 되고, 무늬돌은 물속에서 물새가 되어 운다. 이 새들은 석화된 불속에서 태어났으나 불새가 아니라 물새다. 이 물새들은 세수한 벗의 손바닥 위에 앉아있거나(「桃花里紀行」), 모래 속으로 침잠한다.(「모래밭」) 물을 매개체로 부화한 이 물새들은 새의 속성인 비상을 거부하고 멈춰있는 정지(停止)의 새다. 이에 시인은 물이 아닌, 피로 부화를 시도한다.

따뜻한 체온과 불그스레한 핏기가 크고 높은
돌무더기 전부에 촉촉히 번지는 것이었읍니다.
그러더니 영락없는 새 모양이던 그 돌 무더기는
한 마리 큰 새가 되어 날개 쳐 공중으로
훨훨 훨훨 훨훨 날아올랐던 것입니다.
이윽고 새는 높이높이 하늘 속
드높이 떠서 빛나는 한 점 빛이었읍니다.
은빛으로 빛나고 금빛으로도 빛나는 빛이었읍니다.
지저귐 은빛으로 금빛으로도 빛나는 빛
노래 은빛으로도 금빛으로도 빛나는 빛
춤 은빛으로도 금빛으로도 빛나는 빛

꿈 하늘 끝 가 닿는 꿈 은빛으로도
금빛으로도 빛나는 빛이었읍니다.

—「다시 童話」에서, 『기다리기』

돌무더기에 "따뜻한 체온과 불그스레한 핏기"가 배이자 돌은 새로 부화하여 비상하고 있다. 그 나는 모습은 '훨훨 훨훨 훨훨'이라는 첩어의 사용으로 마치 불타오르는 것과 같이 생동감 있게 표현되고 있으며, 하늘에서 "한 점 빛"으로 드높은 높이를 획득하게 한다.

이 높이의 빛은 다시 지저귐, 노래, 춤으로 변용된다. 새가 지저귀는 노래란 불의 언어이며 새가 파닥거리는 춤은 타오르는 불의 움직임이다. 이렇게 돌 안에 응축된 불은 피 속에 든 따뜻한 열기와 밝은 빛의 생생한 불로써 촉발되어 새로 변용, 천상으로 비상한다. 이 새는 정지와 침잠의 지상에 머물고 있는 물의 새가 아닌 상승과 초월의 역동적인 힘을 가진 '불새'다.

이렇게 꽃을 피우고 불새를 비상시킨 전봉건의 돌은 내부에 불을 지닌 또 하나의 불꽃이다. 돌을 씨앗으로 변용시켜 돌 속의 불이 꽃으로 터져나오게 하고, 알로 변용시켜 불새를 부화시킨 전봉건의 상상력의 세계는, 여기서 한걸음 더 나아가 돌의 내부에 석화된 불을 '소리'로 풀어낸다. 그러면 돌 속에 맺혀있는 소리를 풀어내는 상상력의 변용 과정과, 그 응어리진 소리가 어떠한 목소리로 변주되어 나타나는지를 살펴보겠다.

전봉건의 시에서 돌은 외형적으로는 '무겁게' 침묵하고 있는 모습으로 그려진다.

그 수많은 돌로 쌓아올린 커다란 돌무덤의 침묵.

말로써 말을 다 할 수 없는 말은
차라리 입을 다물고 침묵한다. 그리하여
마침내 침묵은, 저 불의 각인, 침묵의 말을 한다.
오 침묵의 돌무덤은
휘딱 스쳐 지나가는
일 초 아니면 이 초에 불과한 순식간에
내 눈시울 속 가득히 불의 각인을 찍었던 것이던가.

—「돌/39」에서, 『돌』

시 「돌/39」는 텔레비전에서 잠시 소개된 일본 도쿄의 한 귀퉁이에 터 잡은 한국인 묘지를 소재로 쓰인 작품이다. 이 묘지들 중에 많은 돌을 쌓아올린 집채만큼이나 큰 돌무덤이 있는데, 이는 일본서 죽은 한국 사람들의 시신을 한 자리에 모아서 묻은 공동묘지이며, 그곳의 돌들은 모두 한국의 여러 도에서 가져온 것이라고 한다. 위에 인용한 부분은 그 돌들에 대하여 쓴 것이다.

이 시에서는 돌이 내포하고 있는 무거움의 특성을 "말로써 말을 다할 수 없는 말은 차라리 입을 다물고 침묵하는 것"으로 암시한다. 즉 돌이 무거운 것은 그 안에 너무나 많은 말이 쌓여 있으며, 그럼에도 불구하고 그 말을 한 마디도 내보낼 수 없어서다. 침묵의 무거움은 갇혀있는 소리의 무거움이다.

이러한 돌은 불로써 침묵의 말을 하는데, 화자의 눈시울을 가득히 파고드는 '불의 각인'이 그것이다. 이 불의 각인은 돌의 내부에 타고 있는 불길을 한 순간에 표출한 빛의 언어인데, 이 시의 마무리 부분에서 "옛날 우리나라 사람들이 분명한 듯 한 군중이/총칼 든 험상궂은 군사들에 끌려서 배를 타고 있었다./그 얼굴들이 죄다 돌처럼 굳어 있었다."라는 구절로 보아 분노의 정서를 한순간에 표출한 것으로 짐작할 수 있다. 따라서 돌 속에 갇혀 있는 말이란 타오르는 분노가 응어리진 불의 언어인 것이다.

이 석화된 불은 돌 속에서 갇혀 있을 때는 무게를 가지나 빛으로 빠져나오면서 그 무게에서 해방된다. 다음의 시는 돌의 침묵이 소리로 풀리는 과정을 불에서 빛으로 전환되는 이미지의 변용을 통하여 보여주고 있다.

달밤이면 달빛 같은 색깔의
고운 돌 하나가 서서
달빛 같은 소리로 운다는
소문이 돌았다.

—「돌/2」에서, 『돌』

시 「돌/2」의 젖은 모래톱에서 침묵의 무거움을 깨고 우는 돌은 달빛 같은 색깔의 고운 돌이다. 상승의 색인 달빛으로 변신한 돌은 울음 또한 달빛 같은 소리로 울고 있는데, 이 울음소리는 처연하고 한스런 정서를 환기한다.

그런데 이 시에서 돌이 하늘을 향해 '서서' 울고 있다는데 주목하여야 한다. 바슐라르는 대우주에 있어 직립하고 있는 것, 수직으로 서 있는 것은 모두 불꽃이라고 하였다. 즉 위로 올라가는 것은 모두 불꽃의 역학성을 가지고 있다는 것이다. 이 시의 돌 역시 침묵이 소리로 풀리면서 그 무게가 가벼워짐과 더불어, 돌 자체가 달빛이라는 차갑게 빛나는 불꽃이 되었다고 볼 수 있다.

돌의 내부에서 타오르고 있는 불의 힘으로 상승하고 확산되는 울음소리는 시 「돌/31」에서 '피리소리'로 변용된다. 전봉건의 시에서 돌은 내부에 무한한 소리를 지녔다는 점에서 피리와 동일시된다.

대나무로 만든
피리의 구멍은 전부 아홉개다
사람의 몸에도 아니 뼈에도
아홉 개의 구멍은 날 수가 있다
아홉 개의 구멍 난 돌도 있다
그제는 30년 전 한 이등병이 피 흘린
강원도 깊은 산골짜기에 떠도는 피리소리를 들었고
어제는 충청북도 후미진 돌밭을 적시는
강물에 떠도는 피리소리를 들었다
오늘 내가 부는 대나무 피리소리는
그제의 피리소리와 어제의 피리소리가
하나로 섞인 소리로 떠돈다

—「돌/31」 전문, 『돌』

시 「돌/31」에서, 이등병이 아홉 개의 총알을 뼈에 맞고 피흘린 땅에서 그 죽음으로 만들어진 돌은 죽음의 상흔을 아홉 개의 구멍에 지니고 침묵하고 있다. 그러나 그 돌이 대나무 피리로 변용되면서 30년 동안 유지하고 있었던 돌의 무거운 침묵은 가볍게 떠도는 피리소리로 풀린다. 돌은 피리가 되어 아무에게도 말하지 못했던 이등병의 한 맺힌 죽음을 이 땅의 산골짜기 · 돌밭 · 강물에 울려 퍼뜨림으로써 침묵의 무게에서 해방이 되는 것이다.

뼈 → 돌 → 대나무라는 상상력의 변용을 통하여 만들어진 이 피리는 돌이 지닌 한을 소리로 풀어주면서, 과거의 시간을 오늘 이 시의 화자가 부는 피리소리에 연결시켜준다. 즉 오늘의 피리소리는 "한 맺힌 역사의 피울음 소리"[4]이며, 동시에 그 상처를 극복하고 새로운 삶의 지평을 열어주는 생명의 소리인 것이다. 그러면 이 한 맺힌 피리소리가 어떠한 목소리로 변주되어 나타나는지 연작시 「6. 25」를 통해서 살펴보겠다.

5. 연작시 「6. 25」와, 「눈물빛 별」

전봉건 시인은 1988년 6월 타계하기 전까지 연작시 「6. 25」를 쓰고 있었는데, 이는 시인이 40년 가까이 노래한 전쟁 체험에 따른 생명의식의 탐구와 분단에 따른 상실의식을 새롭게 정리할 수 있는 중요한 자료다. 그는 연작시 「6. 25」를 쓰게 된 동기를 다음과 같이 밝히고 있다.

> 6. 25는 특히 (총을 들고 전쟁을 기었다는 뜻이다) 나와 같은 나이의 사람들에게는 죽는 날까지 잊을 수도 피할 수도 없는 내던질 수도 없는 숙제가 아닐 수 없다. 그러니까 연작시 「6. 25」는 그 숙제를 정리하는 일이 된다고 할 수 있다.[5]

인용문에서 보여주듯이 연작시 「6. 25」는 "죽는 날까지 잊을 수도 피할 수도 없는 내던질 수도 없는 숙제"를 정리하는 일로 씌어졌고 한다. 전봉건 시인은 지금까지 전쟁의 상처를 주관적으로 내면화시켜 노래하였던 것과는 달리, 이 작품에서는 6. 25라는 역사적 사건을 관찰자의 입장에서 비교

04 최동호, 「실존하는 삶의 역사성」, 『아지랭이 그리고 아픔』, 혜원출판사, 1987, 330면.
05 전봉건, 「시의 변화」, 『문학사상』 1985년 4월, 56면.

적 담담하게 객관적으로 묘사하고 있다.

연작시 「6. 25」의 전반적인 구성은 1에서부터 58까지[6] 주로 시간적 순차성에 의존하는데, 1950년 6월 25일 새벽 이후 시간의 흐름에 따른 변화의 순간을 각각의 작품들이 상이한 공간에서 다각도로 포착하여 묘사하고 있다. 즉 전체적인 시간 축은 「6. 25/1」에서 「6. 25/19」까지 1950년 6월 25일 '아직도 좀 어두운 새벽→이제 곧 밝은 새벽→동이 트는 시간→햇살이 퍼지는 아침'으로 느리게 이동해 가며, 「6. 25/20」 이후 전쟁이 본격화되면서 시간은 구체적인 현실의 시간에서 벗어나 전쟁이 진행되는 시간의 흐름에 따라 종횡무진 흘러 다니는 주관적 시간으로 변모된다.

시의 공간은 이러한 시간의 흐름을 주축으로 전개되는데, 연작시 「6. 25」의 특징은 동일한 시간대의 상황을 하나의 시 안에서 여러 공간을 통해 이야기하거나 (「6. 25/8」: 이제 곧 밝은 새벽의 포항, 철원, 개성. 「6. 25/20」: 1950년 초여름의 고랑포, 개성, 의정부 등), 또는 동일한 시간을 공간에 따라 독립된 시편들로 다루고 있다는 점이다. 후자의 예를 들어, 시 「6. 25/11, 12, 13, 14, 15」에서는 '동이 트는데'라고 인식된 1950년 6월 25일 해뜨기 직전의 순간을 시인은 집 밖, 나루, 집 안, 논두렁 등에서 묘사하며, 그 공간에 따라 각각의 독립된 시편이 만들어진다. 이 시들 중 두 편만 살펴보겠다.

동이 트는데

06 연작시 「6. 25」의 1에서부터 19까지는 시선집 『아지랭이 그리고 아픔』(1987)에 실려 있으나, 20 이후부터는 시집에 미수록 되어 전봉건 시인이 당시 발표한 그대로 여러 문예지에 흩어져 있는 상태다. 이 중의 일부(46, 27, 48, 49, 56, 57)가 『현대시학』 1989년 6월호 전봉건 시인 1주기 추모특집에 재수록되었으며, 내가 11편의 시(20, 22, 26, 27, 28, 29, 30, 31, 54, 55, 56, 58) 및 시 「눈물빛 별」을 발굴하여 「현대시학」 1993년 6월호 5주기 추모특집에 실었다. 이 글에서는 시선집 「아지랭이 그리고 아픔」에 실린 19편의 시와 『현대시학』 1989년 6월호, 1993년 6월호에 실린 17편의 시를 텍스트로 하였다.

햇살보다 먼저
고깃배 저어 나루에 당도한 것은
자라 가물치 붕어 잉어 쏘가리 모래무지
비린내 절은 맨발의 덕만이가 아니었다
긴 가죽신 신고 허리에 권총 찬 낯선 얼굴이었다
덕만이의 얼굴을 닮은 낯선 얼굴이었다

—「6. 25/12」 전문, 『아지랭이 그리고 아픔』

동이 트는데

햇살보다 먼저
논두렁에 올라 선 것은
바지 가랭이 걷어올린 덕쇠의 흙빛 정갱이가 아니었다
칼 꽂은 장총 걸쳐 멘 낯선 얼굴이었다
덕쇠의 얼굴을 닮은 낯선 얼굴이었다

—「6. 25/14」 전문, 『아지랭이 그리고 아픔』

인용 시 「6. 25/14」과 「6. 25/16」에서 시인은 시적 화자의 눈을 통해 동트는 동일한 순간의 나루와 논두렁을 제각기 인식하고 있다. 그러나 두 시는 공간과 그에 따른 배경들이 다를 뿐 시어의 선택 방식, 시의 형식, 그리고 시적 대상의 움직임이 마치 노래의 1, 2절처럼 닮아있다. 공간에 따라 시어만 바꾼 닮은 형식의 시들은 동일한 시간 속에 다양한 공간을 포괄하면서 한 곳의 한 사람의 시각이 아닌 여러 곳의 여러 사람의 시각, 즉 객관성을 획득한 시각으로 하나의 사실을 시화시키는 역할을 하고 있다.

「6. 25/1」과 「6. 25/2」 역시 그 이미지의 전개과정에서 같은 양식을 취하고 있다. "아직도 좀 어두운 새벽"이라는 해뜨기 직전 새벽의 풍경이 풀숲과 나무숲을 배경으로 그려진다. 「6. 25/1」에서 화자의 시선은 '풀숲 → 풀잎 → 이슬'로 넓은 데에서 세부적으로 옮아가, '떨어지는 이슬 → 산산히 부서지는 이슬'로 이슬의 움직임을 따라 하강하다가, 새벽하늘에서 '금이 가는 듯한' 소리를 듣는다. 「6. 25/2」에서 역시 그의 시선은 '나무숲 → 나뭇가지 → 새 → 날개 → 새털'로 옮아가다가, '날리는 새털 → 떨어지는 새털'을 따라 하강한다. 그리고 시선을 들어 새벽하늘에서 매캐한 화약 냄새를 느낀다.

닮은꼴의 두 시에서 중요한 시적 대상은 이슬과 새의 깃털이다. 이 두 사물은 본래 투명함과 가벼움으로 상승의 속성을 가지고 있으나, 이 시들에서는 추락하고 있다. "바람도 없는데"라는 말에서 알 수 있듯이, 이슬과 깃털은 물리적인 힘에 의해서가 아닌 스스로 떨어진 것이다. 사물이 자신의 자연스런 속성을 포기할 때 우리는 불길함을 암시 받는다. 그 불길함의 예감은 새벽하늘에 "금이 가는 듯한 소리", "매캐한 화약 냄새"가 퍼짐으로 구체화된다.

연작시 「6. 25」에 나타난 시적 대상들의 불길한 움직임은 「6. 25/4」에서와 같이 생명력이 상실된 부동의 딱딱한 모습을 하고 있기도 하다.

> 교실의 조고만 책상과 의자들은
> 나란히 가지런히 줄지은 채 웅크려 있고
> 저만치 선생님 책상은 빳빳하게 굳어서 서 있다

그 너머 흑판은 겹에 질린 먹빛이고
그리고 잘 닦인 여러 장의 창유리도
겹에 질려 꽁꽁 얼어 있다

—「6. 25/4」 전문, 『아지랭이 그리고 아픔』

이 밖에도 전쟁을 암시하는 불길한 징조들은, 등허리를 낮추며 멈추어 서는 늑대(「6. 25/5」), 무릎 꺾어 허리 낮춘 어둠 속으로 잦아드는 바람(「6. 25/8」), 덫에 채인 산비둘기처럼 가위 눌리는 산(「6.25/9」), 숨죽인 발자욱에 밟혀서 뭉개지는 풀잎(「6. 25/10」)과 같이 폐쇄적이고 부자연스러운 움직임에서도 나타난다.

이렇게 해서 시작된 전쟁은 '대포소리, 총소리(「6. 25/11, 13, 19」) → 낯선 사람이 나타남(「6. 25/12, 14」) → 문을 걸어 잠금(「6. 25/15, 16」) → 버리고 떠남(「6. 25/17」) → 인민군의 병력이 남하함(「6. 35/18, 20」) → 하루종일 날아다니는 총알(「6. 25/22」) → 죽고 죽임(「6. 25/26, 27, 28, 29, 30, 31」) → 모든 것이 썩고 피가 묻어남(「6. 25/46, 47, 48」) → 깨지고 부서지고 뭉개진 불탄 잿더미(「6. 25/49」) → 연기가 오름(「6. 25/54, 55, 56, 57」) → 숯검정이만 남음(「6. 25/58」)'으로 전개된다.

이 중에서 살펴볼 시 「6. 25/58」은 전봉건이 타계하기 대략 반 년 전인 1987년 11월에 발표한 작품으로, 모든 것이 불타오르고 폐허가 된 이 땅을 노래하고 있다.

연기
떠도는
공중에서

오줌싸개의 솢검정이와
개부랄꽃의 솢검정이와
처녀치마의 솢검정이가
떠러진다.

오줌싸개의 솢검정이가
개부랄꽃의 솢검정이하고 섞이고
처녀치마의 솢검정이하고 섞여서 떠러진다.

개부랄꽃의 솢검정이하고 섞인
처녀치마의 꺼밋한 솢검정이가 다시
오줌싸개의 솢검정이하고 섞여서
연기 떠도는 공중에서 떠러진다.

냉이꽃
바람꽃
민들레 솢검정이도
떠러진다.

처녀치마 솢검정이가
오줌싸개 솢검정이 하고 섞이고
개부랄꽃의 솢검정이하고 섞여서
떠러진다.

연기

떠도는

공중이다.

—「6. 25/58」 전문, 『문학사상』 1987년 11월.

폐허가 된 이 땅에 남은 것은 숯검정이들 뿐이다. 이들은 연기 떠도는 공중에서 무화된 서로의 몸을 섞으며 떨어진다. 시 「6. 25/58」에서 시적 화자는 공중에서 떨어져 내리는 재 가루에 대하여 짐짓 무심한 어조로 반복하여 말하고 있다. 이러한 반복적 어조는 행이 거듭될수록 인생의 무상함과 함께 주술적인 분위기를 자아낸다. 여기서 반복적으로 되풀이되는 개부랄꽃, 처녀치마, 오줌싸개는 4연의 냉이꽃, 바람꽃, 민들레와 같은 들꽃이면서도 한 편으로는 남성과 여성, 그리고 아이를 연상하게 하는 이름이다. 이들이 숯검정이가 되어 떨어진다는 것은 들풀같이 살았던 이 땅의 수많은 가족들이 전쟁으로 인해 몰락했다는 의미로도 읽혀진다.

전봉건 시인은 이 숯검정이만을 남겨둔 채 연작시 「6. 25」를 완성하기 못하고 이십여 년 전에 타계했다. 그는 이러한 완전 무의 경지에서 무엇을 만들어 내고자 하였을까. 불타오름의 재 속에서 한 점 하늘빛 사리를 창조하였듯이, '처녀치마 숯검정이가 오줌싸개 숯검정이와 섞이고, 다시 개부랄꽃의 숯검정이와 섞이는 것'을 새로운 생명의 씨를 탄생시키기 위한 과정으로 보아도 좋을까.

떨어지는 숯검정이 이후의 연작시 「6. 25」의 모습을 가늠해 보는 것은 쉬운 일이 아니다. 다만 나는 「6. 25/58」과 거의 같은 시기에 발표된 시를 읽으며 그가 궁극적으로 지향하고자 했던 시의식의 세계를 짐작해 보고자 할 뿐이다.

다음의 시는 시인이 「6. 25/58」보다 한 달 먼저인 1987년 10월 발표한 시로, 역시 전쟁을 소재로 하고 있다.

해는 기우는데
굶주리고 눈물조차 마른
어린아이 보듬고
하늘 쳐다보는
이

눈뜬 채
죽은 사람 껴안고
땅거미 지는 벌판에서
다시 하늘 쳐다보는
이

피 터지고
뼈는 부러지는 밤 전장에서
작은 꽃송이 움켜잡고
또다시 하늘 쳐다보는
이

어둠에 눌린
이 세상 모든 나무들이
무릎 꺾어지고
등 무너질 때

오
머리 들고
눈은 밝혀
하늘 쳐다보는
이

천년을
하늘 쳐다보는
이
이천년을
하늘 쳐다보는
이

그이
눈엔 비치는
커다란 별 하나
이 세상 것 같지 않은
영롱한 별 하나
눈물빛 별
하나

—「눈물빛 별」 전문, 『문학사상』 1987년 10월

시 「눈물빛 별」에서는 마치 「6. 25/46」에서 본 듯한 굶주린 어린아이를 보듬고, 죽은 이를 껴안고, 뼈 부서지는 밤의 전쟁에서 작은 꽃송이를 움켜잡고 하늘을 쳐다보는 한 사람이 나온다. 그는 "십년 이십년 백년을 칼질하다가 물빛보다 맑은 소리로 땅 끝에 선 피리"(「피리」)처럼 폐허가 된 이 땅 끝에서 천 년 동안, 이천 년 동안 하늘을 쳐다보고 있다. 전쟁의 굶주림과 죽음과 어둠 속에서 모든 나무들이 꺾이고 무너질 때에도 그는 하늘의 별을 바라본다. 그가 지향하는 것은 이 세상 것 같지 않게 맑은 영롱한 별 하나, 바로 '눈물빛 별'이다.

이 시의 제목이자 중심 이미지이기도 한 눈물빛 별은 전봉건 시인이 40년의 시 작업을 통하여 한결 같이 추구해온 초월적 생명의식의 표상이다. 시인의 한 맺힌 역사의 피울음 소리인 연작시 「6. 25」 역시 궁극적으로 추구하고자 한 것은 바로 이 눈물빛 별의 세계가 아니었을까.

"시가 사회라는 바다에 떨어지는 맑은 물방울 하나, 그런 것이 되었으면 하는"[7] 그의 바람과 같이, 분단과 6. 25의 상실의식을 시인은 물방울처럼 맑은 눈물빛 별의 세계로 극복하고자 하였다고 볼 수 있다.

07 전봉건, 「나의 文學 나의 詩作法」, 『현대문학』 1983년 4월, 275면.

종이꽃을 피우는 이선영의 시세계

1. 꿈꾸는 사물들

2. 서른 다발의 꽃으로

3. 글자의 나무

4. 평범한, 그러나 행복하지 않은

5. 종이에게 영혼을 팔다

1. 꿈꾸는 사물들

시인 이선영(1964~)은 1990년 『현대시학』을 통해 등단했다. 시집으로는 『오, 가엾은 비늣갑들』(1992), 『글자 속에 나를 구겨넣는다』(1996), 『평범에 바치다』(1999), 『일찍 늙으매 꽃꿈』(2003), 『포도알이 남기는 미래』(2009) 등이 있다. 나는 이 시집들을 차례로 읽으며, 이선영 시세계의 변모 양상을 살펴보고자 한다.

이선영 1964~

이선영의 시세계는 일상적인 사물들의 어울림에서 시작한다. 첫 시집 『오, 가엾은 비늣갑들』에는 비누와 비늣갑, 도장, 옷, 지하철 정기권, 수건들과 같이 우리가 일상적으로 접하는 사소한 소도구들이 주인공으로 등장하는데, 이들은 시인의 일상에서 선택된 존재들이지만, 시인의 상상력에 의해 변형된 것이 아닌 그 사물 고유의 특성을 간직한 채 스스로의 목소리로 노래하고 있다.

한 예로, 시 「손가락은 한없이 부드러워」에서 시적 화자는 노란 수건이 된다. 노란 수건은 일상의 고달픔에 대해 담담히 이야기한다. 그 수건은 대부분의 시간을 사람이 아니라 못과 함께 있다. 물론 사람들이 그것을 쓰고 내팽개치기도, 애무하기도 하지만 그 시간은 일상의 한 부분들이며, 사실 수건은 거의 하루 종일 못에 걸려 있다. 수건은 못에게 말한다. "완고한 못이여, 나를 용서하라/아니 나를 그냥 내버려 두라." 이를 통해 수건의 존재가 새롭게 부각된다. 사람의 필요에 의해 하나의 도구로서 간주되는 수건이 아닌 수건 스스로 자신의 물적 관계, 다시 말하여 못과의 관계

그리고 자신의 일로서의 사람과의 관계가 형성되는 것이다.

이러한 소도구들의 물적 관계는 시 「잘못 찍힌 도장」에서도 나타난다. 시인은 이 시에서 역시 사물의 사고에 개입하지 않는다. 잘못 찍힌 도장은 종이와 인주와 자신을 움직이는 손의 정체에 대해 궁금해 한다. 그리고 잘못 찍힘의 원인이 자기 자신에게 있음을 알고 괴로워한다.

시인은 사물들을 시의 화자로 채택하되, 그 목소리는 사물 고유의 관계에서 우러난 객관적 특징을 잃게 하지 않고 있다. 이렇듯 사물의 물적 관계나 물적 현실을 현실 자체로 수용하는 것은 이 시대 삶의 허위를 미적으로 비판하는 행위가 된다. 이러한 세계에서 인간은 사물의 물적인 관계의 일부가 된다. 노란 수건, 혹은 도장은 사람의 도구가 아니다. 오히려 인간의 손이 수건을 애무하거나 도장을 찍음으로써 존재하는 것처럼 보인다. 즉, 인간의 손은 주체에서 객체로 전환된다. 따라서 그의 시에 나오는 일상의 소도구, 사물들은 인격적 주체성을 잃어버리고 물화되어진 인간의 삶을 상징한다.

그래서 그는 스스로를 자동인형에, 인생을 동전 지갑에, 청춘을 하수구에 비유하기도 하며, 거대한 책상의 삶 앞에서 무기력하게 나이를 먹으며 소멸해가는 자신의 삶을 보기도 한다.

> 나는 책상을 부수고 책상을 떠나는 꿈을 꾼다
>
> 그러나 나의 몸은, 달아날 수는 없다, 달아나지지 않는다, 달아나서는 안된다, 어차피 이곳은 내가 발을 디딘 구렁이다, 고 말하는 듯하다
>
> 반생의 책상을 부수느니 차라리 내 몸은 책상에 헌신하는 편을 택하기로 한다
>
> 무너지듯 철퍼덕, 책상을 거부하며 나는 책상 위로 고개를 박는다

사방에 벽이라도 둘러칠 수 있다면!
나는 책상 앞에서 나이를 먹으며 잘게 잘게 부서져 갈 것이다

―「책상 위로 고개를 박다」에서

처음 그가 책상 앞에 앉게 되었을 때 "흥분과 기대로 목소리를 높이고 눈을 크게 떴지만", 얼마 가지 않아 시인은 책상의 주인이 아니라 책상의 삶에 그 자신이 편입되었다는 생각을 하게 된다. 그는 책상을 부수고 떠나는 꿈을 꾸지만 막상 그의 몸은 달아날 수 없다. 이미 몸은 펜이나 원고지와 다를 바 없는 책상 위의 사물, 책상의 일부가 되어 버린 것이다. 책상은 그에게 헌신과 숭배를 받으며 절대의 경지에 이른다. 이에 반하여 시인은 더욱 왜소해진다. 그는 책상 위에 고개를 박고 나이를 먹으며 잘게 부서진다. 인간의 삶이 사물에서, 다시 무기물로 전락하는 것이다.

나는 여기에서 프로이트가 말한 '죽음의 본능'을 떠올린다.

나는 무분별하게 삶을 섭취했다, 삶은 내게
온갖 음식들로 차려진 성찬의 식탁이었으니
나는 그것들을 탐식하기에 분주했다

―「나의 아랫배 이야기」에서

지금은 나는 체하도록 먹는다
20세기 동안 늙어 온 세상은 갖은 양념이 다 모여 만들어진 거대한 음식물이고

그 음식을 가리지 않고 먹어대지 않는다면 나는 이 세상의 혀와 식
도와 위장 속으로부터 내뱉어질지도 모른다

—「새로운 맛」에서

시인의 지칠 줄 모르는 식욕은 물어뜯기고 씹혀지고 삼켜져서 파괴되는 음식물(삶과 세상)의 죽음으로의 지향성과 연계된다. 이러한 죽음의 본능은 이선영 시의 전반에 드리워져 있는 죽음의 그림자를 해명하는 데 중요한 열쇠가 된다.

그는 한여름 오후 장의차가 지나감을 노래하고, 걸맞지 않은 욕망들을 무덤에 묻는다. 가을의 카페 앞에서 불운한 꽃처럼 짓이겨진 벌레들의 시체를 본다. 내리막길에서 흔히 일어나는 청소부들의 죽음을 담담하게, 무심하게 이야기한다. "매일의 신문은 배반당한 청소부들의 죽음을 활자 하치장에 버린다"라고(「쓰레기차는 청소부를 배반하기도 한다」).

그는 물화된 이 시대의 상황에서 죽음으로 치닫는 본능적인 움직임을 해독해낸 것이다. 이 죽음들은 때로 검은 빛을 동반하고 나타나기도 하는데, 시인은 그 검은 빛에서 '악마적인 힘'을 발견해낸다. 강함과 단호함, 불굴의 저항력, 전제군주와 같은 신념, 검은 빛이 갖고 있는 이러한 속성들이 이 세상과 시인 자신의 삶에 결핍되어 있다고 느낀다.

악마적인 힘. 시인 내부에서 성장의 가능성을 보이는 악마적 요소. 가령 이런 시 — "내 몸의 악마를 하나 선사하지요/어때요,/악마의 덫에 걸리겠어요?/길고 검은 손톱으로 당신 골통을 뒤져 파먹을 텐데"(「당신의 구혼에 대하여」)라고 노래하는 말도로르적인 철면피함. 그래서 그는 감히 이렇게 역설한다.

그럴 수 있다면, 차라리,
나는 검은 색의 아내가 되고 싶다
제왕을 닮은 검은 왕자를 낳고 싶다

—「검은 색은 때로 내게 공포를 준다」에서

물화된 삶에 굴복하느니 '차라리' 그 물화된 삶의 극치인 검은색의 아내가 됨으로써, 시인 이선영은 그의 악마적인 힘으로 자신의 삶을 지배할 수 있는 어떤 가능성을 우리에게 시사한다.

2. 서른 다발의 꽃으로

이제 논의의 각도를 보다 개인적이고 주관적인 시인 자신의 내적 심상에 맞추어, 작품에 나타난 시의식의 흐름을 따라가 보기로 하자.

서른 살이 되는 그날 아침은 분주하리라
거울 앞에서 새로이 몸단장을 하리라
서른 다발의 꽃과 좋아하는 음악으로
서른번째 생일을 자축하리라
그 첫날 아침엔
스무 살 이후 금지되었던 내 모든 장난들을 풀어놓으리라
무기한 감금되었던 내 모든 죄수들을 방면하리라

아무것도 무서워하지 않으리라

낡아서 마음껏 잡음을 내는 라디오처럼 살리라

낡고 낡아서
더 이상 낡을 수 없어서
이윽고 주인의 손에서 벗어나
한데에 버려지는 물건처럼
비로소 나의 삶을 살아가리라

—「서른 살을 기다리며」 전문

시 「서른 살을 기다리며」는 이선영 시인의 데뷔작 중에 하나로, 그의 대부분의 시편들처럼 쉽게 읽히는 작품에 속한다. 아직 서른 살 미만인 시인 혹은 시적 화자가 몇 년 뒤에 찾아올 서른 살의 생일 아침을 상상하는 것으로 이 시는 시작한다. 꽃과 음악과 몸단장으로 그날 아침을 맞고자 하는 그의 기대는 일견 소박한 낭만과 소녀적 감상이 어우러진 것으로 보인다.

2연으로 넘어가면서 서른 살 이후의 계획들이 모습을 드러낸다. 시인은 스무 살 이후 금지되었던 모든 장난을 풀어놓으며, 무기한 감금되었던 그 모든 죄수들을 방면하겠다고 말한다. 여기서 금지되었던 장난과, 감금되었던 죄수는 동격으로 볼 수 있겠다. 그러면 스무 살 이후 그리고 서른 살 이전의 현재까지 시인의 내부에서 이미 다분한 장난기로 금지의 경고를 당한, 또는 벌써 죄를 지어 그 안에 갇혀 있는 죄수는 무엇의 다른 이름인가.

이선영의 시 「내 안에 또 하나의 사람이」를 읽어보면 이 죄수는 시인 자신 안에 갇혀 있는 또 다른 자아의 모습임을 알 수 있다. 이 감금된 자아는 시인의 의지와는 상관없이, 혹은 그의 태도와는 정반대로 "내가 아무 말 아무 표정 없이 앉아 있는 순간에도/그는 답답하다고 내 가슴을 두들긴다."고 말한다. 시인의 무표정한 페르소나 뒤에서 "울고 화를 내고 흐느끼고 소리를 지르거나 욕을 해대는" 이 원색적인 자아에 대하여 그는 고백한다. "내가 이 포악한 사람을 가둬두는 것은/내가 그보다 강하기 때문이 아니다/내가 그를 두려워하기 때문이다."(「내 안에 또 하나의 사람이」) 지금 시인은 그것이 두렵다고 말한다. 그러나 인용 시에서처럼, 서른 살이 되면 지금껏 두려워하였고 억압하였던 원색적이며 포악한 이 죄수를 방면하겠다고 한다.

> 아무것도 무서워하지 않으리라
> 낡아서 마음껏 잡음을 내는 라디오처럼 살리라
>
> ―「서른 살을 기다리며」에서

억압된 자아의 방면 이후 그가 선택할 삶의 모습은 낡아서 마음껏 잡음을 내는 라디오처럼 사는 것이다. 그는 서른 살의 나이에 낡은 라디오를 병치시킨다. 낡음과 늙음. 그는 서른 살을 늙음의 나이로 인식한다.

서른 살이 되면 아무것도 두려워하지 않으리라는 선언은 내 안의 죄수를 풀어놓아도 죄의식 없이 자유롭게 살리라는 의미로 해석할 수 있다. 또한 그 말을 뒤집어 보면, 서른 살이 되지 않은 현재는 젊고 아직은 어리기 때문에 포악한 내 안의 자아에 대한 억압과 감금과 죄의식을 지속시키겠다는 의미로 간주할 수 있다. 다시 말하여, 시인이 또 하나의 자아를 억압하는 이유는 현재의 자신을 젊고 어리다고 생각하기 때문이다.

그러면 스스로 젊고 어리다고 생각하는 것과, 자유의지에 대한 공포와 죄의식은 무슨 관계가 있을까. 무엇이 시인의 자유의지에 금지와 감금을 지속시키게 하였으며, 그것들에게 죄수라는 이름을 명명케 하고 두려움을 조장했을까.

이선영의 시에서 자주 전달받게 되곤 하는 두려움의 심리상태는 시 「검은 색은 때로 내게 공포를 준다」에서 집중적으로 표출된다. 이 시는 앞에서도 잠깐 살펴보았거니와, 잠이 깬 방의 "검은 어둠", 모든 장애를 짓밟고 내달리는 "검은 차바퀴", 빈틈없이 감추고 가둬두는 "검은 색의 안정과 평화", 원색의 쾌락과 섣부른 희망을 거부하는 "무표정" 등 매우 강렬한 이미지들로 이루어져 있다. 그런데 이 시에서 시인에게 공포의 감정을 불러일으키는 몇 개의 이미지들을 조합해보면 검은 색의 자동차를 몰고 다니는 아버지의 모습과 연계된다.

> 집에 들어서면 꼭 그 자리
> 어둠의 한 귀퉁이에 시커멓게 정차해 있는
> 아버지, 고물 자동차
>
> —「자동차와 아버지」에서

아버지는 "트레일러에 두 발 들린 자동차처럼 정비공장에 실려 가던 아버지"(「자동차와 아버지」)라는 표현에서처럼 중고차와 동일시되어 연민을 자아내기도 하지만, 결코 당신의 분신을 폐차시키지 않는 고집스러움—매일 밤 집의 한 귀퉁이를 시커멓게 지키고 있는 무표정한 검은 차의 그림자에서, 우리는 연민과 동시에 공포를 읽어낼 수 있다. 다가서는 감정인 연민과 물러서는 감정인 공포. 시인의 아버지에 대한 이중감정은 시 「두 개의 불행한 손목시계에 관하여」에서 '배반'이라는 비극적 종말로 귀결된다.

이선영의 시 「두 개의 불행한 손목시계에 관하여」에 따르면, 시인이 세상에 태어나 처음 가진 시계는 아버지가 일본에서 사다준 세이코 시계였다. 그는 그 시계를 중학교 1학년이 되던 열네 살부터 스물일곱 살이 되던 해까지 찼다. 사춘기 소녀에서 성숙한 여성으로 성장한 십여 년의 시간을 아버지가 사다준 시계로 상징되는 '아버지의 시간'에 귀속되어 산 것이다.

그 후 시인은 아버지의 시계를 버린다. 다른 시계가 생겼기 때문이다. 처음에 그는 오랜 세월을 함께 지낸 아버지의 시계와 "새로 내 것이 되려는" 시계 사이에서 고민을 하지만, 결국 아버지의 시간을 배반하고, 사람이 저마다의 다른 시간을 가지고 살아가듯 자신에게 어울리는 새 시계를 선택한다.

—「두 개의 불행한 손목시계에 관하여」에서

그러나 그의 사랑스러운 새 시간은 위의 시 인용 부분에서처럼, 시간의 파동 위에 얹혀서 부드럽고 아름다운 음악처럼 흘러가다가, 그 유연한 곡선이 점점 굴곡을 더해가더니 급기야 불안정한 떨림으로 변모된다. 불안의 파동이다. 그래서 그는 새로운 시간에도 정착하지 못하고 미친 듯이 헤매고 다닌다.

> 위험한, 4월의 비는 달콤하다, 나 불안에 떨며
> 미친 사슴처럼 빗속을 헤매었다
>
> —「4월의 비는 연약한 사슴을 죽입니다」에서

이 시의 제목이기도 한 '4월의 비는 연약한 사슴을 죽입니다'는 사슴에게 4월의 비를 강력하게 금지시키는 문구다. 가슴 벅찬 사랑으로 상징되는 4월의 봄비는, 따라서 달콤함과 불안함의 양가감정을 고조시키면서 시인에게 잠재되었던 광기를 불러일으킨다. 그는 두려워 가본 적이 없던 너르고 거친 벌판을 향해 겁 없이 그의 몸을 던진다. 그러나 광기에 의지하여 살아가기엔 그는 너무도 연약하고 어리석고 성급하다. 그래서 그의 폭발된 광기는 이 시에서 한 마리 들뜬 사슴을 죽이면서 끝난다. 그는 아버지의 시간인 금지의 시간에서 겁 없이 자유의 시간을 꿈꾸었지만, 결국 근엄한 아버지 아래 스스로를 연약하고 어리석다고 비하시켜 자기 방어의 페르소나로 다시금 숨어들고 만다.

그는 해방을 유예한다. 서른 살이 되면 그 때부터 자유로워지겠다고 한다. 그날 아침, 무표정한 페르소나 뒤의 적나라하고 능동적인 감정들이 방면될 것이다. 그는 거울 앞에서 지금까지의 모습과는 다른 새로운 표정을 위해 몸단장을 할 것이다. 더 이상 어린 아이가 아닌, 낡음으로 늙어가기 시작했을 때 지금까지 삶의 주인인 아버지, 또는 아버지로 상징되는 것들로부터 벗어나 비로소 그는 자유의지를 회복한다.

그러나 지금 그는 서른 살이 되지 않았다. 머지않아 다가올 내면의 성년식의 그날을 위해 그는 정착하지 못하고 "나쁜 꿈속을 배회하고 또 배회한다"(「나쁜 꿈」). 나쁜 꿈속에서 꽃을 피워내고, 그리하여 마지막 꽃 한 송이가 활짝 꽃 피워낸 그의 시든 육체가 사라지는 날, 그는 자신이 만든 '서른 다발의 꽃으로' 성년을 맞게 될 것이다.

3. 글자의 나무

이선영의 두 번째 시집 『글자 속에 나를 구겨넣는다』는 글자에 대한 새로운 인식의 가능성을 연다. 글자는 더 이상 인간의 도구가 아닌, 글자 그 자체로 인식되고 존재한다는 점에서 첫 시집의 사물들과 연장선상에 있다. 특이한 것은 이미 정과리가 지적했듯이, 이 시집에서 글자는 살아있는 생물이며 복수(複數)이고, 때에 따라 장소가 된다는 것이다.

글자가 장소가 된 경우를 살펴보자. 시인은 글자 그 자체의 모양으로 마치 도장을 파듯, 종이 위에 한 자 한 자 새긴다. 여기까지 이선영의 글자는 여느 글자와 다름없다. 그런데 시인은 그 글자 속에 자신의 육체를 집어넣는다. 사고가 아닌 육체다. 그 육체는 수 천 수 만 가지 글자들로 다시 태어난다. 그리고 새로 만들어진 글자에서 육체는 새로운 집을 짓는다. 이렇게 글자는 육체와 더불어 분열하고 증식하면서, 확대 재생산 된다.

그러나 조화롭던 글자와 육체와의 관계는, 육체가 "이 안은 왜 이리 어둡고 갑갑한가?"(「글자 속에 나를 구겨 넣는다」)라는 회의를 하면서부터 서서히 어긋나기 시작한다. 글자 속에 자신을 구겨 넣으려는 '나'와, 더 이상 글자라는 좁은 공간에 살지 않으려는 '또 다른 나' 사이의 분열된 욕망의 모습이 전개되는 것이다.

그런데 이즈음 내 육체는 "이 안은 왜 이리 어둡고 갑갑한가?"라고 말한다
나는 공들여 지은 내 집을 잃을 위기에 처했다
늙어 어두워진 도장공처럼
나는 지금 끙끙대며 나를 글자 속에 구겨넣으려고 안간힘 쓴다
내 커진 몸집의 풍요를 맛본 내 육체가 더 이상 좁은 집에 살려하지 않기에

—「글자 속에 나를 구겨 넣는다」에서

육체는 어둡고 갑갑한 글자 안에서 걸어 나와, 글자 밖에서 '당신'을 만나고 세상에 눈뜨게 된다. 글자 밖 세상이 주는 풍요와 풋풋한 공기 속에 그는 어여쁜 당신과 희희낙락하며 세월 가는 줄 모른다. 글자 안에 돌아와 들어앉아도 글자 밖에 두고 온 그 사람이 걱정된다. 글자 밖의 시간과 질서가 그 사람에게 너무 빠르고 강하게 여겨지기 때문이다. 결국 안전한 글자 안에 당신을 가두기로 한다.

손으로 그 마음을 잡아둘 수 없는 당신을
글자 속에 꽁꽁 가둬 내가 보고 만질 수 있는 종이 위에 함께 살게 하려고
종이 위에 깨알 같은 글자들을 쓴다
써도 써도 글자 밖으로 비어져나오는 당신을 쓴다

—「글자 속에 당신을 가둔다」에서

글자 속에 당신을 가둔다는 것은 "손으로 그 마음을 잡아둘 수 없는 당신"과의 실패한 사랑을 종이 위에 쓴다는 의미다. 그러니까 현실 속에 더 이상의 사랑은 존재하지 않는다. 다만 그 사람이 남기고 간 추억의 편린을 글자로 재구성할 뿐이다. 그래서 시인은 말한다. "내 이루지 못한 사랑의 뜨거움으로, 나의 펜은 오늘도 종이를 아프게 한다"(「종이를 아프게 하다」).

글자는 곧 당신이 된다. 글자 속에 갇힌 당신은 끊임없이 글자 밖으로 삐져나오려 하고, 시인은 그것을 막기 위해 글자 치다꺼리를 생의 업으로 삼게 된다. 글자에 대한 인식의 전도는 여기서 일어난다.

이제 글자는 사물이 아니다. 그것은 앞에서도 말했듯이, 생명을 가진 존재가 된다. 게다가 애인이나 남편이나 자식처럼 끊임없이 희생과 봉사를 요구하고, 관계에서 주도권을 획득하여 군림하는 인격체로 변모한다.

본 적이 없던 글자의 벗은 몸 그의, 자연스럽게 드러내놓은 성기를 본다
글자에게 먹일 쌀알갱이를 씻고 글자의 먹이를 담을 그릇을 닦고 글자가 자는 방을 걸레질하고 그 걸레를 빨아 넌다
구겨진 글자의 매무새를 펴고 더러워진 글자의 속옷을 빨고 글자의 몸을 밀어냈다 당겨 안았다 한다
글자를 사랑하는가? 고 나는 스스로에게 물어본다
사랑한다는 뜨거운 느낌은 없다
글자를 위해 그 무언갈 무릅쓸 수 있는가? 고 스스로에게 물어본다
거기까지는 먼 길 같다
다만 나는 하루하루를 글자의 치다꺼리로 내 생의 업을 삼고 살아간다

—「생업」 전문

나는 위의 시에서, 시인이 느끼게 된 글자와의 관계에 대한 권태로움, 아니 보다 더 근본적으로 '당신'이라는 존재에 대한 절망을 예감한다. 이제 글자를 사랑한다는 뜨거운 느낌은 없다. 그가 글자를 대하는 것은 습관이나 타성일 수도 있고, 의무감이나 연민 때문에 시작된 것일 수도 있다. 그는 차라리 글자를, 아니 그 사람을 문장에서 깨끗이 지워버리고 싶을 때가 있다고 한다. 그러나 지워버린 글자는 불현듯 공포와 혐오의 대상으로 변모하여 그를 엄습한다. "징그러워, 내가 사랑했거나 나를 사랑했던 당신, 끝까지는 아니었지, (…중략…) 눈에 띄지 않아 세상에 생겨나지 않은 듯 사라진 줄 알았는데, 오늘 홀연히 내게서 회생한 당신의 시커먼 등, 글자들의 번뜩이는 발놀림, 이 무슨 끈덕진, 악연?"(「바퀴벌레」)

그가 버린 글자는 홀연히 그 자신에게서 회생한다. 그것도 바퀴벌레나 먼지, 썩은 내 풍기는 암매장된 원혼들로 그의 육체를 병들게 한다. 그래서 시인은 글자 밖에서 상반된 꿈을 꾼다. 폐허가 된 육체 위에서 글자가 견고한 집을 짓기를 바라면서도, 다른 한편으로는 지긋지긋한 글자를 파기해버리고 육체만의 홀가분한 길을 떠날 수 있기를. 그가 어긋난 꿈속에서 갈등하는 사이, 마침내 죽은 글자들은 부서지고, 그 위에 새로운 글자의 나무가 뿌리내린다.

> 글자 밖에서 마지막으로 받은 사랑의 상처를 전리품으로 들고
> 글자 속으로 돌아오다
> 귀환하는 두 다리의 떨리는 걸음으로
>
> 글자들이 나를 그의 일부로 그의 품에 머무르게 하는 동안 나는
>
> 글자의 나무 껍질로 육체를 삼고

글자의 잎으로 옷을 삼으며
글자의 열매를 따먹고
글자의 끈덕진 수액을 분비해내리라

그런데, 글자 밖에서 한 순간 강렬한 햇살로 스며들어온 그대가 내 마음에 난 유리창을 훤히 꿰뚫고 들어와 아앗 메마른 글자들이 발 밑에 부서져내려

—「글자 속으로」 전문

글자의 집이 어둡고 갑갑해서 바깥 세상으로 뛰쳐나갔던 시인은 사랑의 상처를 전리품으로 들고 되돌아온다. 이제 '글자 속으로 나를 구겨 넣지' 않아도 된다. 그는 글자들의 일부가 되어, 궁극적으로 글자와 한 몸인 싱싱한 글자나무가 될 것을 노래한다. 글자의 나무껍질로 육체를 삼고, 글자의 잎으로 옷을 삼으며, 글자의 열매를 따먹고, 글자의 끈덕진 수액을 분비하겠노라고.

먼 여정을 거쳐 시인과 글자는 다시금 한 몸이 되었다. 앞으로 시인은 글자의 나무로서 아름다운 꽃을 피워내게 될 것이다.

4. 평범한, 그러나 행복하지 않은

시집 『평범에 바치다』에는 글자라든가 꽃에 대한 이야기는 거의 나오지 않는다. 대신 아주 일상적인 이야기들, 예를 들어 스스로 읽은 책제목을 되짚어보며 부족한 독서량을 반성한다거나, 나무늘보가 나오는 〈동물의

왕국〉을 어린 딸아이와 시청하고, 남편과 오징어를 구워 먹고, 신 김치를 맛보며, 휴일이면 63빌딩으로 가족 나들이를 가는, 얼마만큼은 지루하고 또 얼마만큼은 그럭저럭 행복해 보이는 이야기들이 실려 있다. 그러면 '그럭저럭 행복해 보인다'는 것은 시를 쓰는 시인에게 과연 행복일까, 불행일까.

시인은 행복이라고 말한다. 이 시집의 후기를 보면 그는 "심지어 행복하게까지 살았다"고 한다.

> 이 시들이 씌어진 요 몇 년 간 나는 평범하게 살았다. 단지 생활의 평범함만이 아니라 나는 어떠한 유의 비범이라거나 일탈을 꿈꾸지 않았다. 꿈꾸려고도.
>
> 평범의 녹을 받아먹으며 나는 그 동안 안전하게, 심지어 행복하게까지 살았다.
>
> —『평범에 바치다』 후기에서

평범하게, 안전하게, 심지어 행복하게까지. 시집에 실린 작품들을 쓸 당시를 시인은 이 세 마디의 말로 요약한다. 평범과 안전, 그리고 그에 따른 행복은 어찌 보면 당연하다. '심지어'라는 단어만 없었다면 말이다.

부사어 '심지어' 뒤에는 부정적인 말이 와서 상황이 더욱 나빠졌음을 나타내야 자연스럽다. 예컨대, 기온이 떨어지고, 심지어 눈까지 퍼붓기 시작했다. 그는 언성을 높이더니, 심지어 욕설까지 했다 등.

그 반대의 용례라면 어떨까. 기온이 올라가더니, 심지어 꽃이 피기까지 했다. 그는 언성을 낮추더니, 심지어 칭찬까지 했다. 이것은 어색하다.

무언가 더 큰 불편함이 기다리고 있거나, 폭풍전야와 같은 불길함이 느껴진다.

이선영의 시집 후기에서 느껴지는 불편함의 정서도 이와 같다. 그가 '행복하게까지 살았다'라는 최고의 긍정적인 말을 했음에도 불구하고, 마치 해서는 안 될 일을 저지른 것 같다. '심지어'라는 말 한 마디로 인하여 평범하게 살수록, 그래서 안정될수록 상황은 점점 더 나빠지는 것처럼 보인다. 그러니까 일상 속에서 그럭저럭 행복해 보인다는 것은 어찌 보면 행복하지 않다는 것보다 더 안 좋은 상황일 수도 있다. 적극적으로 개선하기도 애매한 상태에 익숙해져 불편함이 그대로 고착될 가능성이 높기 때문이다. 평범한 주말의 일상을 노래한 시 한 편을 살펴보자.

> 우리는 63빌딩으로 들어갔다
> 하나둘 모인 얼굴들과 한동안 기분좋은 점심밥을 먹고
> 아이맥스 영화관을 기웃거렸다
> 우리는 배를 타고 싶어했다
> 그러나 밖에는 비가 내리고 있었다
> (…중략…)
> 63층, 하늘 가장 가까운 곳에서 멀리 창밖을 내다보았다
> 우리가 가지 못하는 강이 보였다
> 비는 그치지 않았다
> 우리는 다시 우리가 있어야 할 아래층으로 내려왔다
> 조르는 아이에겐 장난감을 사주고
> 어른들은 쇼핑을 했다
> 다니다 지치면 앉아 쉴 의자도 있었다
> 비가 그치지 않았다

우리는 따뜻한 우동 한 그릇과 모밀국수로 저녁끼니를 때웠다
63빌딩에는 없는 것이 없지만
63빌딩은 잘 갖춰진 하나의 세계였지만

그리운 것은 늘 바깥에 있다

—「63빌딩에 갇히다」에서

63빌딩은 시에 나와 있듯이, 없는 것 없이 모든 것이 잘 갖춰진 하나의 세계다. 어른들은 쇼핑을 하고 아이들은 장난감을 선물 받는다. 지치면 쉴 수도 있고, 배고프면 먹을 수도 있다. 그럭저럭 만족할 만한 공간이다. 그러나 정말 원하는 것은 그 안에 없으며, 진짜 하고 싶은 것도 할 수 없다.

시인을 포함한 '우리'는 한강에서 유람선을 타고 싶었다. 그러나 비가 내림으로 탈 수가 없다. 아니, 이건 정확한 말이 아니다. 비가 내려도 배는 탈 수 있다. 한강의 유람선은 비가 와도 운행하기 때문이다. 단지 비를 맞으며 아이들을 이끌고 선착장으로 걸어가야 하는 일이 보통일이 아니다. 게다가 그들이 타고자 하는 배는 유람선이 아닌가. 비 오는 한강을 유람하는 것이 무슨 의미가 있을까. 그는 자신이 하고 싶은 것이 단지 '배를 타는 일'이 아니라, 한강을 유람하는 일임을 잘 알기에 무턱대고 비를 맞으며 선착장으로 나서지 않는다.

이러한 행동은 앞에서 살펴본 시 「4월의 비는 연약한 사슴을 죽입니다」에서 죽을 줄 알면서도 빗속으로 뛰어나가는 사슴에 자신을 비유했던 데뷔 당시 시인의 모습과 많이 다르다. 그사이 세월이 흘렀고, 삼십 대 중반을 바라볼 만큼 나이를 먹었고, 무엇보다 아이가 생겼다. 그만큼 현명

해지고, 다른 한 편으로는 평범해졌다. 그러나 그렇다고 마음속의 소망까지 완전히 접은 것은 아니다.

이 시에 '비가 내리고 있다'는 구절이 다섯 번이나 반복된 것으로 미루어 시인이 얼마나 오랜 시간 진심으로 비가 그치기를 바랐는지 짐작할 수 있다. 비는 끝내 그치지 않았고, 시인은 "그리운 것은 늘 바깥에 있다"고 담담히 시를 마무리 한다.

그리운 것은 늘 바깥에 있다. 간절한 것, 절실한 것도 지금 여기에 없다. 그립다는 말에는 존재의 부재가 내포되어 있으며, 간절하고 절실하다는 것 역시 결핍의 의미가 들어있다. 그는 내부 공간에 갇힘으로써, 우려했던 대로 그리움과 결핍의 정서를 고착시킨다. 몸은 안에 있지만, 마음은 정말 하고 싶은 그 무엇을 찾아 외부공간을 떠돌고 있는 것이다.

이선영의 시세계가 시집 『평범에 바치다』에서 두드러지게 보인 변화는 이 시에서처럼 안과 밖의 공간이 대립한다는 것이다. 그리고 두 공간은 다시 시인의 육체와 영혼에 각기 연계된다. 두 번째 시집 『글자 속에 나를 구겨넣는다』에서만 하더라도 글자를 중심으로 한 안과 밖의 공간은 서로 맞물리고 이어져 그 구분이 명확하지 않았다. 시인은 글자 속에 자신의 육체를 구겨 넣으려다가 아예 글자의 일부가 되었다. 몸 역시 마음의 대립개념이 아니었다. 이선영은 인간의 육체 그 자체, 혹은 의미가 아닌 글자 그 자체에 주목하였으며, 딱히 육체와 구별되는 영혼에 대하여 노래하지 않았다. 그러나 이 시집에서는 다르다. 이전에 자주 보였던 '내 안에서 갈등하는 두 개의 자아'는 집 안의 육신과 집 밖의 영혼으로 분리된다.

> 내 육신과 영혼은 다정하게 지내질 못한다
> 이를테면 이렇다
> 집 밖에는 왠지 행복하지 않은 나의 영혼이 있다

집 안에는 행복하길 간절히도 바라는 나의 육신이 있다

집 밖으로 보퉁이째 내몰린 내 영혼은 집 안에 있는 나의 육신을 목청껏 부르며 나오라 하지만 내 육신은 귀머거리다

이미 나는 육신의 뜻을 좇아 나를 푹! 묻었다.

별 절실함 없이 아랫도리가, 그러나 힘겹게 뱉어 놓은(그것은 가장 여성적인 행위인 동시에 가장 몰여성적인 행위였다) 아이와

아픈 줄도 모르고 그의 갈비뼈를 뚝 떼어 보기좋은 세상 한 거처를 내게 선사해준 남편에게

내가 묻힌 집 밖에서, 떠돌이들의 거리에서, 나의 행복하지 않은 영혼은 오 힘주어 제 행복하지 않음을 험hum – 험hum – 허밍하며 다닌다

—「내 육신과 영혼은」 전문

집 밖의 영혼은 행복하지 않다. 집 안의 육신도 행복하길 간절히 바라지만, 행복하지 않다. 집 안은 행복해지고 싶었던 그의 불행한 육신이 묻힌 공간이다. 몸으로 연결되는 남편과 아이는 결과적으로 그의 무덤이나 다름없다. 그리고 육신이 묻힌 집의 밖에서 영혼은 불행을 노래하며 떠돈다. 그러니까 불행이라는 것은 역설적이게도 영혼을 노래할 수 있게 하는 힘이 된다.

일상의 평범함 속에서 어떤 유의 비범함이나 일탈을 꿈꾸려 하지 않고 "살아 있는 동안에 내 육체가 쉼없이 분비해내는"(「머리카락의 詩」) 분비물 속, 혹은 "더러움이 진득하게 일궈내는 텃밭에"(「새는 날개를 따라 둥지를 비우고」) 불평도 없이 뿌리를 박았던 육신. 그리고 "나날의 쳇바퀴가 조용

히 내 영혼의 숨통을 조이는"(「순장」) 그야말로 숨 막히는 일상을 기특하게 도 견디고 또 견디었던 시인의 순한 몸은 결국 이렇게 집 안에 묻히는 것으로 사라진다.

시 「헐렁한 옷」 역시 육체의 사라짐에 대하여 노래하고 있다. 시인은 평범함이란 페르소나 뒤에서 자신의 정체성을 숨기다가, 어이없게도 존재 자체를 잃어버린다.

헐렁한 옷 속에서 그 동안 나는 속이는 일의 간편함, 세상에 나의 오목과 볼록을 드러내지 않는 일, 에 젖어 있었다
그러나 많이 입어 더욱 헐렁해진 옷 속에서 지금
느껴지는 어떤 움직임, 질깃하게 짜여지지 못한
내 삶의 올이 풀리고 있다!
옷을 뒤집어본다, 내가 없다
헐렁헐렁한 옷의 안감과 겉감이 있을 뿐이다 처음부터 내가 헐렁한 옷의 안감이었던 것처럼
속이고 속은 것이 다 나였다 안심하고 나를 맡겨온 옷의 헐렁함이
비뚤거리긴 했지만 수채화 붓자국이었던 나를 뭉개 버렸다
어디로 갔을까.
내가 세상과 대적하여 어거지로 입었던 그 헐렁한 옷 속에서
독하게 꽃피워보지도 못한 나는

—「헐렁한 옷」에서

이 시집에 유난히 많이 등장하는 '껍데기'나 '빈 껍질'이라는 시어는 바로 이 헐렁한 옷의 변용이다. 세상으로부터 스스로를 보호하기 위하여

껍데기를 쓰고 다녔는데, 어느 날 문득 그것이 빈 껍질이었음을 깨닫는다. "나는 어디로 갔는가. 나는 지금까지 무엇을 숨기고 있었던가." 세상과 대적하여 억지로 입었던 그 헐렁한 옷 속에서 독하게 꽃 한 번 피워보지도 못한 자신을 성찰하는 시인의 목소리는 깊은 울림을 남긴다.

여기서 시집의 후기를 마저 읽어 보자.

> 그 평범의 양철 지붕을 아프게 두들기는 심상치 않은 빗줄기가 있어 몇 군데 병원을 드나들며 분주히 때우고 수선하는 것이 근래 내가 처한 삶의 곤경이다. 나의 평범에 병색이 비친다. 그간의 평범과의 순탄한 밀월, 그것을 끝낼 때가 되었나 보다.
>
> —『평범에 바치다』 후기에서

평범함과의 밀월을 끝내고, 세상에 있는 그대로 자기 자신을 드러내는 일은 곧 자신의 정체성을 회복하는 것이다. 그러면 "선영아 언니 엄마 당신 은지에미야 형님!"(「새는 날개를 따라 둥지를 비우고」)과 같이 가족이라는 관계 속에서 설정된 그들이 부르는 이름이 아닌, 이선영 자신으로서의 정체성은 무엇일까. 나이가 들면서 점점 평범해지는 자신의 모습을 짐짓 의연하게 받아들이는 것 같으면서도, "단 한 줌 손아귀 안의 이 움켜쥠"(「평범에 바치다」)만은 내놓고 싶지 않은 최후의 바로 그것.

당연하지만, 나는 그것이 시라고 생각한다. 저주 받은 땅에서 피울 수 있는 꽃은 시 밖에 없다고, 그는 이성복 시인의 말을 빌려 다음 시집의 후기를 썼다. 독하게 꽃 한 번 피워보지도 못하고 나이든 그가 유일하게 움켜쥐고 있는 시의 꿈. 이선영의 시세계는 이렇게 해서 다음 시집 『일찍 늙으매 꽃꿈』으로 넘어간다.

5. 종이에게 영혼을 팔다

시집 『일찍 늙으매 꽃꿈』에서 시인은 마른 꽃을 보며 세월과 함께 소멸해가는 것들에 대하여 쓸쓸하게 노래한다. "그대에게서 오래 전에 받은 따뜻한 꽃 한송이//벽에 거꾸로 매달린 채 하세월//사랑은 말라붙은 꽃만 남기고"(「마른 꽃」), "영혼이 놓아두고 간/시든 꽃잎들은/이제 아무데로나 떨어져내릴 것이다"(「시든 꽃」). 여기서 마른 꽃과 시든 꽃은 세월 속에서 사그라진 사랑과 꿈, 욕망의 은유다.

세월과 함께 소멸하는 것에 대한 절망은 늙은 몸, 혹은 황폐한 땅에 대한 부정적 인식으로 발전한다.

> 내 안에 들어오면
> 모든 꽃들의 잎은 가시로 변한다
>
> 바람이 불면
> 눈송이나 꽃가루 나뭇잎사귀 아닌
> 모래와 먼지만 자욱이 날아다닌다
>
> 잎을 버리는 꽃들은 제 몸에 날카로운 가시를 꽂고
> 잎을 버리지 못하는 꽃들은 제 이파리를 부여안은 채 말라 죽곤 한다
>
> 내 안의 사막에서 원(怨)을 품고 태어난 그 수많은 가시들이
> 나의 내장과, 피와, 살,에 닿으며
> 나의 내장과, 피와, 살,을

찌르고 찔러댄다

내 안에 들어오면
모든 꽃들은 선인장이 된다

—「선인장」에서

앞의 시집에서 '독하게 꽃피워보지도 못하고' 늙었다는 시인의 자의식은 자신의 몸을 사막에 비유하는 데까지 이른다. 사막의 불모성은 비옥한 대지와 대조되면서 여성성의 상실을 상징한다. 그 사막에서 원(怨)을 품고 태어난 수많은 가시들. 불모의 땅에서 말라죽지 않기 위해서는 잎을 버리고 가시를 꽂아야 한다. 이선영의 시에서 선인장은 날카로운 가시로 그의 내장과 살을 찔러대며, 시인의 고통을 자양분으로 독하게 생존한다. 세월 속에서 시들어버린 마른 꽃의 반대편에 선인장이 자리하고 있는 것이다.

선인장과 같은 편에 유도화(柳桃花)도 있다. "독의 기운이 온몸을 비틀며 퍼져오를 때 더 붉고 화려하게 꽃핀다"(「유도화」)는 유도화는 말 그대로 '독하게 꽃피워보지도 못하고' 늙었다는 시인의 자의식이 만든 꽃이다. 늙은 몸에서 피워낸 독의 꽃. 소멸을 거부하는 이 불멸의 상징은 "필 줄도 질 줄도 모르는 종이꽃,/피어 있는 채로 영원히 멎어버린 꽃"(「꽃이 피는구나!」)인 조화(造花)로 변용된다. 여기서 종이로 만든 꽃은 무엇을 상징하는 것일까.

종이꽃은 시 「조로(早老)의 화몽(花夢)」에서 구체적인 모습을 드러낸다. 이 시의 제목은 개화기 최초의 여성문인이었던 김명순의 산문시 「조로(朝露)의 화몽(花夢)」에서 따왔는데, 이선영은 조로(朝露)를 조로(早老)로 바꾸었다. '아침 이슬'을 '일찍 늙음'으로 만들어 버린 것이다.

김명순의 산문시는 1920년 7월 『창조』지에 발표되었으며, 망양초가 백장미와 홍장미에게 자신의 사랑 이야기를 들려주는 것을 탄실이라는 주인공이 엿듣는 형식으로 전개된다. 망양초가 담홍의 꽃을 탐스럽게 피웠을 때 남호접(藍胡蝶)이 와서 머무르고 말하기를, 후일에 또 올 터이니 기다리라고 한다. 그래서 망양초는 10년째 거문고를 타며 남호접을 기다린다. 여기서 망양초는 당시 복잡한 연애사건으로 세인의 관심을 받았던 작가 김명순과 많은 부분이 겹쳐진다. 실제로 김명순은 필명으로 탄실(彈實) 외에 망양초(望洋草)라는 이름을 쓰기도 했다. 즉 김명순과 탄실과 망양초는 같은 인물인 것이다. 뿐만 아니라, 백장미 홍장미 역시 남호접과 사랑을 나누었던 망양초의 과거 모습이라 볼 수 있다. 이 분신들을 통해 한 신여성의 불행한 삶은 탐미적으로 재현된다. 그러면 이선영은 김명순의 텍스트를 어떻게 해석하고 있을까.

이선영은 작가가 개화기 최초의 여성 문인이었으며, 매우 불행한 말년을 보냈다는 작품 외적인 사실을 염두에 두었을 것이다. 그리고 수필에서 꽃들을 내세워 여성으로서의 정체성을 꽃피움이라고 보고 있다는 점, 그리고 늙은 망양초가 더 이상 꽃을 피우지 못하는 대신 노래를 부른다는 점에 주목하였을 것이다.

이선영은 김명순과 같이 망양초를 시의 화자로 삼는다. 그러나 시 앞부분에 인용한 것처럼 김명순의 망양초가 눈물을 흘리며 비탄의 노래를 부른 것과 달리, 이선영의 망양초는 자신이 담홍의 꽃 대신 '종이꽃'을 피우고 있음을 당당하게 내세운다.

"엇젼지 눈물이 흘늡니다그려. 당신들을 대하매
내가 꼿을 피엿든 때를 회억(回憶)하여지는구려"
망양초(望洋草)는 백장미와 홍장미를 갓가히
안치고 그가 젊엇슬 때에 담홍색의 꼿을 피엿슬
때 한 옛적의 니약이를 시작하려 한다.

—김탄실 수필 「조로(朝露)의 화몽(花夢)」에서

미안하지만, 백장미 홍장미여
나는 날마다 새로 피는 꽃이다
나는 지는 꽃이 아니요
떨어지는 꽃잎도 모른다
누군가 시든 꽃잎을 허옇게 빼물며 나에게 물었다
날마다 다른 빛깔 때론 다른 모양의 꽃잎을 다는 게 귀찮지 않으냐고
그저 웃었을 뿐이지만
나에겐 그 하루 동안이면 끝자락이 처지는 한 철이다
하루가 채 가기도 전에 나는 벌써 나를 새로 그리고 싶어진다
나는 무언가 늘 모자라고 어딘가 늘 고칠 데가 있는 것이다
알아챘는가, 나는 날이 새면 종이에 다시 그려지는 종이꽃이다
나는 늙는 게 싫어서 종이에게 내 영혼을 팔았다
나는 종이 위에서 날마다 조금씩 색깔과 모양을 바꾸며
언제까지나 젊고 새로울 것이다
나는 늙지 않고 진행중인, 젊음을 향해 수정중인 꽃이다
백장미 홍장미여,
담홍의 추억도 나는 종이에다 말리련다
멀찌가니 저쯤에 날아가지 않는 남호접 한 마리를 그려 넣어다오

—「조로(早老)의 화몽(花夢)」 전문

이선영은 젊었던 한때 담홍의 꽃을 피우고 시들어, 남은 평생 비탄의 눈물을 흘리며 남호접을 기다리는 망양초가 되기를 거부한다. 그는 늙지 않고 시들지 않는, 날마다 다른 빛깔 때론 다른 모양의 꽃잎을 다는 종이꽃이 되고자 한다. 날이 새면 종이에 다시 그려지는 종이꽃. 시인은 늙는 게 싫어서 종이에게 영혼을 팔았으며, 그래서 그는 종이 위에서 언제까지나 젊고 새로울 것이라고 말한다.

여기서 종이꽃은 시를 상징하며, 나아가 예술의 불변하는 가치를 나타낸다. 사랑도 젊음도 세월 속에서는 소멸한다. 마치 아름다운 꽃이 시들어 버리듯 말이다. 그러나 시는 영원할 수 있다. 사랑도 젊음도 예술 안에서는 영원할 것이다.

현실에서 이루지 못한 꿈을 이렇게 종이 위에서 성취하는 시인의 모습은 새로운 것이 아니다. 그는 이미 두 번째 시집 『글자 속에 나를 구겨넣는다』에서부터 글자 속에 사랑하는 사람을 가두려고 했고, 이루지 못한 사랑을 종이 위에서 재구성하기도 했다. 글자 속을 드나들며 반복적인 일상의 무미건조함을 그렸던 시인은 마침내 글자와 한 몸인 글자의 나무가 되었다. 그리고 이번 시집에서 아픈 성찰 끝에 독하게 꽃을 피워냈다.

종이에게 영혼을 팔아 피운 종이꽃. 피어있는 채로 영원히 멎어버린 꽃. 나는 그 꽃의 봉오리들이 글자의 나무에 하얗게 맺혀있는 것을 본다. 피어라, 종이꽃. 안으로 제 몸을 파고드는 가시처럼 아프고도 슬픈 꽃이여!

날개, 희망과 야심의 부활

1. 정신과 육신의 대립
2. 보호와 감금의 '나의 방'
3. 외출과 탈출, 존재의 전환
4. 날개, 혹은 희망과 야심의 부활
5. 상상력의 원형으로서 요나 콤플렉스

1. 정신과 육신의 대립

이 글은 이상 소설의 상상력의 구조를 작품 「날개」(1936)를 중심으로 살펴봄으로써, 상상력의 원형과 작가의식의 지향점을 가늠하는 것을 목적으로 한다. 이상 작품의 내재적 연구를 통한 작가의식의 해명은 지금까지 많은 평자들에 의하여 논의되어 왔다.[1] 이 가운데서도 특히 이어령은 이상 소설을 "현실과 순수의식 세계와 관계 지우기의 다양한 시도"라고 보고, 그 방법적 모색으로서의 예술형식과 기법상의 특성 등을 규명하고 그 의미를 추론해 내고자 함으로써, 이상 문학에 대한 미학적 접근의 초석을 마련했다고 볼 수 있다.

작품 「날개」의 구조적 해명은 1980년대 이후에 보다 활발하게 전개되었다.[2] 이 논의들은 '나 — 아내'의 갈등구조와 외출의 반복적 패턴에 주목하여 어둠에서 밝음을 지향하는 움직임을 적극적으로 해석하고 있다.

이와 함께 '시간'을 통해 작가의식이나 작품의 구조를 해명하려는 작업이 활발하게 이루어진다.[3] 정덕준은 「날개」에 나타난 시간의 특징을 "현현

01 김상태, 「부정의 미학」, 『문학사상』, 1974년 4월.
김열규, 「현대의 언어적 구제와 이상 문학」, 『지성』, 1972년 2월.
이어령, 「이상론」, 서울대 문리대학보(1955년 9월), 김윤식 편저, 『이상 문학전집 4』, 문학과 지성사, 1995.
______, 「날개를 잃은 증인, 김용직 편, 『이상』, 문학과 지성사, 1977.
조연현, 「이상」, 『현대한국작가론』, 문명사, 1970.
02 김중하, 「이상의 「날개」—「날개」의 패턴 분석」, 『한국현대소설작품론』, 문장, 1981.
서종택, 「폐쇄된 사회와 고립된 자아」, 『한국근대소설의 구조』, 시문학사, 1985.
유기룡, 「「날개」— 밝음을 향해 비상하는 자기 승화」, 『한국현대소설작품연구』, 삼영사, 1989.
이승훈, 「「날개」의 구조분석」, 『월간문학』, 1981년 2월.
03 이승훈, 「이상 소설의 시간 분석」, 『문학과 시간』, 이우사, 1983.
이재선, 「이상소설의 시간의식」, 『한국현대소설사』, 홍성사, 1984.
정덕준, 「한국근대소설의 시간구조에 관한 연구」, 고려대학교 박사논문, 1984.
______, 「동시성의 체험과 이상의 자유의지」, 1985. 김용성 外 편, 『한국근대작가연구』, 1985.

(顯現)의 시간 또는 영원한 현재"로 보고, 주인공은 위축된 자아를 시간을 통해 회복하려는 자유의지를 드러낸다고 하였다. 나아가 이른바 시계 시간을 부정한 이상 소설의 개성을 현대소설로서의 특징과 접목시켜 규명한 것은 이상 문학 연구에 중요한 성과로 평가된다.

시간에 대한 논의와 더불어 '공간'에 대한 논의들도 다양하게 시도된다.[4] 이 중 황도경은 이상의 공간연구에, 창조된 상상적 영역의 총체를 지칭하기 위해 '소설 공간'이라는 개념을 도입한다. 그는 「날개」를 자아와 현실, 육체와 정신 사이의 갈등·분열을 나와 아내, 안과 밖, 피동적 내밀성과 외출의 지향적 움직임이라는 일련의 대칭구도를 통해 형상화하고 있다고 보았다.

이밖에도 동물비유, 만남, 잠 등의 테마 분석[5]을 통한 논의가 이루어졌다. 오생근은 이상의 소설에 나타난 동물의 이미지가 작가의 무의식적인 내부구조와 밀접히 연결되어 있다고 파악하면서, 「날개」에서는 주인공이 길들여진 가축의 상태에서 상승하여 점차적으로 인간의 의식을 소유하게 된다고 하였다. 이는 이상의 작품을 이미지의 전개에 따라 한층 더 풍요롭게 읽을 수 있는 계기를 마련해 준다는 점에서 의미 있는 연구라고 생각된다.

지금까지 살펴본 바와 같이 「날개」의 내적 구조와 작가의식은 다양한 관점에서 논의되어 왔으며, 이 작품을 통한 이상의 문학적 성과 역시 다각도로 규명되었다. 그럼에도 불구하고 이 작품을 다시 논의의 대상으로 선택한 것은 문학 텍스트는 의미가 고정된 것이 아닌 이른바 '열린

04 김중하, 「이상의 소설과 공간성」, 1984. 전광용 外, 『한국현대소설사 연구』, 민음사, 1984.
정덕자, 「이상 문학연구 — 시간 공간 및 물질의식을 중심으로」, 이화여자대학교 석사논문, 1983.
황도경, 「이상의 소설 공간 연구」, 이화여자대학교 박사논문, 1993.
05 강동문, 「이상 문학에 나타난 '잠' 모티브 연구」, 경남대 석사논문, 1990.
김현, 「이상에 나타난 만남의 문제」(1962) 김윤식 편저, 앞 책, 1995.
오생근, 「동물 이미지를 통한 이상의 상상적 세계」(1970), 김윤식 편저, 앞 책, 1995.

이상 1910~1937

구조'로서 다의적인 해석이 가능하기 때문이다. 즉 소설이란 작가에 의해 창조된 고유한 상상적 세계지만, 그 세계는 독자에 의해 재해석되는 과정을 거쳐야만 하므로, 하나의 텍스트는 독자와의 역동적 관계 속에서 무한한 의미를 창출할 수 있다. 독자의 상상력을 통한 문학작품의 개성적인 해석에서 우리는 '창조적 책읽기'의 즐거움을 경험할 수 있는 것이다.

나는 작품 「날개」의 구조를 살펴봄에 있어 기존의 논의를 수렴하면서, 특히 의식현상학적 방법을 원용하여 작품에 나타난 상상력의 구조와 작가의식의 지향점을 가늠해 보고자 한다. 이는 이상의 소설 작품에 나타난 다양한 상징적 의미를 해명할 수 있는 여지를 마련하고, 창조성의 원천으로서 상상력의 질서와 방향성을 가늠해 볼 수 있다는 점에서 의미 있는 작업이 될 것이다.

작품 「날개」의 형식적 특징은 에피그람(Epigram)으로 시작된다는 것이다. 에피그람과 본문은 각기 독립된 내용으로 이루어져 있으므로, 에피그람을 빼고 읽어도 작품의 논리적 전개에 영향을 주지 않는다. 뿐만 아니라 에피그람의 각 단락 역시 논리적인 인과관계를 갖지 않는다. 에피그람의 내레이터 '나'는 독자에게 직접 말을 걸고 있는 형식을 취하고 있지만, 그 내용은 일상적인 메시지를 전달하고 있다기보다는 난해한 이미지만을 제시하고 있다.

우리는 이 소설의 본문으로 들어가기 전에, 우선 에피그람에서 제시하는 이미지를 분석하여 내레이터의 성격을 파악하여야 한다. 에피그람의 내레이터와 본문의 주인공 '나'가 동일인이라는 점에서, 일견 현학적인 말놀음으로 간주될 수 있는 이미지의 나열이 본문의 내용을 암시하는 하나의 상징적 복선이 될 수 있기 때문이다.

> '剝製가 되어버린 천재'를 아시오? 나는 愉快하오. 이런 때 戀愛까지가 愉快하오.[6]

위의 인용문은 에피그람의 도입부 첫 단락이다. 여기서 내레이터 '나'는 독자에게 '剝製가 되어버린 천재'라는 화두를 던지고 있다. 박제는 정신이 없는 육신을 의미한다. 육신의 껍데기로서의 박제와 그와 상반된 의미로서의 천재는, 그러므로 육체성과 정신성의 양극단을 상징한다. 음운 상으로는 닮아 있지만, 이 둘의 거리는 본문에 나오는 '아스피린과 아달린' 만큼이나 먼 것이다.

'박제가 되어버린 천재'란 다시 말하면 과거엔 천재였으나 현재에는 박제에 불과한 사람이라고 해석할 수 있다. 여기서 독자는 이 소설이 천재였던 한 사람의 박제화 과정, 혹은 박제가 된 사람이 천재성을 회복해 가는 모습을 담고 있으리라는 기대를 하게 된다. 따라서 우리가 앞으로 주목해야 할 것은 천재가 박제로 된 경위와, 어떠한 계기로 주인공이 자신의 본래 모습을 찾느냐다.

육체와 정신과의 관계는 다음 단락에서 부연된다.

> 肉身이 흐느적흐느적하도록 疲勞했을 때만 精神이 銀貨처럼 맑소. 니코틴이 내 蛔ㅅ배 앓는 뱃속으로 스미면 머리 속에 으레히 白紙가 준비되는 법이오. 그 위에다 나는 위트와 파라독스는 바둑布石처럼 늘어놓소. 可憎할 常識의 病이오. (318면)

06 이상, 『이상 문학전집 2 — 소설』, 문학사상사, 1991, 318면. 이후 이 책은 인용문 뒤에 페이지만을 쓰겠다.

여기서 육신과 정신과의 관계는 보다 명징한 이미지를 빌려 나타난다. "肉身이 흐느적흐느적하도록 疲勞했을 때만 精神이 銀貨처럼 맑소."라는 말에서 은화처럼 맑은 정신의 깨어남이란 육체성이 흐느적거리도록 해체된 다음에야 가능한 것임을 알 수 있다. 즉 주인공 '나'는 건강한 육체와 맑은 정신을 병존시킬 수 없다.

육신과 정신은 다시 '배/머리'로 구체화된다. 횟배를 앓는 병든 배를 인식할 때 머릿속에는 백지가 펼쳐진다. 창조적 사고가 시작되는 것이다. 이것을 그는 '상식의 병'이라고 칭하고 있는데, 이는 위트와 패러독스로 제유되는 지적인, 혹은 정신적인 활동이 일상의 상식과 위배되는 질서를 갖고 있음을 암시하고 있다고 볼 수 있다. 정신의 활동은 육신의 병으로 촉발된다. 주인공 '나'에게 정신은 곧 육체의 병이다. (표1)

표1

육신(=상식)	정신
피로 : 흐느적흐느적(해체)	맑음 : 은화(응축)
병듦 : 뱃속의 蛔 – 상식의 병	창조적 사고 : 머릿속 백지 – 위트와 패러독스

이러한 머리와 배의 대립적 관계는 본문에서 '마음과 배'로도 나타난다. 그는 배가 든든한 것보다는 마음이 든든한 것을 좋아한다.

나는 배가 고프면서도 저으기 마음 든든한 것을 좋아했다. (327면)

나는 안색이 여지없이 창백해 가면서 말라 들어갔다. 나날이 눈에

보이듯이 기운이 줄어들었다. 영양부족으로 하여 몸뚱이 곳곳이 뼈가 불쑥 내어 밀었다. (326면)

소설이 전개될수록 주인공이 육체성을 상실해 가는 것은 정신과 육신의 대립에서 그가 정신성에 경도되어 있다는 사실을 반증한다. 따라서 주인공의 육체성이 소진되어 가는 상태는 역설적으로 은화처럼 맑은 정신의 깨어남을 위한 예비단계라고 볼 수 있다. '나'의 정신으로의 편향성은 육체만으로 살아가는 아내와 필연적인 갈등을 유발한다.

女王蜂과 未亡人 — 世上의 하고많은 女人이 本質的으로 이미 未亡人 아닌 이가 있으리까? 아니! 女人의 全部가 그 일상에 있어서 개개 '未亡人'이라는 내 論理가 뜻밖에도 女性에 대한 모독이 되오? 꾿 빠이. (319면)

여왕봉은 이상이 애용하는 비유로 이어령은 "웅봉(雄蜂)은 여왕봉과 교미를 하고 나면 곧 죽어버리므로 여왕봉은 본질적으로 미망인이 되는 것"[7]이라고 지적하였다. 이는 이상의 여인관을 단적으로 드러내는 비유가 된다. 그에게 여성이란 육체성과 더불어, 공포와 거세와 죽음의 무의식을 대변하는 부정적인 양상[8]을 보여준다. 그는 "이런 女人의 半만을 領受하는

07 이상, 앞 책, '註釋', 1991, 344면.

08 괴린은 원형적 여성을 '훌륭한 어머니', '무서운 어머니', '영혼의 동반자'로 나누었다. 간추려 보면 다음과 같다.
ㄱ. 훌륭한 어머니(대지의 어머니의 적극적 양상) : 생의 원리, 탄생, 포근함, 양육, 보호, 다산, 성장, 풍요(예를 들자면 희랍 로마 신화에서의 농업 풍요 결혼의 여신인 데메테르, 케레스)
ㄴ. 무서운 어머니(대지의 어머니의 부정적 양상) : 무녀, 여자 마법사, 마녀, 매춘부, 요부— 관능성, 성적 놀아남, 공포, 위험, 암흑, 해체, 거세, 죽음 ; 지긋지긋한 양상에서의 무의식
ㄷ. 영혼의 동반자 : 英知象, 성모마리아, 공주, 요조숙녀, 귀부인 — 영감과 영적 성취의 화신.(융의 아니마와 비교할 것.) — 괴린, 『문학의 이해와 비평』, 정재완 역, 청록 출판사, 1983, 171면.

(…중략…) 그런 생활 속에 한 발만 들여놓고"(318면), 이른바 박제로서의 삶을 살아가게 된다. 그러나 '한 발만 들여놓았다'는 데서 주인공은 아내와의 생활에 완전히 함몰될 수 없으며, 이것은 그가 언젠가는 박제로서의 삶을 청산할 수 있다는 가능성을 암시한다. 육체성을 지향하는 아내와 정신성을 지향하는 그의 부부생활은 본문에서 "발이 맞지 않는 절름발이"(343면)에 비유된다.

2. 보호와 감금의 '나의 방'

작품 「날개」의 본문은 "그 三十三번지라는 것이 구조가 흡사 유곽이라는 느낌이 없지 않다"(319면)로 시작한다. 주인공 '나'의 시선은 삼십삼번지의 십팔 가구에 대한 전체적인 묘사로부터 시작하여, 일곱 번째 방으로 안쪽을 향하여 이동한다. 이 방은 아내가 쓰는 아랫방과 주인공이 쓰는 윗방이 장지문으로 나뉘어져 있다.

> 아랫방은 그래도 해가 든다. 아침결에 책보만한 해가 들었다가 오후에 손수건 만해지면서 나가 버린다. 해가 영영 들지 않는 웃방이 즉 내 방인 것은 말할 것도 없다. 이렇게 볕드는 방이 아내 해이요 볕 안 드는 방이 내 해이오 하고 아내와 나 둘 중에 누가 정했는지 나는 기억하지 못한다. 그러나 나에게는 불평이 없다. (321—322면)

'나의 방'과 아내의 방은 일련의 빛의 이미지로 변별되고 있다. 즉 나의 방은 아내의 방의 '해 있음'에 대해, '해 없음'의 상대적인 여건으로 인식된다. 이러한 주인공의 상대적인 부재와 결핍의 인식은 비단 빛에서 뿐만 아니라, 일상적인 행위와 소유관념에 있어서도 철저하게 '없다, 안 한다'로 일관하고 있다. 이는 같은 항목에서 아내가 '있다(많다), 한다'로 서술되는 것과 대조를 이룬다.

주인공의 결핍은 아내를 통한 상대적인 입장에서 인식된다. 아내는 그의 결핍을 깨닫게 해주는 존재이다. 주인공 '나'와 아내의 존재 설정을 정리하면 다음과 같다. (표2)

표2

아내	나
(방에) 해가 든다. 집이 있다 옷이 많다. 화려하다. 하루에 두 번 세수를 한다. 직업이 있다(돈이 있다). 내객이 많다. 외출을 한다.	해가 안 든다. 집이 없다 옷이 없다. 검다. 하루에 한 번도 세수를 안 한다. 직업이 없다(돈이 없다). 아무와도 안 논다. 외출을 안 한다.

표2에서 살펴본 아내와 '나'의 존재의 설정은 두 인물의 상반되는 지향의식을 표출한다. '옷이 많다' '세수를 두 번 한다', '외출을 한다'는 아내의 외부 지향적인 성격을 나타내며, 이와 상대적으로 '옷이 없다', '세수를 안 한다', '외출을 안 한다'는 그의 내부 지향적인 성격을 말해준다.

이러한 주인공의 폐쇄적인 성격으로 인하여 결핍은 오히려 만족스러운 공간을 만든다. 옷이나 세수나 외출 등의 내면성을 방해하는 요소들이 없기 때문에 그는 아무런 갈등도 없이 방 안이라는 내밀한 공간에 머물 수 있는 것이다. 그래서 주인공은 상대적인 결핍감에도 불구하고, "나에게 불평이 없다."(322면)라고 말한다. 불평이 없을 뿐만 아니라 침침한 어둠 속에서 매우 만족하고 있다고 다음과 같이 역설한다.

나는 어데 까지든지 내 방이 — 집이 아니다. 집은 없다. — 마음에 들었다 방안의 기온은 내 체온을 위하여 쾌적하였고 방안의 침침한 정도가 또한 내 안력을 위하여 쾌적하였다. 나는 내 방 이상의 서늘한 방도 또 아늑한 방도 희망하지 않았다. 이 이상으로 밝거나 이 이상으로 아늑한 방을 원하지 않았다. 내 방은 나 하나를 위하여 요만한 정도를 꾸준히 지키는 것 같아 늘 내 방에 감사하였고 나는 또 이런 방을 위하여 이 세상에 태어난 것 같아서 즐거웠다. (321면)

주인공은 쾌적하고 아늑하고 어두운 방에서 가장 편리하고 안일한 '절대적인 상태'를 누린다. 여기서의 방은 일상적이고 세속적인 외부 세계에서 그를 보호해 주는 피난처 역할을 한다. 이러한 방은 모태의 이미지를 환기한다. 모태와도 같은 방의 보호 속에서 주인공은 "그냥 그날그날을 그저 까닭 없이 펀둥펀둥 게을르고만 있으면 만사는 그만이었던 것이다."(321면)라고 말한다. 그의 모습은 종종 어린아이와도 같은 모습으로 묘사된다.

나는 쪼꼬만 '돋보기'를 꺼내 가지고 아내만이 사용하는 지리가미를 끄실려가면서 불장난을 하고 논다. (…중략…) 이 장난이 싫증이 나면 나는 또 아내의 손잡이 거울을 가지고 여러 가지로 논다. 거울이란 제 얼굴을 비칠 때만 실용품이다. 그 외의 경우에는 도무지 장난감인 것이다. (322면)

나는 허리와 두 가랑이 세 군데 다 — 고무 밴드가 끼여 있는 부드러운 사루마다를 입고 그리고 아무 소리 없이 잘 놀았다. (323면)

위의 인용문에서 우리는 스물여섯 살 청년의 모습은 찾을 수 없다. 그는 '쪼꼬만'이라는 혀 짧은 목소리와 함께 일상의 실용적 사물을 장난감으로 인식한다. 또한 "불장난을 하고 논다", "거울을 가지고 논다", "소리 없이 잘 놀았다"라는 행동은 그가 모성의 완벽한 보호 아래 만족스런 어린아이로 되돌아가고 있음을 알려주는 것이다.

주인공의 퇴행 양상은 어린아이에서 다시 동물의 모습으로 한 단계 심화된다. 그에게 인간의 탈이란 '무의미한 것'에 지나지 않기 때문이다. 그는 순한 어린아이에서 길들여진 가축의 모습으로 변모한다. "나는 가장 게으른 동물처럼 게으른 것이 좋았다."(324면), "나는 닭이나 강아지처럼 말없이 주는 모이를 넙죽넙죽 받아먹기는 했으나 내심 야속하게 생각한 적도 더러 있었다."(326면) 여기서 아내와 그와의 관계가 '길들이는 자/길들여지는 자'의 수직적 주종관계임이 드러난다. 사실 아내는 그를 닭이나 강아지처럼 사육하고, 그는 그러한 아내에게 '매달려 사는' 존재에 불과한 것이다.

> 나는 이불을 뒤집어쓰고 낮잠을 잔다. 한 번도 걷은 일이 없는 내 이부자리는 내 몸뚱이의 일부분처럼 내게는 참 반갑다. (323면)

'33번지 → 18가구 → 아내의 방 → 나의 방'으로 축소되는 공간은 다시 '이불 속'으로 보다 작고 내밀해진다. 이불 속에서 발명도 하고 연구도 하고 시도 많이 썼다고 이야기하지만, 사실 대부분의 시간 동안 그는 잠을 잔다. 여기서 잠은 일상적인 현실로부터 단절 상태를 상징하며, 이불은 현실을 한 겹 더 차단하여 그를 보호하는 역할을 한다. 그러나 이불이 언제나 그를 완벽하게 보호해 주는 것은 아니다. 외출하였다가 늦은 시간까지 돌아오지 않는 아내나, 장지문 건너의 내객들은 그의 수면을 방해한다. 그는 이불 속으로 깊이 들어가도 잠을 이룰 수 없다고 불평한다. 그러므로 아내와 내객은 그의 절대적인 내밀성을 위협하는 존재가 된다.

> 아내에게 내객이 많은 날은 나는 온종일 내 방에서 이불을 쓰고 누워 있어야만 된다. 불장난도 못 한다. 화장품 내음새도 못 맡는다. 그런 날은 나는 의식적으로 우울해 하였다. 그러면 아내는 나에게 돈을 준다. 오십전짜리 은화다. (325면)

돈 오십 전은 내밀성을 방해받은 데에 대한 보상이자, 하루치 갇혀있음의 대가다. 아내가 돈을 받고 자신의 성을 팔았듯이, 은화 한 개로 그는 자유와 남편으로서의 권리를 매매한 것이다.[9] 머리맡에 은화가 쌓일수록, 그 돈의 무게만큼 그의 자유는 말살된다. 돈은 곧 그의 존재를 묶는 족쇄가 되며, 이때 방은 보호의 공간에서 '감금'의 공간으로 의미가 변한다.

> 아내는 물론 나를 늘 감금하여 두다시피 하여 왔다. 내게 불평이 있을 리 없다. (329면)

그러나 인간은 닫힌 공간에서 보호받기를 원하면서도, 정작 갇힌 존재가 되는 것은 원하지 않는다. 닫힌 공간은 피난처가 됨과 동시에 감옥이 될 수도 있다. 모순되지만, 우리는 닫힌 공간을 원하면서도 동시에 펼쳐진 공간을 원한다. 닫힌 공간에서 펼쳐진 공간으로의 지향의지는 이 작품에서 '외출'로 나타난다. 그러나 외출은 그 이후에 적극적인 감금을 야기한다.

09 작품 「날개」에서 돈은 주인공 '나'와 아내의 관계를 결정하는 중요한 매개체가 된다. 아내는 자신의 성을 상품화하여 파는 매음업을 할 뿐만 아니라, 남편의 자유와 권리마저 돈으로 환산하는 지극히 물화된 행동을 한다. 이러한 행동은 주인공 '나'에게도 전이되어 자신의 아내에게 돈을 주고 동침하는 데에 이른다.

아내는 그를 회유해서 감금하기 위해 돈을 떨어뜨려 주다가, 나중에는 최면제 아달린을 먹임으로써 강제로 감금시키고자 한다.

3. 외출과 탈출, 존재의 전환

작품 「날개」에서의 외출은 보호와 감금의 닫힌 세계에서 펼쳐진 세계로 나아가는 주인공 '나'의 지향의식을 반영한다. 다섯 번의 외출은 "점진적 자아 회복을 위해 진행되는 나선적 구조"[10]를 가지고 있는데, 그는 '눕다(자다)'의 수평적 질서 속에서 가축과 동일시되다가, 직립을 통하여 '걷다 → 오르다 → 날다'의 수직적 질서로 편입됨으로써 존재론적인 전환[11]을 하게 된다. 그러면 공간의 이동에 따른 주인공의 변모양상과 아내와의 관계의 변화를 각 외출별로 나누어 살펴보겠다.

그는 첫 번째 외출에서 지향 없이 헤매다 들어온다. 그는 피로와 괴로움을 느꼈고, 외출을 후회하였다. 그는 아내로부터 받은 돈 중 5원을 다시 아내에게 주고, 그 방에서 잔다. 잃었던 남편으로서의 권리를 '돈을 돌려줌으로써' 행사할 수 있게 된 것이다.

두 번째 외출의 공간은 경성 역까지 확장된다. 감금의 공간에 있었던 그가 열림과 출발의 공간인 역전까지 갔다는 것은 우리에게 시사하는 바가 크다. 그는 첫 외출과 달리 피곤을 느끼지 않는다. 그리고 남은 돈 2원마저도 아내에게 되돌려 줌으로써 아내와 겸상을 하게 되는, 상징적으로 '식구(食口)'의 의미를 회복한다.

세 번째 외출은 아내의 종용에 의해서 이루어진다. 아내는 돈을 주며,

10 김중하, 앞 글, 1981, 340면.
11 황도경, 앞 글, 1993, 19—23면 참조.

그 대신 자정까지 들어와서는 안 된다는 금기를 세운다. 지금까지 내부공간에 감금되었던 그는 밖에서 안으로 들어올 수 없다는 점에서 다시금 외부공간에 감금된다. 아내가 그에게 주는 돈은 역시 구속과 감금의 대가인 것이다. 그러나 갑작스러운 비로 금기를 어기고 그는 집에 들어온다. 그 날 이후, 그는 감기에 걸려 아내가 주는 흰 알약을 먹고 윗방에 다시 누워 잠을 잔다.

아내의 방에서 발견한 아달린 갑은 주인공의 존재인식에 대한 의문을 제기하게 만드는 계기가 된다. 아내가 그에게 주었던 흰 알약이 아스피린이냐 혹은 아달린이냐는, 그의 존재와 아내와의 관계를 판단하는 결정적인 요인이다.

네 번째 외출은 이렇게 그 자신과 아내와의 관계에 대한 성찰로 촉발된다. 이 외출은 대낮에 산으로 향함으로써, 지금까지의 어둠 속에 한 수평적인 외출과는 대조된다. 그는 산에서 남은 아달린 여섯 알을 한꺼번에 먹고 일주야(一晝夜), 그러니까 꼬박 하루 낮과 밤을 잔 뒤에 다시 아내의 방으로 돌아온다. 그러나 그는 "내 눈으로는 절대로 보아서는 안 될 것"(341면)을 봄으로써 지금까지 외출 뒤에 조금씩 드러나곤 했던 아내의 직업과 돈의 출처를 대번에 알아버리게 된다. 이때 "너 밤 새어가면서 도적질하러 다니느냐, 계집질하러 다니느냐"(342면)라는 아내의 발악은 죄의식으로 자신의 마음을 타인에게 전가시키는 일종의 투사현상이라고 볼 수 있다. 아내는 그간의 불륜과 매음의 행위를 역설적으로 그에게 고백한 것이다.

그는 주머니 속에 남은 몇 원 몇 십전 — 아마도 이것은 세 번째 외출에서 아내가 준 것으로, 경성 역의 티룸에서 커피 한 잔을 마시고 남은 잔돈이라고 짐작된다 — 을 모두 아내에게 돌려주고는 달음박질 쳐서 아내의 공간을 빠져 나온다.

다섯 번째 외출은 이렇게 해서 시작된다. 그는 감금의 공간에서 경성

역으로, 미쯔꼬시 백화점 옥상으로, '펼쳐진' 공간을 향해 달려 나간다. 그것은 어둠의 공간에서 정오의 빛의 공간으로 나아감이며, 감금의 대가였던 돈의 무거움에서 해방되어 존재의 가벼움을 회복하는 움직임이다. 또한 수평적 질서에서 수직적 질서로의 비상을 꿈꾸기 시작함이기도 하다.

외출은 돌아감을 전제로 하여 밖으로 나오는 것이다. 다섯 번째 외출에서는 주인공이 '나의 방'으로 돌아가지 않는다는 점에서, 그것은 외출이 아닌 '탈출'로 볼 수 있다. 이는 보호와 감금의 절대적인 상태인 모태로부터의 분리이며, 박제 되었던 정신의 거듭남을 상징한다. 지금까지 살펴본 것을 항목별로 간추려보면 표3과 같다.

4. 날개, 혹은 희망과 야심의 부활

비상의 꿈이 표출되는 작품 「날개」의 말미에서, 주인공은 오월의 햇살 아래 서 있다. 작품 앞부분에서의 침침하고 눅눅한 폐쇄된 공간이 밝고 따뜻한 열린 세계로 전환되어 있는 것이다. 그리고 이러한 공간의 전환과 함께 자정 전후의 어둠의 시간은 현란한 '정오의 시간'으로 바뀐다.

> 이때 뚜우하고 정오 사이렌이 울었다. 사람들은 모두 네 활개를 펴고 닭처럼 푸드덕거리는 것 같고 온갖 유리와 강철과 대리석과 지폐와 잉크가 부글부글 끓고 수선을 떨고 하는 것 같은 찰나, 그야말로 현란을 극한 정오다. (344면)

33번지 18가구의 7번째 집 빛 안 드는 '나의 방'에서 시작했던 이 작품의 빛 이미지는, 이야기가 진행됨에 따라 '어둠 → 손수건만한 햇빛 → 책

표3

구분	외출 전	외출 1	외출 2	외출 3	외출 4	외출 5
시간	밤	밤 (자정 전)	밤 (자정 넘어 돌아옴)	밤 (밝은 거리로)	一晝夜 (낮→밤→아침), 죽음의 체험, 재생	정오
공간	내 방 이불, 아내 방	지향 없이 헤맴	경성역	경성역 대합실 티룸	산 벤치	경성역, 옥상, 거리
행위	눕다, 자다, 앉다 (무거움)	걷다	걷다	걷다, 쉬다	오르다	날다 (가벼움)
정서	만족, 호기심	피로, 후회, 괴로움, 초조함	피곤하지 않음	서글픔	깨달음, 배신감	희망, 야심의 부활
금기	장지문			자정의 시간		
돈	모음→ 버림, 촉각 : 감금의 대가	지폐로 바꿈, 5원. 돈 쓰는 기능상실 : 아내에게 돌려줌	2원, 버림을 후회, 못씀 : 아내에게 돌려줌	돈에 대한 욕망 : 감금의 대가로 돈 받음. 커피 사 마심		아내에게 돌려줌
아내의 행동	밤 화장, 내객이 있음	낯선 자와 소곤거림	대문에서 이야기	덜 좋아할 것을 봄	못 볼 걸 봄, 아내의 직업이 드러남	
'나'에 대한 아내의 태도	돈 줌, 무관심	암상, 노기	쓰레질, 미소, 부드럽고 정다움	근심	물어뜯음, 분노, 투사	
아내와의 관계	寄生, 사육됨	5원 주고 잠(부부)	2원 주고 잠, 겸상 (식구)	간병/최면 (아스피린 /아달린)	증오, 용서	인식, 독립 — '탈출'

보만한 햇빛 → 정오의 현란한 햇빛'으로 확대된다. 그리고 이때 빛의 이미지는 돋보기로 불을 일으키는 장면에서도 나타났듯이 모든 잡동사니들이 부글부글 끓게 하는 열과 불의 이미지로 극대화되어 있는데, 이는 모든 우울과 갈등을 지양시키는 빛의 집약된 이미지인 것이다.[12]

이렇게 "현란을 극한" 정오의 시간에 '나'의 의식은 갑자기 확대되어 자라온 스물여섯 해의 과거를 수렴한다. 그리고 흩어져 있던 과거의 경험들이 재구성되어 하나로 통일되고 "과거의 것이 미래의 것으로, 미래의 것이 과거의 것으로 상호 교류되는 영원한 현재의 시간"[13]을 경험한다.

> 나는 불현듯이 겨드랑이가 가렵다. 아하, 그것은 내 인공의 날개가 돋았던 자국이다. 오늘은 없는 이 날개, 머리 속에서는 희망과 야심의 말소된 페이지가 딕셔내리 넘어가듯 번뜩였다.
>
> 나는 걷던 걸음을 멈추고 그리고 어디 한 번 이렇게 외쳐보고 싶었다.
>
> 날개야 다시 돋아라.
>
> 날자. 날자. 날자. 한번만 더 날자꾸나.
>
> 한번만 더 날아보잤꾸나. (344면)

그러면 날개란 무엇을 상징하는 것일까. 정오의 시간에 현현된 영원한 현재의 시간 속에는, 앞에서 말했듯이 과거와 현재와 미래의 편린들이 상호침투하며 뒤섞여 있다. 나는 이를 다시 과거와 현재와 미래의 시간적 순서로 환원시켜 놓음으로써, 날개가 상징하는 바를 찾아내고자 한다.

이 작품의 마무리인 위의 인용문에는 결코 길지 않은 분량임에도 불구하고 과거와 현재와 미래의 현상을 가늠해 볼 수 있는 실마리가 숨겨져

12 황도경, 앞 글, 35면 참조.
13 정덕준, 앞 글, 1984, 108면.

있다. 이를 시제별로 나누어 보면, 과거에는 날개가 돋아서 날 수 있었으나, 오늘은 날개가 없기 때문에 날지 못하고 있다. 그러나 (과거와 같이) 한번만 더 날고 싶기 때문에 나는 '다시' 돋으라고 (미래에) 외치겠다는 것이다. 즉 과거→현재→미래라는 시간의 축을 중심으로, 날개의 상실과 회복 의지가 정연하게 드러난다.

그런데 "오늘은 없는 이 날개"는 다시 "희망과 야심의 말소된 페이지"와 연계된다. 말소되었다는 것은 과거엔 있었으나 현재엔 지워졌다는 것을 의미한다. 희망과 야심은 날개와 똑같은 시간의 구조 속에서 동일한 존재 양상을 보인다. 즉 날개는 텍스트의 문맥상 '희망과 야심'을 상징하며, 날개의 비상이란 곧 희망과 야심의 부활이라고 볼 수 있다. 현재에 희망과 야심이 말소된 날개가 없는 주인공의 모습은, 에피그람의 첫머리에서 던져준 '박제가 된 천재'의 박제임에 다름 아닌 것이다. 이를 정리하면 표4와 같다.

표4

구분	과거	현재	(미래)
날개	날았다. : "날개가 돋았던 자국"	한번만 더 날고 싶다 : "오늘은 없는"	: "다시 돋아라"
(정신)	희망과 야심 : 천재	희망과 야심의 말소 : 박제	희망과 야심의 부활 : 천재

5. 상상력의 원형으로서 요나 콤플렉스

지금까지 이상 소설 「날개」에 나타난 상상력의 구조를 살펴보았다.

「날개」는 정신과 육신, 보호와 감금, 외출과 탈출, 비상과 침잠이라는 일련의 대립개념들이 어우러져 하나의 개성적인 텍스트를 이루고 있다. 주인공은 '나의 방'이라는 내밀한 공간에 보다 깊이 들어가 마치 어린아이처럼 웅크리고 있으며, 우리는 여기서 안식의 절대적인 공간인 모태로 회귀하고자 하는 그의 욕구를 읽었다. 이러한 퇴행의 양상은 육체성의 소진과 함께 정신의 깨어남을 준비한다. 그는 외출을 통하여 모태인 방을 벗어나며, 마침내 날개로 상징되는 희망과 부활의 정신성을 회복한다.

여기서 우리는 아내의 역할에 대해 새롭게 주목할 필요가 있다. 아내의 존재는 그를 감금하고, 그 대가로 돈의 족쇄를 채우는 부정적인 인물로 평가되었다. 사실 아내는 감기약 대신 최면약을 주어가며, 그의 육신을 적극적으로 병들게 했다는 혐의에서 결코 자유로울 수 없다. 그러나 에피그람의 상징적 의미에서 살펴보았듯이, 주인공 '나'는 건강한 육체와 맑은 정신이 병존할 수 없는 사람이다. 육신이 병들었을 때만이 은화처럼 맑은 그의 정신이 깨어난다. 따라서 아내는 표면적으로 그를 병들게 하는 적대자이지만, 그로 인해 정신의 부활을 촉발시키는 실제적인 조력자의 역할을 하고 있는 것이다. 즉 아내는 죽음을 가져다주는 존재이나, 그는 이 죽음으로 다시 태어나게 된다.

이것이 내가 읽어낸 이상 소설의 개성이다. 따라서 작품의 모순된 양상은 '역설'이라는 큰 테두리 안에서 설명될 수 있을 것이다. 닫힌 공간으로의 침잠은 열린 공간으로의 비상을 위한 준비단계이다. 실제로 그는 '날자'를 외치기 전에 미쯔꼬시 옥상에서 내려온다. 그는 옥상 위에서가 아닌 희락의 거리에서 피로와 공복 때문에 무너져 들어가는 몸뚱이를 이끌고 비상을 꿈꾼다. 만일 그가 미쯔꼬시 옥상에서 비상을 시도했다면 그것은 비상이 아니라 추락이며, 부활이 아닌 죽음으로 귀결되었을 것이다. 낮은 곳에 있는 존재는 무겁지만, 이 무거움은 자체가 지닌 무게에 의해 가벼움이 될 잠재적인 힘을 가지게 된다. 무게가 힘 즉 에너지로 전이되기 때문이다. 무게가 없다면 비상하는 에너지도 없다.[14] 이러한 이상 소설 상상력의 내적 구조는 궁극적으로 '요나 콤플렉스'[15] 혹은 요나 원형에 기반을 두고 있다고 볼 수 있다.

상상의 세계는 가치가 사실을 변질시키는 세계로, 가치부여 작용이 상상력의 가장 중요한 원칙 중의 하나라고 할 때, 가치를 부여하는 코기토 근저에서 그의 가치부여 작용이 가능하게 하는 콤플렉스가 있다.[16] 융이 '원형'이라고 한 집단 무의식으로서의 이 콤플렉스는 바슐라르의 상상력의 이론에 의해 '문화적 콤플렉스'로 발전된다. 이는 문화적 기초에 의해 생긴 새로운 콤플렉스로, 사회구성원들이 만들어낸 상징체계와 밀접하게 관련되어 있으며, 흔히 '책에서 발견되는' 콤플렉스를 지칭한다.[17] 그것은 유년기의 외상과는 관련이 없다. 문화적 콤플렉스란 곧 심리적 현상을 제시해 주는 에너지의 매듭이며, 작품을 낳는 창조적 힘의 원천이다.[18]

이러한 문화적 콤플렉스로서 요나 원형에 대하여 바슐라르는 『대지와 휴식의 몽상』에서 다음과 같이 정의한다.

14 김은자, 『현대시의 공간과 구조』, 문학과 비평사, 1988, 116면 참조.

15 요나(Jonas)는 구약 성경에 나오는 예언자이다. 그는 하나님을 피하여 도망하던 중 심한 폭풍을 만나게 되었다. 요나는 자신의 잘못 때문에 하나님이 벌하시고 있다는 것을 깨닫고, 배에 탄 다른 사람에게 자신을 들어 바다에 던지게 하였다. 바다에 던져진 그는 고래의 배 속에서 삼일을 지낸 후에 다시 살아났다.
—서인석 역주, 「스파니아 나훔 하바꾹 오바디아 요나」 참조, 『200주년 성경』, 가톨릭 출판사, 1977.
바슐라르는 『대지와 휴식의 몽상』에서 우리들의 무의식에 요나처럼 내밀한 곳에 숨어 있고자 하는 충동이 있으며, 그 과정을 거쳐 새롭게 태어나고자 하는 꿈이 있다는 것을 설명하였다. 그는 이러한 요나 신화를 내면성의 한 상징으로 보고, 그것이 이미지를 산출하는 창조적 힘의 원천이 됨을 지적하였다.

16 김현, 「행복의 시학」, 『바슐라르 연구』, 민음사, 1976, 199면.

17 이것의 상대적인 개념으로서 '개별적 콤플렉스'가 있다. 개별적 콤플렉스는 프로이트가 말했던 개인생활에서 발견되는, 혹은 유년기의 외상에서 비롯된 콤플렉스에 해당한다.
—김현, 위 글, 208면 참조.

18 바슐라르, 『로트레아몽』, 윤인선 역, 청하, 1985, 126면 참조.

요나의 콤플렉스는 부드럽고 더우며 결코 침해되지 않는 행복의 상태에 대한 원초적인 기원으로서 모든 도피와 안정의 이미지를 지닌다. 우리들의 무의식에 요나처럼 내밀한 곳에 숨어 있고자 하는 충동이 있으며, 그 과정을 거쳐 새롭게 태어나고자 하는 꿈이 있다.

—『대지와 휴식의 몽상』에서

이상 소설 「날개」의 상상력의 궁극성은 요나 원형을 지향하는 것으로, 모태로의 회귀와 함께 죽음과 재생, 하강과 상승, 닫힘과 열림, 어둠과 빛 등의 모순구조를 통합하여, 존재의 거듭남을 이루어 내고 있다.

「감자」에 나타난 역설적 도덕의식

1. 열린 텍스트로서 「감자」
2. 공간의 이동에 따른 복녀의 신분과 성격의 변화
3. 물질적 환경과 윤리의식의 갈등구조
4. 도덕주의의 역설적 수용
5. 「감자」의 문학적 개성

1. 열린 텍스트로서 「감자」

김동인 1910~1951

김동인(1900~1951)은 이광수의 뒤를 이어, 본격적인 근대소설을 정립시킨 작가로 일컬어진다. 그는 1919년 『創造』지에 「弱한 者의 슬픔」을 발표하면서 문학 활동을 시작했으며, 「배따라기」, 「감자」, 「狂炎소나타」, 「狂畵師」 등의 개성적인 작품을 우리 근대문학사에 남겼다. 특히 「감자」는 1925년 『조선문단』 4호에 발표된 작품으로 김동인의 대표작이자, 우리 근대문학을 대표하는 작품 중에 하나로 평가된다. 「감자」에 나타난 문장의 정확하고 참신한 표현과[1] 과 극적 구성에 따른 사건의 진행[2]에서 우리는 김동인이 이룬 근대소설로서의 성과를 한눈에 알아볼 수 있다.

작품 「감자」에 대한 논의는 지금까지 여러 평자들에 의하여 전개되어 왔는데, 주로 식민지 시대의 가난의 문제[3]와 자연주의적 경향의 여부[4]에 대한 것으로, 특정 문예사조의 수용이나 식민지 사회현실 등 작품 외적인 제반 요소에 대한 문제를 강조한 경향이 있다. 그 외에 「감자」에 나타난 심미성[5], 죽음의 의미[6], 그리고 주인공 '복녀'에 대한 가해자로서 남성,

01 전광용, 「한국 근대소설의 역사적 전개」, 『한국현대소설사 연구』, 민음사, 1984, 15면 참조.
02 구인환, 「김동인의 생애와 문학」, 백철 해설, 『김동인 연구』, 새문사, 1982, 22면.
03 이재선, 『한국현대소설사』, 홍성사, 1979.
신동욱, 『우리 이야기의 아름다움』, 지학사, 1985.
이주형, 「소낙비와 감자의 거리 — 식민지 시대 작가의 현실인식의 두 유형」, 『한국현대소설 연구』, 창비사, 1995 등.
04 강인숙, 「김동인과 자연주의」, 백철 해설, 앞 책.
______, 『자연주의 문학론』, 고려원, 1991.
주종연 「「감자」와 자연주의」, 백철 해설, 앞 책.

혹은 작가 김동인의 남성 우월주의를 비판한 페미니즘적 입장[7] 등의 연구가 있는데, 이들의 논의는 김동인의 작품 연구에 다양한 시각을 보여주었다는 점에서 훌륭한 성과였다고 생각된다.

나는 김동인의 「감자」를 살펴봄에 있어 기존의 연구를 바탕으로, 텍스트 자체의 정독을 통하여 작품의 내적 구조를 밝히고자 한다. 이러한 작업을 위하여 나는 먼저 공간의 이동에 따른 주인공 복녀의 신분과 성격의 변화에 주목하였으며, 그에 따라 작품을 이루고 있는 물질적 환경과 윤리의식의 갈등구조를 살펴보고자 하였다. 나아가 이광수의 도덕적 계몽주의에 대한 김동인의 반(反)이광수주의적 경향이 이 소설에서 어떠한 양상으로 드러나는지를 밝히고, 궁극적으로 작품 「감자」를 통하여 김동인이 나타내고자 하였던 문학적 개성을 가늠하는 것을 목표로 한다. 이러한 작업은 김동인의 「감자」를 열린 텍스트로서, 작품의 의미를 보다 풍부하게 읽어낼 수 있는 시도가 되리라 생각한다.

2. 공간의 이동에 따른 복녀의 신분과 성격의 변화

소설의 배경은 크게 시간적 배경과 공간적 배경으로 나눌 수 있다. 먼저 「감자」의 시간적 배경은 1920년대로 추정되는 일제 강점기라고 볼 수 있으며, 소설의 전반부에 내레이터의 회상의 형식을 도입하여 '현재

05 이기인, 「1920년대 소설의 심미성과 그 소설사적 의의」, 고려대학교 박사논문, 1990.
06 이문구, 「김동인 소설의 심미의식 연구」, 단국대학교 박사논문, 1994.
07 정온숙, 「춘원과 동인의 작품에 나타난 여성관」, 이대 교육대학원 석사논문, 1972.
송지현, 「여권론의 입장에서 본 김동인의 소설」, 한국언어문학회 편, 『한국언어문학』 27집, 1989.
송명희, 「김동인 소설에서의 여성의 삶과 사회구조」, 정덕준 외 편, 『한국현대소설연구』, 새문사 등, 1990.

→ 과거 → 현재'라는 시간의 구조로 진행되고 있다. 즉 "싸움, 간통, 살인, 도적, 구걸, 징역, 이 세상의 모든 비극의 출원지인, 이 칠성문 밖 빈민굴로 오기 전까지는 복녀(福女)의 부처는 (사농공상의 제이위에 드는) 농민이었다."[8]로 시작되는 이 소설의 첫머리에서 우리는 작품의 실제적 시간이 '19세 복녀가 칠성문 밖 빈민굴로 왔을 때'부터 흐르고 있음을 알 수 있다. 작가는 이 현재의 시점에서 시간을 '칠성문 밖 빈민굴로 오기 전까지'의 과거로 소급한다.

아홉 개로 나뉜 이 소설의 단락에서 첫 번째 단락이 이에 해당하는데, 여기서는 15세 나던 해 복녀가 동리 홀아비에게 80원에 팔려 시집간 것을 중심으로 15세 이전의 생활과 그 이후 15세에서 19세까지 대략 4년간 일어났던 삶의 변화에 대해 간략하게 서술된다. 이러한 복녀의 과거 이력은 '지금 이곳' 칠성문 밖 빈민굴로 올 수 밖에 없었던 복녀의 행위에 필연성을 부여한다.

두 번째 단락 이후부터 소설의 시간은 현재로 돌아오며, 이후 2년여의 시간이 순차적으로 진행된다. 두 번째 단락부터 각 단락의 시간적 배경을 복녀의 나이를 중심으로 살펴보면 다음과 같다.

> 19세 — 19세 여름 — (") — 20세 여름 — 20세 가을 — 20세 겨울 — 21세 봄 — (")

작품 「감자」에서 시간의 구조가 비교적 단순한 것에 비해 공간은 각 단락별로 정확하게 변화하고 있다. 나는 공간의 이동에 따른 복녀의 신분과 성격의 변화를 살펴보고, 이러한 일련의 변화를 통하여 김동인이 나타

08 김동인, 『김동인 전집 1 — 감자 外』, 조선일보사, 1987, 347면. 이후 앞의 책은 인용문 뒤에 면수만 표기하겠다.

내고자 하였던 지향의식을 알아보겠다.

아홉 개로 이루어진 이 소설의 첫 번째 단락에서는 도시 빈민이 되어 칠성문 밖 빈민굴로 오기까지의 공간의 이동과 신분의 변화가 나타난다. 복녀는 원래 가난은 하나마 정직한 농가에서 규칙 있게 자란 '선비의 딸'이었으나, 시집을 가면서 '소작인의 아내'가 되었다. 그러나 소작인으로의 신분마저도 남편의 무책임함과 게으름으로 인해 오래가지 못하고, 곧 평양성 안에서 '막벌이꾼의 아내'를 거쳐 남의 막간(행랑)살이를 하는 '머슴의 아내'가 된다. 비록 농사를 짓고 사는 몰락한 선비의 집안이기는 하나, 그래도 양반의 혈통을 갖고 있던 복녀는 친정의 가난과 남편의 게으름으로 인해 상징적으로 노비의 신분까지 떨어진 것이다. 그러나 그 집에서도 남편의 극도의 게으름으로 인해 쫓겨나고 만다. 그들은 칠성문 밖 빈민굴이라는 문제의 공간으로 밀려 나온다.

두 번째 단락에서 복녀의 신분은 빈민굴의 '거지'가 된다. 이때까지 복녀는 남편의 게으름에도 불구하고 열심히 일하였으나, 늘 가난하였다. 구걸을 시작한 이후로 상태는 더 나빠졌다. 복녀는 열아홉 살의 한창 젊은 나이의 여편네였으며, 게다가 얼굴도 그만하면 반반했기 때문에 오히려 평양시민의 동정을 살 수 없었다. 그들 부처는 점점 더 가난하게 되었고, 굶는 일도 흔했다.

세 번째 단락에서 복녀는 일당 32전을 받는 기자묘 솔밭의 '인부'가 된다. 이것이 당시 식민지 정부의 가증스러운 빈민 구제책이었다거나, 32전이 얼마나 저임금이었는지는 논외로 한다. 여기서 우리가 주목해야 할 것은 기자묘 솔밭이 이중적인 속성을 가진 공간이라는 것이다. 표면상으로는 빈민 여성들의 일손을 팔고 사는 노동의 공간이지만, 그 이면에서는 공공연히 매매음이 이루어진다. 복녀 역시 이곳에서 처음으로 매음을 경험하는데, 이때부터 복녀는 "일 안하고 공전 많이 받는 인부"의 한 사람이 된다. 기자묘 솔밭에서의 매음은 그를 '일 안하고도 돈 더 받는' 본격적인 매춘부의 길로 들어서게 하는 전환점이 된 것이다.

네 번째와 다섯 번째 단락에서는 다시 빈민굴로 돌아온 복녀를 그리고 있다. 그러나 복녀는 두 번째 단락에서처럼 더 이상 거지가 아니었다. 그는 거지를 상대로 한 '매춘부'로 신분이 변화하였다.

여섯 번째 단락의 공간은 지나인(중국인)의 채마밭이다.

> 칠성문 밖 빈민굴의 여인들은 가을이 되면 칠성문 밖에 있는 지나인의 채마밭에 감자며 배추를 도적질하러 밤에 바구니를 가지고 간다. 복녀도 감자깨나 잘 도적질하여 왔다. (351면)

여기서 복녀는 감자깨나 잘 도적질하는 '도둑'으로 다시 한 번 신분이 떨어진다. '선비의 딸 → 소작인의 아내 → 막벌이꾼의 아내 → 머슴의 아내 → 거지 → 인부(노동/매음) → 매춘부 → 도둑'이라는 일련의 신분의 하락에서, 우리는 도둑을 매춘부 뒤에 놓는 김동인의 윤리관을 엿볼 수 있다.

매음이 성을 상품화하여 팔고 그 대가로 돈을 받는 일종의 거래행위임에 반해, 도둑은 일방적인 약탈행위다. 더욱이 먹고살기 위한 막다른 골목에서의 매음행위와 '그리 궁하지 않은 상태'에서 일말의 죄책감도 없이 저지르는 도둑질은 똑같이 낮은 신분이라 하더라도 차별되어야 한다는 것이 김동인의 견해라고 볼 수 있다. 또한 이 세상의 모든 비극과 활극의 출원지인 칠성문 밖 빈민굴의 '싸움, 간통, 살인, 도적, 구걸, 징역' 중에서 복녀가 이미 구걸과 간통(매음), 그리고 도둑질을 했다는 데서 나머지 싸움과 살인과 징역 역시 할 수 있다는 가능성을 예견할 수 있다.

지나인 채마밭에서의 도둑질은 '삼원을 받은' 왕 서방과의 매매음으로 이어진다.

일곱 번째 단락에서 복녀의 신분은 남편의 묵인 하에 '왕 서방의 정부'가 된다. 여기서 복녀의 신분이 다시 한 단계 떨어졌다고 볼 수 있다. 그것은 첫째, 매음의 상대가 지금까지와는 다르게 지나인(중국인) — 이국 남자라는 데 있다. 이국 남자에게 몸을 허한다는 것은 전통적인 우리 정서에 위배되며, 식민지 사회관념상 중국인은 특히 천시되었다.[9] 복녀의 다음과 같은 행동에서 다른 거지에게 와는 다르게 내심 중국인을 무시하는 태도가 드러난다.

(1) "여보, 아즈바니. 오늘은 얼마나 벌었소?"

복녀는 돈 좀 많이 번 듯한 거러지를 보면 이렇게 찾는다.

"오늘은 많이 못 벌었쉐다."

"얼마?"

"도무지, 열서너 냥."

"많이 벌었쉐다가레. 한 댓 냥 꿰 주소고래."

"오늘은 내가!"

어쩌고 어쩌고 하면, 복녀는 곧 뛰어가서 그의 팔에 늘어진다.

"나한테 들킨 대 — ㅁ에는 뀌구야 말아요."

"난 원 이 아즈마니 만나믄 야단이더라. 자 꿰 주디. 그 대신 응? 알아 있디?"

"난 몰라요. 해해해해."

"모르믄, 안 줄테야."

09 "지나인은 종래 우리 민족이 가장 멸시하던 종족 중에 하나였다. 과거 일본인을 일등민, 우리를 이등민, 그리고 지나인을 삼등민으로 꼬집어 내림으로써 스스로를 자위하던 못난 습성을 즐겨 올 만큼 지나인에 대한 멸시는 평안도와 함경도와 같이 중국과 직접 접경하고 있는 곳에서 잔인하리만큼 한결 더한 것이었다."
—주종연, 앞 글, 백철 해설, 앞 책, 1982, 28면.

"글쎄, 알았대두 그른다"

– 그의 성격은 이만큼까지 진보되었다.(351면)

(2) "우리 집에 가."

왕 서방은 이렇게 말하였다.

"가재믄 가디 훤, 것두 못갈까."

복녀는 엉덩이를 한 번 홱 두른 뒤에, 머리를 젓히고 바구니를 저으면서 왕 서방을 따라갔다. (352면)

인용문 (1)은 빈민굴에서 거지를 향한 복녀의 태도이고, 인용문 (2)는 중국인 왕 서방을 대하는 태도이다. (1)에서는 약자가 강자를 대할 때 흔히 보이는 교태(비굴함)가 있으나, (2)에서 복녀는 오히려 당당하기까지 하다. 이것을 복녀의 성격의 진보라는 관점에서 볼 수도 있으나, 일단 왕 서방을 강자로 인식하고 있지 않음을 알 수 있다. 후에 복녀는 이 왕 서방을 '되놈'이라고 부르고 있는데(물론 살인을 시도하는 극한 상황이었기도 했지만), 이는 보편적으로 당시 사람들이 중국인을 되놈으로 경멸함을 은연중에 반영하고 있다고 볼 수 있다.

둘째, 이 단락에서의 매음은 최소한의 생계유지를 위해서가 아닌 '돈을 더 벌기 위해서' 하는 매음이다. 세 번째 네 번째 다섯 번째 단락에서의 매음이 못 배우고 가진 것 없으며 게다가 무능한 남편을 부양하기 위해 젊은 여자가 할 수 있는 유일한 길이었던 것에 반해, 일곱 번째 단락에서의 매음은 선택의 여지가 있으며, 복녀가 적극적으로 왕 서방의 정부가 된 주된 원인은 '일원 혹은 이원'이라는 많은 돈을 받기 때문으로 볼 수 있다. 그 돈으로 복녀는 빈민굴의 한 부자가 되었다. 그래도 그는 매음행위를 그만두지 않는다. 여기서 매음은 먹고살기 위한 수단으로서가 아니라,

매음 그 자체에 목적이 있는 것으로 의미가 변질된다. 이는 그리 궁하지 않은 상태에서 습관적으로 감자 도둑질을 즐기는 행위와도 일맥상통한다고 볼 수 있다. 다만 복녀는 감자 도둑질을 '감자 서리' 정도로 가볍게 생각하지만, 왕 서방과의 매매음 행위 — 즉 물질과 쾌락에는 상당히 집착한다(이에 대해서는 다음 장에서 자세히 다루도록 하겠다).

중국인 정부가 거지상대의 매춘부보다 신분상으로 낮은 세 번째 이유는 그들의 관계가 말 그대로 '정부'라는 데 있다. 복녀는 왕 서방의 첩이 아니라 정부다. 축첩제도가 허용되던 당시 어느 정도의 신분이 보장되었던 첩실과는 다르게, 정부는 버림받을 것을 전제로 맺어지는 것이고, 실제로 복녀는 버림받는다. 적어도 거지 상대의 매춘부는 버림받을 염려는 없었다. 결과론적으로 볼 때 정부가 되어 버림받은 것은 사람의 생사를 가르는 계기로 발전했다. 복녀가 왕 서방의 정부가 되지 않았더라면, 그의 손에 의해 죽지도 않았을 것이다. 이와 같은 이유로 복녀의 신분은 계속해서 하락선상에 있다고 볼 수 있다.

여덟 번째 단락, 왕 서방의 집에서 복녀는 얼굴에 분을 하얗게 바르고, 이상한 웃음을 흘리는 '광녀'의 모습을 하고, 급기야 살인을 시도한다. 인간으로서의 분별력을 상실한 것이다.

> (1) 밤이 깊도록, 왕 서방의 집에는 지나인들이 모여서 별한 곡조로 노래를 하며 야단이었다. 복녀는 집 모퉁이에 숨어 서서 눈에 살기를 띠고, 방 안 동정을 듣고 있었다.
>
> 다른 지나인들은 새벽 두시쯤 하여 돌아갔다. 그 돌아가는 것을 보면서 복녀는 왕 서방의 집 안에 들어갔다. (353면)

> (2) 복녀는 쓰러졌다가 다시 일어섰다. 그가 다시 일어설 때에는,

그의 손에는 얼른얼른 하는 낫이 한 자루 들리어 있었다. (354면)

인용문 (1)에서 보듯이 복녀는 주위 사람들이 돌아가기를 기다린다. 그리고 싸움을 하다가 충동적으로 살인을 시도한 것이 아니라, 인용문 (2)에서 보듯이 살인을 염두에 두고 계획적으로 낫을 숨기고 들어갔음을 알 수 있다. 비록 그 낫에 자신이 찔려 죽었지만, 복녀는 '살인자'와 진배없는 것이다. 이로써 복녀는 중국인 정부에서 '광녀'와 '살인자'로서 칠성문 밖 빈민굴의 모든 죄악을 경험하며, 끝내 자신의 정부에 의하여 살해당한다.

아홉 번째 단락에서 김동인은 복녀의 시신에 서슴없이 '송장'이라는 표현을 쓴다. 복녀의 신분적 하락은 죽음에서 끝나지 않는다. 그의 시신은 사인이 은폐되고 그 대가로 돈이 지불되면서, 최소한의 인격마저도 상실한 한낱 '고깃덩어리'로 전락한다. 살아서 80원의 가치로 팔려갔던 복녀는, 죽어서 다시 50원의 가치로 거래되어 죽음마저도 철저하게 물화된 것이다.

이로써 복녀의 삶은 '선비의 딸 → 소작인의 아내 → 막벌이꾼의 아내 → 머슴의 아내'에서, 칠성문밖 빈민굴에 들어가면서 '거지 → 매춘부 → 살인자'로 전락, 공간의 이동에 따라 신분이 단계적으로 하락함을 보여준다. 신분의 하락은 윤리의식의 하락과 동일한 선상에 있다. 최소한의 윤리성마저 상실한 복녀는, 이 소설의 말미에서 시신조차 '고깃덩어리'와 다름없게 되는 인간성의 말살을 보여준다.

3. 물질적 환경과 윤리의식의 갈등구조

김동인 소설이 가지는 구조상의 일관된 특징은 이원적 대립에 의한 갈등이다. 선과 미는 물론, 선과 악, 미와 추, 삶과 죽음, 성과 속, 비극과 희극, 사랑과 죽음, 기독교와 전통윤리 등 무엇이든 가치비교가 가능한 개념은 김동인의 작품 속에서 심각한 대립과 갈등을 거치고 있다.[10] 이러한 김동인 소설의 이원적 대립구조는 다음과 같이 밝힌 자신의 성격에서 비롯된다고 볼 수 있다.

> 나는 여기서 나의 이원적 성격을 의식하였다. 주인공을 자살케 하려 한 것도 내 의사다. 그러나 또한 자살시키지 못한 것도 내 의사다. 두 의사의 갈등—이원적 성격, 이를 의식하였다. 악마적 포악과 신과 같은 사랑의 갈등이었다. 미에 대한 광포적 동경과 善에 대한 광포적 동경이다. 작품상에 나타난 불철저, 모순, 당착은 모두 상반되는 이 두 가지의 성격상 동경의 불합치에서 생겨난 것이다.[11]

이러한 이원적 요소의 내립은 작품 「감자」에서 물질적 환경과 윤리의식의 갈등구조로 전개된다. 먼저 '가난'이 이 소설의 주된 환경이자, 주인공 복녀의 삶을 전락시키는 요인으로 작용한다. 그는 가난 때문에 80원의 돈에 팔려 20년 연상의 동네 홀아비에게 시집을 갔고, 가난 때문에 매음을 시작한다. 물론 복녀가 매음을 할 수 밖에 없었던 필연성에는 남편의 게으름과 철면피함, 구걸에 어울리지 않는 복녀의 반반한 외모에 대한 평양시민의 냉정함과 "젊은 거이 거랑질은 왜"(248면)라는 은근한 부추김, 그리고 기자묘 솔밭 감독관의 노골적인 유혹 등이 큰 역할을 하지만, 무엇보다 복녀가 자신의 윤리의식을 무너뜨리게 된 동기는 가난 때문이라고 보는 것이 타당하다. 그러면 가난과 윤리의식의 갈등구조를 중심으로 이 소설의 전반부(첫째 단락 — 다섯째 단락)를 살펴보겠다.

10 이문구, 앞 글, 1994, 26면.
11 김동인, 『한국근대소설고 外』, 조선일보사, 1988, 32면.

복녀는, 원래 가난은 하나마 정직한 농가에서, 규칙있게 자라난 처녀였다. 이전 선비의 엄한 규율은 농민으로 떨어지자부터 없어졌다 하나, 그러나 어딘지는 모르지만, 딴 농민보다는 좀 똑똑하고 엄한 가율(家律)이 그의 집에 그냥 남아 있었다. 그 가운데서 자라난 복녀는 다른 집 처녀들과 같이 여름에는 벌거벗고 개굴에서 멱감고, 바짓바람으로 동리를 돌아다는 것을 예사로 알기는 알았지만 그러나 얼마간 그의 마음속에는 막연하나마 도덕이라는 것에 대한 저픔을 가지고 있었다. (347면)

"선비의 엄한 규율", "딴 농민보다는 좀 똑똑하고 엄한 가율", 그리고 "선비의 꼬리인 장인(복녀의 아버지)"(347면)이라는 말에서 우리는 복녀가 비록 지금은 가난한 농민이지만 양반의 혈통을 갖고 있음을 알 수 있다.

그렇다면 선비의 딸로서 막연하나마 저픔(두려움)을 갖고 있었던 '도덕'이란 구체적으로 무엇일까. 그것은 조선시대 양반집 여인이라면 누구나 지켜야 할 많은 덕목 가운데 가장 기본적인 것 두 가지 '남편은 하늘이다'와 '일부종사(一夫從事)'[12]를 들 수 있겠다. 이러한 복녀의 윤리의식을 지탱해 주던 두 기둥 중에 하나는 남의 집 막간살이를 하면서 무너지게 됨을 볼 수 있다.

"뱃섬 좀 치워 달라우요."
"남 졸음 오는데, 님자 치우시관."

12 조선시대 양반집 여인들의 도덕 교과서 격이던 이른바 '女四書(『女戒』, 『女論語』, 『內訓』, 『女範』)'를 살펴보면 다음과 같은 구절들을 찾을 수 있다.
妻雖云齊 夫乃婦天(『內訓』, 夫婦章 上)
夫有再娶之義 婦無二適之文 故 曰夫者 天也(『女戒』, 專心章)
第一守節 第二淸節(『女論語』, 守節章)
忠臣 不事兩國 烈女 不更二夫 (…중략…) 是故 艱難孤節 謂之貞 慷慨捐生 謂之烈(『女範』, 貞烈篇)

"내가 치우나요?"

"이십년이나 밥 먹구, 그걸 못 치워!"

"에이구, 칵 죽구나 말디."

"이년 뭘."

이러한 싸움이 끊치지 않다가, 마침내 그 집에서도 쫓겨 나왔다. (348면)

이것은 복녀와 남편이 싸우는 소리인데, 복녀가 남편에게 함부로 대하는 말에서 선비의 딸로서 규칙 있게 자란 태도는 더 이상 찾아볼 수 없다. 그들은 남의 집 막간살이를 하면서 상징적으로 종의 신분이 되었을 뿐만 아니라, 그들이 쓰고 있는 언어에서 느낄 수 있듯이 성격 역시 신분에 걸맞게 변화한 것이다. 여기서 우리는 '남편은 하늘이다'라는 덕목이 사라져 가고 있음을 본다. 그러나 나머지 한 기둥 '일부종사'는 아직도 복녀의 윤리의식을 지탱해 주고 있다.

일부종사에 대한 복녀의 윤리의식은 매음에 대한 그의 태도에서 손쉽게 읽어낼 수 있다.

(1) 복녀는 열아홉 살이었다. 얼굴도 그만하면 빤빤하였다. 그는, 그 동리의 여인들의 보통하는 일을 본받아서 돈벌이 좀 잘하는 사람의 집에라도 간간 찾아가면 매일 오륙십 전은 벌 수가 있었지만, 선비의 집안에서 자라난 그는 그런 일을 할 수가 없었다.

그들 부처는 역시 가난하게 지냈다. 굶는 일도 흔히 있었다. (349면)

(2) 그는 아직껏 딴 사내와 관계를 한다는 것은 생각하여 본 일도 없었다. 그것은 사람의 일이 아니요, 짐승의 하는 짓으로만 알고 있었

다. 혹은 그런 일을 하면 탁 죽어지는지도 모를 일로 알았다. (350면)

정절을 잃는다는 것을 죽음으로 인식하는 지극히 전통적인 복녀의 윤리의식은, 그러나 극도의 물질적 궁핍 앞에서 결국 무너지게 된다. 그들은 "칠성문 밖에서는 가장 가난한 사람 가운데 드는 편"(348면)이었기 때문이다.

앞에서 살펴보았듯이, 복녀는 기자묘 솔밭에서 일당 32전 받는 인부로부터 40전 받는 매춘부로 전락한다. 음성적 매음의 대가가 합법적인 노동의 대가보다 8전이 더 많은 40전이라는 데서, 우리는 당시 사회의 타락상을 가늠할 수 있다. 윤리성과 물질적 보상은 얼마든지 어긋날 수 있다는 것을 김동인은 이 부분에서 보여주고 있는 것이다.

복녀는 첫 매음에서 얼굴이 새빨갛게 되고 머리를 숙이는 수치심을 느낀다. 그러나 그것은 실절을 죽음으로 인식했던 과거의 도덕관보다는 상당히 완화된 것이며, 곧 다음과 같은 인생관의 변화에 이른다.

> 그러나 이런 이상한 일이 어디 다시 있을까. 사람인 자기도 그런 일을 한 것을 보면, 그것은 결코 사람으로 못할 일이 아니었었다. 게다가 일 안하고도 돈 더 받고, 긴장된 유쾌가 있고, 빌어먹는 것보다 점잖고……. 일본말로 하자면 삼박자(三拍子) 갖은 좋은 일은 이것뿐이었었다. 이것이야말로 삶의 비결이 아닐까.
>
> 뿐만 아니라, 이 일이 있은 뒤부터, 그는 처음으로 한 개 사람이 된 것 같은 자신까지 얻었다.
>
> 그 뒤부터는, 그의 얼굴에는 조금씩 분도 바르게 되었다. (350면)

그는 놀랍게도 매음을 긍정하게 되었다. 그러면서 조금씩 바르던 분은 일 년 뒤 거지 상대의 매춘부가 된 복녀의 얼굴을 더욱 예쁘게 만들더니,

다시 일 년 뒤 왕 서방을 죽이고자 찾아갈 무렵에는 괴기스러울 정도로 "분이 하 — 얗게"(353면) 발리게 된다. 여기서 분은 여염집 아낙의 얼굴에서 창부의 얼굴을 만들어 가는 하나의 기호이며, 분칠의 두께와 도덕의 타락은 비례한다고 볼 수 있다.

40전에 매음의 길로 들어선 복녀는 거지들을 상대하며 생계를 이어가는데, 그 뒤 일 년이 지나면서 매음에 대한 그의 태도는 비굴한 교태로 변모된다. 비록 일부종사의 윤리의식은 무너졌지만, 그는 거지에게 애교를 팔며 그럭저럭 "그리 궁하게 지내지는 않게 되었다"(351면). 여기서 김동인의 작가의식이 드러난다. 윤리와 도덕, 정절은 중요하지만, 그보다 더 중요한 것은 먹고사는 것이며, 목숨을 연명하기 위해서라면 실절도 용서될 수 있다는 것이다. 정말 복례는 거지 상대의 매춘부일 때 단순히 처세의 비결과 성격의 진보라고 간주하기에는 넘쳐나는 생기를 보여준다.

> 복녀의 얼굴은 더욱 이뻐졌다.
> "여보, 아즈바니. 오늘은 얼마나 벌었소."
> 복녀는 돈좀 많이 번 듯한 거러지를 보면 이렇게 찾는다.
> (…중략…)
> "난 원 이 아즈마니 만나믄 야단이더라. 자 궤 주디. 그 대신 응? 알아 있디?"
> "난 몰라요. 해해해해."
> "모르믄, 안 줄테야."
> "글쎄, 알았대두 그른다." (351면)

그러나 복녀가 탐욕스럽게 물질과 쾌락에 집착함에 따라, 그의 실절에 대한 응징의 징후가 보이기 시작한다.

이 소설의 후반부(여섯째 단락—아홉째 단락)는 물질적으로 풍족해질수록 복녀의 윤리의식이 급격히 하락하다, 결국은 파멸의 길을 걷게 되는 것을 보여준다. 여기서 왕 서방과 만난 복녀의 매음에 대한 태도는 당당함으로 발전한다. 게다가 자랑스러움까지 느끼게 된다. 다음은 도덕적 무감각 상태에 놓여있는 두 여인 – 복녀와 곁집 여편네의 대화이다.

> 한 시간쯤 뒤에 그는 왕 서방의 집에서 나왔다. 그가 밭고랑에서 길로 들어서려 할 때에 문득 뒤에서 누가 그를 찾았다.
>
> "복네 아니야?"
>
> 복녀는 홱 돌아서면서 보매 거기는 자기 곁집 여편네가 바구니를 들고, 어두운 밭고랑을 더듬더듬 나오고 있었다.
>
> "형님이댔쉐까? 형님도 들어갔댔쉐까?"
>
> "님자도 들어갔댔나?"
>
> "형님은 뉘 집에?"
>
> "나? 육(陸) 서방네 집에. 님자는?"
>
> "난 왕 서방네! 형님 얼마 받았소?"
>
> "육 서방네 그 깍쟁이 놈, 배츠 세 페기……."
>
> "난 삼 원 받았디."
>
> 복녀는 자랑스러운 듯이 대답하였다. (352면)

복녀는 채마밭 감자도둑질을 계기로 왕 서방의 정부가 된다. 앞에서 살펴보았듯이 복녀가 왕 서방의 정부가 된 것은 기껏해야 '한 댓냥 꿰주는' 거지들에 비해, 왕 서방은 일원 혹은 이원 이상의 큰 돈을 주기 때문이다.

> (1) 복녀는 차차 동리 거러지들한테 애교를 파는 것을 중지하였다.

왕 서방이 분주하여 못 올 때가 있으면 복녀는 스스로 왕 서방의 집까지 찾아 갈 때도 있었다. (352—353면)

(2) 그때 왕 서방은 돈 백원으로 어떤 처녀를 하나 마누라로 사 오게 되었다.

"흥!"

복녀는 다만 코웃음만 웃었다.

"복녀, 강짜 하갔구만."

동리 여편네들이 이런 말을 하면 복녀는 흥 하고 코웃음을 웃고 하였다.

내가 강짜를 해? 그는 늘 힘있게 부인을 하고 하였지만, 그의 마음에 생기는 검은 그림자는 어찌할 수가 없었다.

"이놈, 왕 서방 네 두고 보자." (352면)

인용문 (1)과 (2)는 지금까지 복녀와 왕 서방과의 관계를 애정문제로 해석할 수 있는 여지를 낳았었다.[13] 복녀와 왕 서방과의 관계를 애정의 문제로 본다면 솔버그가 지적했듯이 복녀의 행동은 당연히 애매하다. 솔버그에 따르면, "이 애매성은 삶의 조건이 도덕의식을 마멸케 한 다음에도 오히려 그 잔재가 적절하게 제시된 것으로 볼 수 있으며, 도덕적으로 완전히 퇴락했다고 생각하는 한 여성 속에 잔재로 숨어 있었던 도덕의식으로 하여 왕 서방과의 관계에서 단순한 거래의 의미 이상의 애정을 가능하게 했다"[14]는 것이다. 그래서 복녀는 정상적인 도덕의식을 버리고 목숨을

13 솔버그, 「초창기의 세 소설」, 『현대문학』 3월호, 1963.
구인환, 앞 글, 1982.
신동욱, 『우리 시대의 작가와 모순의 미학』, 개문사, 1982 등.
14 솔버그, 위 글, 259면.

연명하다가, 끝내 완전히 버리지 못한 그 잔재로 하여 목숨을 잃었다는 심각한 반어적 의미를 보여준다고 지적하였다. 그러나 매음을 계기로 한 쾌락의 원천을 도덕의식의 잔재로 보고 있다는 관점에는 재론의 여지가 있으며, 도덕을 원천으로 한 사랑이 살인까지 불러일으킨다는 것은 납득하기 어렵다.

복녀와 왕 서방과의 관계에서 중요한 것은 성을 돈으로 거래했다는 사실이다. 왕 서방에 대한 복녀의 집착은 매음에서 비롯된 쾌락과 돈에 대한 집착이 전이된 것에 지나지 않는다. 이러한 과도한 집착은 그가 왕 서방에게 버림받자, 질투의 형식을 빌려 광기로 발현한다. 그는 앙갚음을 하기 위하여 살인을 계획하는데, 우리는 여기서 복녀의 집착이 정상인의 상태를 넘어서고 있음을 본다. 그는 도덕뿐만 아니라 이성조차 마비되어가는 것이다. 따라서 "분이 하 — 얗게" 발린 얼굴과 입에 흘리는 "이상한 웃음"(354면)의 광녀의 모습은 왕 서방에 대한 복녀의 마음이 도덕적 애정과는 거리가 먼 편집광적 집착에 해당한다는 것을 보여준다.

이제 복녀에게 있어서 매음이란 생명과도 맞바꿀만한 의미를 지니게 된다. 처음에 죽음과도 같았던 매음이 수치와 비굴함을 거쳐 당당함에서 자랑스러움으로 변화했다. 이러한 매음에 대한 그의 태도는, 그것을 지속시킬 수 없을 때 아무런 죄의식 없이 범죄를 계획하게 한다. 따라서 이 소설의 결말 부분에서 복녀가 살인자가 된 것은 필연적이라 볼 수 있다.

작품 「감자」에서 가난은 끝내 인간의 윤리의식을 허물어뜨린다. 물질에 대한 집착 또한 한 인간을 철저하게 파멸시킨다. 이런 의미에서 마지막 아홉 번째 단락은 윤리의식을 허물고 물질에 집착한 한 여인이 얼마만큼 비참해질 수 있는가를 극명하게 보여준 부분이라고 볼 수 있다. 김동인은 도덕적으로 타락한 인간의 죄를 비참한 결말로 마무리함으로써 응징을 하고 있다.

4. 도덕주의의 역설적 수용

김동인은 소설의 근본과제는 인생문제의 제시라고 하면서, 여기서 인생이란 작가 자신이 완전히 지배할 수 있는 인간의 삶, "인형 놀리듯 자유자재로 조종할 수 있는 인생"[15]을 만들어 낸다는 뜻이라고 하였다. 이것이 김동인의 이른바 '인형 조종설'이다. 따라서 소설에서의 삶은 현실의 삶과 거리가 있으며, 인물의 성격 또한 단순함을 지향하고 있다.

> 소설 중의 인물 성격이라는 것은 현실상의 인물과 달라서 실제 인물의 일면씩만을 가져야 한다. 이렇게 되어야 독자는 그 소설에서 작중 인물을 이해할 수 있고 그 인물에 친근할 수가 있다. —이것이 즉 성격의 단순화다.[16]

이렇게 창조된 인물의 성격은, 작품 「감자」에서 작가 특유의 간결한 설명에 의존하여 일목요연하게 드러난다. 그러나 이 명료성은 "작중인물의 행동을 직접 볼 수 없고, 그들에 관한 작가의 이야기를 듣지 않으면 안 되는"[17] 약점이 있다. 작중인물이 상호 유기적인 관계 안에서 행동을 전개하지 못하고 작가의 설명에 의해 마치 인형을 놀리듯 사건이 제시될 때, 우리는 작가의 관념에 보다 주목하게 된다. 그러면 작품 「감자」에서 복녀라는 인형을 조종하는 작가의식의 실체는 무엇일까.

김동인은 작품 「감자」에서 주인공에게 물질과 쾌락을 추구하게 하지만, 끝내는 철저히 파멸시킴으로써 그의 부도덕성을 응징한다. 이러한

15 김동인, 『한국대소설고 外』, 1988, 153면.
16 김동인, 위 책, 153면.
17 천이두, 「한국단편소설론」, 『현대문학』, 1965년 10월, 265면.

관점에서 「감자」는 인간이 윤리와 물질 간의 갈등에서 물질에 집착한다면 어디까지 추락할 수 있는가를 보여준, 다분히 도덕적인 메시지를 담고 있는 작품이라 볼 수 있다. 이렇게 부도덕을 죄로 보며, 죄에 대한 응징으로써 죽음의 결말을 보여주는 김동인의 작품은 「감자」 외에도 「포플라」(1930)와 「罪와 罰」(1930)이 있다. 이 두 작품에서 살인을 범한 주인공들은 사형이란 형벌로 죽음을 맞고 있다.

먼저 「포플라」는 남의 집 머슴살이를 하면서 사십이 넘도록 여인을 가까이 하여 보지 못한 순박하고 근면한 최 서방이 주인공으로 등장한다. 그는 방 앞에 버들(포플라) 한 가지를 심고 정성스럽게 가꾼다. 그 버드나무 주위에 새끼 버드나무 너덧 개가 자라는 것을 기회로 주인 김장의는 최서방을 충동질한다.

> "임자두 장가를 들어서 저런 새끼들을 보아야 하지 않나."
> 최 서방은 얼굴이 벌개지며 씩 웃었다.
> "임자 장가가구 싶지 않나? 갈래믄 내 주선해 주마."
> (…중략…)
> 그날 밤 최 서방은 흥분되었다. 사십 년 동안을 숨어 있던 성욕이 한꺼번에 터져 올랐다.[18]

실제로는 최서방의 결혼에 대하여 아무런 관심도 없는 김장의의 이런 무책임한 소리가 최서방을 자극시켜 부녀자 겁탈 이십여 건(그 중에 살인 여섯 건)이라는 엄청난 일을 저지르게 만들고, 결국 그에게 사형이란 벌이 내린다.

18 김동인, 『김동인 전집 2 — 狂炎소나타 外』, 조선일보사, 1988, 126면.

> 그러나 그의 정직함을 상주지 않고 그의 부지런함에 응답치 않은 하느님도 그의 죄뿐은 결코 용서치를 않았다. 그에게 일찍 한 마누라를 주어서 죄를 미전(未前)에 방지치는 못하였을망정 이미 지은 죄는 그대로 내버려 두는 하느님이 아니었다.[19]

여기에서 죄를 범하는 최서방의 이야기는 사실이 아닌 김동인의 허구이므로, 최서방을 용서하지 않고 벌주는 하느님은 곧 작가 자신이다. 잘못을 저지른 데 대한 벌만은 엄격하게 처벌하는 신의 목소리를 통해, 작가는 죄에 대한 대가를 죽음으로써 징계하고 있다.

「죄와 벌」은 아버지의 옥사와 어머니의 밀매음이라는 불행한 환경 속에서 유년시절을 보낸 홍찬도라는 주인공이 성장해가면서 소매치기와 강도 살인을 하게 되고, 결국에는 사형당하고 만다는 줄거리를 갖고 있다. 이 작품에서도 주인공은 죽음으로써 도덕적 타락의 죄과를 치르고 있다. 이렇게 김동인의 작품 속에 등장하는 인물들은 성욕, 물욕, 자기 현시욕에 집착하면서 간음죄, 강도죄, 살인죄 등을 저지르고, 이에 대한 필연적 응징으로 죽음의 형벌을 받고 있다.[20] 작가는 부도덕한 주인공의 '탐욕 → 집착 → 범죄 → 죽음'이라는 인생의 몰락과정을 통하여, 역설적으로 도덕의 중요성을 강조한 것이다.

지금까지 김동인은 억압된 본능과 인간의 수성적 국면을 강조한 작가로 알려져 왔다. 그리고 이러한 면들은 인간의 도덕과 이성을 강조한 이광수의 작품 경향과 상반된 관점에서 평가되었다. 김동인 스스로도 이광수와 대비적 입장에 서서, 자신이 순수문학의 주창자임에 반하여, 이광수는 도덕적 설교문학 혹은 통속문학의 대변자로 인식하였다. 그러나 이러한

19 김동인, 위 책, 129면.
20 이문구, 앞 글, 1994, 126—129면 참조.

반(反)이광수주의적 태도가 작품 「감자」에서 도덕주의를 역설적으로 수용한 결과로 드러났다. 이광수와 적어도 「감자」에서의 김동인은 표면적으로 상반된 작가의식을 표명하는 듯하나, 실은 동전의 앞뒷면처럼 같은 주제를 다르게 이야기하고 있는 것이다.

예컨대 이광수가 기생임에도 불구하고 칠 년간이나 정조를 지킨 영채(『無情』)를 후에 신여성으로 거듭나게 함으로써 '권선'의 의미를 제시하고 있다면, 김동인은 도덕이 마비된 복녀를 '징악'함으로써 윤리와 인간 이성의 참뜻을 깨우치고 있다. 따라서 "이광수식의 감상적이고 권선징악적 우국지사의 사관을 날카롭게 비판한 김동인 자신도 따지고 보면 이광수 못지않게 권선징악적인 우국지사요, 감상적인 영웅 숭배론자"[21]라고 지적한 백낙청의 견해는 우리에게 시사하는 바가 크다. 그는 다음과 같이 말하면서 이광수와 김동인의 작품 경향을 하나로 묶고 있다.

> 이광수식의 계몽문학을 부정하고 나온 김동인도 계몽기 문학의 넓은 테두리에서 벗어나지 않는다. (…중략…) 그의 장편소설은 물론 「笞刑」, 「붉은 山」 등의 단편에서도 그가 이광수와 동시대인이요, 실질적인 동료임을 본다. (…중략…) 김동인에 이르러 계몽문학과 전혀 다른 '자연주의문학' 또는 '예술지상주의 문학'이 시작한다고 보는 것은 부당한 일이다. 따라서 그의 문체에서도 독자는 이광수에 못지않은 설명조와 설교자의 억양을 느끼게 된다.[22]

21 백낙청, 「역사소설과 역사의식」, 『창작과 비평』, 1967년 봄, 26면.

22 백낙청, 위 글, 1967, 31면.
백낙청의 견해와 같은 맥락에 송백헌의 논의가 있다. 그는 김동인의 『大首陽』과 이광수의 『端宗哀史』를 논하면서 다음과 같이 지적하였다.
"동인의 대부분의 역사소설은 춘원의 역사소설에 대한 대안 및 반격의 의미로 씌어졌음이 사실이다. 그러나 실제에 있어서는 각도만 다를 뿐 춘원의 전철을 답습하고 있다고 해도 과언이 아니다."
— 송백헌, 「『大首陽』論」, 백철 해설, 앞 책, 1982, 72면.

따라서 반 이광수주의를 표방한 김동인과 그의 대표작 「감자」는 도덕주의라는 당대의 근대문학사적 큰 흐름 속에 맥을 같이 하는, 이광수 문학의 역설적인 연장으로 이해될 수 있을 것이다.

5. 「감자」의 문학적 개성

지금까지 김동인의 대표작 「감자」의 구조 분석을 통하여 작품에 나타난 역설적 도덕의식을 살펴보았다.

작품 「감자」에서 공간은 아홉 개로 나뉜 각 단락별로 정확하게 변화하고 있으며, 공간의 이동에 따라 주인공 복녀의 신분과 성격은 단계적으로 하락하고 있다. '선비의 딸 → 소작인의 아내 → 막벌이꾼의 아내 → 머슴의 아내 → 거지 → 인부(노동/매음) → 매춘부 → 도둑 → 중국인 징부 → 광인 → 살인자 → 송장'이 그것인데, 마지막의 시신조차 사인이 은폐되고 그 대가로 돈이 지불되면서 '고깃덩어리'와 다름없는 물화된 양상을 보여준다.

복녀의 삶을 전락시키는 주된 요인은 '가난'과 '물질과 쾌락에 대한 집착'이다. 이 소설의 전반부(첫째 단락—다섯째 단락)는 가난과 윤리의식의 갈등구조로 이루어져 있다. 여기에서 복녀는 가난 때문에 선비의 딸로서 갖고 있던 '도덕에 대한 저픔'을 무너뜨린다. 이 소설의 후반부(여섯째 단락 ~ 아홉째 단락)에서는 물질과 쾌락에 윤리를 팔아버린 복녀의 몰락 과정이 그려진다.

복녀의 이와 같은 도덕관의 변화는 '매음'에 대한 그의 태도에서 손쉽게 읽어낼 수 있다. '죽음 → 수치 → 비굴함 → 당당함 → 자랑스러움 → 생명'으로 실절 혹은 매음의 의미가 변화되면서, 물질과 쾌락에 대한 복녀의 집착은 정상인의 상태를 넘어서 범죄에 이르게 된다.

작품 「감자」에서 물질은 늘 인간의 윤리를 위협한다. 물질이 결핍된 가난은 끝내 윤리의식을 허물어뜨리고, 물질에 대한 집착 또한 한 인간을 철저하게 파멸시킨다. 이런 의미에서 「감자」는 물질의 노예가 되어 윤리의식을 팔아버린 한 여인이 얼마만큼 비참해질 수 있는가를 보여준, 다분히 도덕적인 메시지를 담고 있는 작품이라고 볼 수 있다.

김동인은 소설의 주인공에게 물질과 쾌락을 추구하게 하지만, 끝내는 철저하게 파멸시킴으로써 그의 부도덕성을 응징한다. 작가는 부도덕한 주인공의 '탐욕 → 집착 → 범죄 → 죽음'이라는 인생의 몰락과정을 통하여, 역설적으로 도덕의 중요성을 강조한 것이다. 결국 김동인은 이광수의 도덕주의에 반발하며, 스스로 상반된 입장에서의 문학관을 공공연하게 피력하였지만, 계몽기 문학의 넓은 테두리 안에서는 벗어나지 못했다고 볼 수 있다. 따라서 「감자」가 갖고 있는 문학적 개성을 '역설적 도덕의식'으로 보는 것은 김동인의 소설을 보다 다양한 관점에서 이해할 수 있는 또 하나의 계기가 될 것이다.

영상으로 읽는 우리 문학

1. 구비문학, 문자문학, 영상문학
2. 판소리와 영상과의 만남
3. 설화와 소설의 영상적 변용
4. 시적 이미지의 영상적 해석
5. 영상시대의 문학

1. 구비문학, 문자문학, 영상문학

지금까지 문학은 주된 향유계층의 기호(嗜好)가 말에서 글로 바뀌어 가면서 구비문학 시대에서 문자문학의 시대로 전환되었다. 여기에는 우리 사회가 근대사회로 접어들면서 교육의 대중화에 따른 문자 보급률의 확산, 출판문화의 발달 등 문학 외적인 요소가 크게 작용하였다고 볼 수 있다. 문학을 창조하는 작가와 그것을 소비하는 독자와의 관계에서, 문학의 표현 매체는 당시 시대상황을 적극적으로 반영한다.

이제 문자시대는 영상시대로 바뀌어 가고 있다. 텔레비전과 위성방송, 인터넷 등 대부분의 정보가 영상 텍스트의 형태로 대중들에게 다가간다. 대중의 표현매체에 대한 선호 역시 말에서 글로, 다시 영상[1]으로 자연스럽게 바뀌고 있다.

1990년대 중반까지만 해도 시인이나 소설가들은 대중들의 이러한 경향에 대하여 성급하게 문학의 종말을 우려하거나, 반대로 영상의 힘을 애써 폄하하는 극단적인 입장을 보였다. 예컨대, 채호기와 정현종은 이념이 와해된 자리에 직접적이고 단순한 영상문화가 들어와 독자를 빼앗아 가고, 그 결과 문학은 문화의 주변부에서 소멸할지도 모른다고 우려하였다. 반면, 이인성은 영화 등 영상매체의 위력은 인정하나 아직 컴퓨터는 워드 프로세서의 기능만 수행할 뿐이라고 하였다.[2]

01 말과 글이 의사소통, 정보의 전달, 정서의 감화 등의 기능을 지니고 있듯이, 영상도 기호나 이미지나 상징 등의 장치를 통해 그러한 기능을 수행하므로 영상 역시 또 하나의 언어로 간주할 수 있다. 즉 영상 언어란 언어가 지닌 소리와 의미전달 기능을 영상을 통해 드러낸다고 볼 수 있다.
송희복, 『영상문학의 이해』, 두남, 2002, 14면 참조.
오현화, 『영상문학의 이해』, 한국문화사, 2006, 27면 참조.
주형일, 『영상매체와 사회』, 한울아카데미, 2004, 29면 참조.

02 채호기, 정현종, 이인성, 「특집: 글쓰기, 어디로 가고 있는가」, 『문학과 사회』, 1995, 가을, 950-997면 참조.

십여 년이 지난 지금, 문학을 영상으로 향유하고자 하는 대중들의 욕구는 이제 영상시대의 자연스런 현상으로 간주되고 있다. 이미 레슬리 피들러(Leslie A. Fiedler)는 1960년대 초에, 문학이 영상시대에 살아남기 위해서는 과감히 스크린과 제휴하여야 한다고 하였다.[3] 대중들이 시나 소설보다 영화를 선호하는 것을 문학의 종말이 아니라, 문학의 영역확대의 기회로 삼아야 한다는 것이다.

이 글은 우리 문학을 영상 텍스트로 읽어보고자 하는 시도에서 시작한다. 영화나 드라마 등 영상을 표현매체로 창작한 문학을 '영상문학'이라고 한다. 영상문학의 개념에 대하여 민병기는 "문학이 문자코드에서 영상코드로 진화한 양식이 영상문학"이라고 하면서, 영상문학의 범주에 '영상미를 극대화시킨 문학, 영상화를 위한 문학, 문학성이 강한 영화' 등을 포함시켰다. 영상문학 연구는 영화를 문학 텍스트의 확장으로 보고 이 양자의 상관관계를 탐색하여, 영화 속에 있는 문학적 요소나 문학 속에 내재한 영화적 발전소를 찾아 밝히는 연구가 핵심이라고 하였다.[4] 송희복은 "영상문학은 일차적으로 원작이 되는 문학작품을 각색, 재구성한 영화나 TV드라마를 말한다. 부차적으로는 오리지널 영화(드라마) 중에서 문학성이 뛰어난 것도 영상문학이라 할 수 있다."라고 하였다. 그는 일반적으로 교육현장에서 영상문학이라고 하는 것은 VCR을 통해 문예영화를 감상하거나 TV 방송사가 제작한, 이를테면 TV문학관 · 베스트셀러극장 · 신TV문학관 등과 같은 문예물을 감상하는 경우를 지칭한다고 하였다.[5] 즉 영상문학이란 말로 표현된 구비문학, 글로 표현된 문자문학과 더불어 영상을 표현매체로 창작된 또 하나의 문학 영역이며, 문학 텍스트의 확장이라고

03 김성곤, 『문학과 영화』, 민음사, 1997, 18면 참조.
04 민병기 외, 『한국의 영상문학』, 문예마당, 1998, 14－16면.
______, 「영상문학이란 무엇인가」, 『문학과 영화의 만남』, 월인, 2009, 10－11면.
05 송희복, 「영상문학의 기본개념」, 위 책, 29면.

볼 수 있다.

이러한 영상문학 작품들을 단순히 보는 것이 아닌, 기존의 문학작품처럼 읽는다는 것은 작품을 수동적으로 받아들이는 일반적인 관람형태가 아닌 '능동적으로 보고 해석하며, 새롭게 보고 창조적으로 감상하는 것'을 의미한다.[6]

나는 이 글에서 구체적인 작품 분석을 통하여 구비문학과 문자문학의 영상과의 만남, 그리고 구비문학에서 문자문학으로, 다시 영상문학으로 전환되는 양상을 살펴보고자 하며, 그 과정에서 재해석된 인물과 스토리의 변화를 분석해보고자 한다.

구비문학과 문자문학이 영상을 만나 영상문학으로 전환된다는 것은 시대에 따른 표현양식의 변화, 혹은 문학의 진화를 의미한다. 이미 민병기가 지적한 바와 같이, 인간의 사상과 감정을 말로 표현한 예술 양식이 구비문학이고, 그것을 문자로 표현한 양식이 활자문학이며, 그것을 영상으로 표현한 양식이 영상문학이다. 즉 문학의 첫째 양식이 구비문학이고, 둘째 양식이 활자문학이며, 셋째 양식이 영상문학이다. 즉 영화는 종합예술임과 동시에, 가장 진화된 현대문학의 성격도 지녔다고 볼 수 있다.[7]

최혜실 역시 매체에 따른 표현양식의 변화에 대하여 "인류가 언어를 사용하게 되었을 때 구비 서사가 생겨났다. 이 이야기가 인쇄 매체 속에 담겨 소설이란 이름을 갖게 된 것은 수백 년에 지나지 않는다. 또 다시 이 이야기가 아날로그 미디어의 하나인 전파에 담기면 영화나 텔레비전 드라마가 되는 것이요, 디지털 미디어에 담기면 사이버 문학이 되는 것이다."라고 하였다.[8]

06 보그스, 『영화보기와 영화읽기』, 이용관 역, 제3문학사, 1991, 6면 참조.
문학과 영화 연구회, 『우리 영화 속 문학 읽기』, 월인출판사, 2003, 6-7면 참조.
07 민병기, 앞 글, 10—11면 참조.
08 최혜실, 「영상, 디지털, 서사」, 『모든 견고한 것들은 하이퍼텍스트 속으로 사라진다』, 생각의 나무, 2000, 196면.

또한 영상으로의 전환은 '각색'의 의미와 연결시킬 수 있다. 각색이란 시, 희곡, 소설 등 활자(문자)로 이루어진 문학작품을 시각적 이미지로 전환하는 것이다. 현대의 영화 비평가들 사이에서 논의되는 두드러진 이슈 중의 하나가 이 각색의 문제인데, 문학작품을 이용하여 영화를 만드는 것은 영화라는 매체가 지니는 역사만큼 오래된 것이기 때문이다.[9]

나는 구비문학과 문자문학의 대표 장르라고 할 수 있는 판소리와 설화, 소설과 시의 영상화 양상을 살펴봄으로써 문학을 영상으로 향유하고자 하는 시대적인 감수성을 가늠하고, 궁극적으로 '영상 텍스트를 대상으로 한 우리 문학 연구'의 지향점을 모색해 보고자 한다.

연구대상은 원작이 구비문학 혹은 문자문학인 영상문학 작품이다. 영상을 매체로 한 다양한 콘텐츠 중 '문학'의 범주에 넣을 수 있는 것은 영화와 애니메이션, 드라마 정도다. 이 글에서는 작품성과 상연시간, 접근의 용이성 등의 이유로 일단 영화를 중심으로 우리 문학의 영상화된 양상을 살펴보고자 하며, 애니메이션과 드라마에 대한 논의는 다음으로 미루고자 한다.

실제로 영상텍스트를 대상으로 한 문학 연구는 영화 연구와 많은 부분이 겹친다. 그러나 영상문학의 연구가 영화 연구 그 자체는 아니다. 영상문학 연구에서 영화제작 기술에 관한 것이나 상업적 흥행성에 관한 연구는 제외되며, 순수 학문성을 지향한다는 점에서 영화평론과도 구별된다. 영상문학은 영화의 문학적 성격을 추구하는 학문이며, 영상시대에 문학의 영역을 확대시키기 위한 전략적 학문이다.[10]

09 이형식 외, 『문학 텍스트에서 영화 텍스트로』, 동인, 2004, 15면 참조.
10 민병기, 「영상문학이란 무엇인가」, 앞 책, 11—12면 참조

2. 판소리와 영상과의 만남

구비문학의 한 갈래인 판소리와 영상과의 만남은 판소리 그 자체를 영상으로 옮겨놓은 작품과 판소리를 주요 소재로 한 작품으로 나눌 수 있다. 먼저 영화 〈춘향뎐〉(1999)[11]을 중심으로 판소리의 영상화 양상을 살펴보고, 영화 〈서편제〉(1993)[12]를 대상으로 영화에 삽입된 판소리의 역할에 대하여 살펴보겠다.

1) 「춘향가」와 영화 〈춘향뎐〉

춘향을 주인공으로 한 문학작품들은 표현매체에 따라 셋으로 나눌 수 있는데, 구비문학으로서의 판소리 「춘향가」, 문자문학으로서의 고전소설 『춘향전』, 그리고 영화 〈춘향뎐〉이 그것이다.

영화 〈춘향뎐〉은 춘향을 주인공으로 한 영화 중 가장 최근작이며, 판소리 「춘향가」를 영상으로 비교적 충실하게 재현하고 있다. 이 영화는 인간문화재 조상현의 판소리 공연으로 시작한다. 이후 영화는 창자의 사설과 노래에 따라 자막이 뜨고 영상이 펼쳐진다. 이른바 '액자영화'의 형식이다. "…숙종대왕 즉위 초에 남원 사또 자제 도련님 계시되 연광은 십육 세요 이목이 청수하고 어질고 바르니 진세간 기남자라. 하로일기 화창하여

11 감독 임권택. 조승우·이효정 주연. 한국 영화사상 최초로 제53회 칸 영화제 경쟁부문에 진출하고, 제37회 대종상 영화제 미술상과 심사위원 특별상을 수상하였다.

12 감독 임권택. 오정해·김규철·김명곤 주연. 제31회 대종상 작품·감독·촬영·신인여우 ·신인남우·녹음상 등 6개 부문 수상, 제46회 칸 영화제, 제50회 베니스영화제 출품, 제14회 청룡영화상 대상·작품·촬영·남우주연(김명곤)·남우조연(안병경)·신인여우(오정해)·최다관객상 수상, 제13회 영평상 작품·감독·남우주연·촬영·음악·신인상(오정해) 수상, 제4회 춘사예술영화상 작품·감독·여우주연(오정해)·기술상(미술 : 김유준)·남자새얼굴연기상(김규철) 수상, 제1회 상해 국제영화제 감독·여우주연상을 수상하였다.

방자 불러 물으시되…"라고 창자 조상현이 사설을 하면 그와 동시에 노랫말이 화면에 자막으로 뜨고 내용에 해당하는 남원의 풍광과 동헌, 그리고 글공부를 하는 이몽룡의 모습이 영상으로 펼쳐지는 식이다. 이후 영화는 "애 방자야…"와 같이 이몽룡과 방자로 분한 배우들의 연기로 이어지다, 다시 이몽룡의 광한루 나들이 장면에서는 조상현의 판소리에 맞춰 자막과 영상이 전개된다.

이렇게 이 영화는 판소리를 주된 골격으로 하여, 창의 소리를 관객들에게 영상으로 자막과 함께 보여주는 방식을 취한다. 이는 평범한 관객들이 판소리를 들으면서 흘려버릴 수 있는 노랫말의 의미를 되짚어 보게 하며, 나아가 그 묘미를 음미할 수 있게 한다. 특히 익숙하지 않은 고어나 남도 사투리는 분위기를 훼손하지 않는 선에서 현대어나 표준어에 가깝게 풀이하고 있어, 관객들은 의미의 혼란 없이 보다 친숙하게 영화를 볼 수 있다.

소리와 그에 걸맞은 영상이 박자까지 맞춰 잘 어우러질 때, 관객들은 노래를 들으며 상상했던 장면들이 바로 눈앞에 펼쳐지는 신비로운 체험을 한다. 방자가 이몽룡의 명을 받들어 춘향을 부르러 가는 대목을 살펴보자.

창자 : (소리) 방자 분부 듣고 춘향 부르러 건너간다. 건거러지고 맵수있고 태도 고운 저 방자. 채신없이 팔랑거리고 의뭉스런 저 방자. 요지연의 서왕모에게 편지 전하던 푸른 새처럼 말 잘하고 눈치 있고 영리한 저 방자. 쇠털벙치 궁초갓끈 맵시 있게 달아 써 성천 통우주 접저고리 삼승고의 육날신에 수지빌어 곱돌매고 청창옷 앞자락을 뒤로 잡어 매고 한 발은 여기 놓고 또 한 발 저기 놓고 충 충 충충거리고 건너간다. 장송가지 뚝 꺾어 죽삼 삼아 자르르 끌어 이리저리 건너갈 제 조약돌 덥벅 집어 버드나무에 앉은 꾀꼬리 탁 쳐 후여 쳐 날려보고 무수히 장난 허다가 춘향

추천하는 앞에 바드드드득 들어서 춘향을 부르되 공연히 큰소리로 아나 였다 춘향아!

—영화 〈춘향뎐〉에서

영화에서 방자가 징검다리를 뛰어 건너는 발걸음의 속도는 노래의 박자와 잘 맞아떨어져 한층 흥을 돋운다. 이 대목은 소리와 영상이 잘 어우러진, 마치 한 편의 뮤직 비디오와 같은 장면이다.

이렇게 영화는 창자의 노래와 고수의 북소리, 그리고 청중의 참여로 이루어진 기존의 판소리 「춘향가」를 영상으로 재해석하여 관객들에게 들려주고 보여준다. 대여섯 시간을 들여야 완창할 수 있는 춘향가를 1시간 35분으로 줄이기엔 다소 무리가 있었겠으나, 영화는 조상현의 사설과 노래, 배우들의 대사와 연기가 잘 어우러져 영상시대의 춘향전을 재창조했다. 또한 신분상승 의지를 깜찍하게 드러내면서도, 자기감정에 솔직하고 당당한 춘향의 모습은 현대의 젊은이들의 사랑관을 가감 없이 반영했다는 점에서 이 영화의 또 다른 미덕으로 간주될 수 있을 것이다.

영화 〈춘향뎐〉은 이미 대중으로부터 멀어진 판소리와, 익숙해서 더 이상 관심을 끌기 어려운 고전소설을 영상화시킨 작품이다. 이 영화의 가장 큰 미덕은 구비문학이 문자화되면서 잃어버렸던 소리와 영상을 스크린에 성공적으로 복원했다는 점일 것이다.

2) 「심청가」와 영화 〈서편제〉

판소리를 주요 소재로 한 작품으로는 영화 〈서편제〉가 있다. 이 영화는 이청준의 연작소설 「남도사람」 중 「서편제」와 「소리의 빛」을 원작으로 하였으며, “인간의 소리인 판소리와 자연 풍광의 합일을 영상으로 담은 한 편의 아름다운 수채화 같은 작품”[13]으로 평가되었다. 이 영화에서 판소리는 인물의 성격, 주제의 전달이나 사건의 전개, 결말구도에 중요한 역할을 하고 있다. 〈서편제〉의 제작일지를 보면 영화를 만드는 데 판소리의 비중이 얼마나 컸는지 가늠할 수 있다.

> 먼저 영화 속에 어떤 판소리를 입히느냐가 결정되어야 했다. (…중략…) 어떤 장면에 판소리가 필요하고 어떤 장면에 필요하지 않은가. 그 장면에 판소리가 필요하다면 과연 어떤 대목이 들어가야 할 것인가의 문제가 대두되었다. 이에는 또한 다음의 두 가지 점이 동시에 고려되어야 했다. 그것이 음악적으로 들을 만한 내용인가? 또한 그 판소리 내용이 드라마와 어울려지는가? [14]

영화 〈서편제〉에는 「심청가」를 비롯하여 「춘향가」, 「흥보가」와 같은 판소리와 단가 「이산 저산」, 민요 「진도 아리랑」이 삽입되었다. 이 노래들은 영화의 내용과 맞물려 상징적 의미를 암시한다.

「춘향가」에 담긴 만남과 이별의 애절한 노래들은 영화의 전반부에 걸쳐 소리꾼 송화에 대한 동호의 사랑을 나타낸다. 첫 장면 주막에서 세월네가 부르는 ‘갈까부다 갈까부다’는 평생 송화를 찾아다녔던 동호의 그리움의 마음을 대변한다. 어린 송화와 동호가 창극공연에서 듣고 눈물을 흘리는 ‘십장가’는 일찍이 부모를 잃고 고단한 일상을 살아가는 그들의 상처받은 마음을 상징한다. ‘사랑가’는 어느덧 어린티를 벗고 청년기에 접어든 동호와, 단아한 자태의 여인으로 성숙한 송화 사이에서 싹트기

13 김성곤, 『김성곤 교수의 영화 에세이』, 열음사, 1994, 329면.
14 임권택 편, 『서편제 영화 이야기』, 하늘출판사, 1993, 87면.

시작한 미묘한 사랑의 감정을 암시한다.

송화: (소리) 사랑 사랑 사랑 내 사랑이야… 이리 오너라 업고 놀자. 사랑 사랑 사랑 내 사랑이야. 사랑이로구나 내 사랑이야… 니가 무엇을 먹으라느냐. 시금 털털 개살구. 작은 이도령 서는 디 먹으라느냐…

동호: 누나 작은 이 도령이 뭐야?

송화: 도련님 애기를 갖는다는 거야. 애 배는 거…

—영화 〈서편제〉에서

이 장면에서 송화는 부끄러워하고 동호는 신기해하면서도 짓궂은 표정이 된다. 아름드리 나무 그늘에서 송화가 부르던 '사랑가'가 두 사람 사이의 순수한 사랑을 상징한다면, 곧바로 이어진 한량들의 술자리에서 부르는 '사랑가'는 흔한 유행가의 한 소절처럼 공허하게 들린다. 술 취한 한량들의 무례함에도 어쩌지 못하고 다만 소리를 할 따름인 송화와 유봉을 동호는 불만스럽게 바라본다. '사랑가'는 '이별가'로 이어지며 동호의 가출을 암시한다.

판소리 「춘향가」는 송화가 폐가에서 '귀곡성'을 부르는 것으로 마무리된다. 정말 귀신이 나올 것 같은 폐가에서 굶주리며 귀신이 곡하는 소리를 연습하는 송화의 모습을 보고 동호는 가난에 진저리를 치며 집을 나간다.

영화의 후반부에는 「심청가」가 불려진다. 눈이 먼 송화는 다시 소리하기를 결심하고 유봉에게 「심청가」를 배우고 싶다고 말한다. 가난과 눈먼 아버지로 인해 희생된 심청이 송화 자신과 자연스럽게 동일시되었을 것이다. "헌 베중의 대님 메고 청목휘양 둘러쓰고 말만 남은 헌 치마에

폐가에서 유봉에게 소리를 배우는 송화
—〈서편제〉에서

깃 없는 헌 저고리 목만 남은 길버선에 바가지 옆에 끼고 바람 맞은 병신처럼 옆걸음 쳐 건너간다"의 '밥 빌러 가는 대목'의 심청의 모습은 끼니를 해결하기 위해 소리를 하는 송화의 처지와 크게 다르지 않다.

심청이 고난을 이겨내고 왕비가 되었듯이 송화 역시 유봉이 말한 "부귀공명보다 좋고 황금보다 좋은" 득음의 경지를 향해 나아간다. 소릿재 폐가 앞에서 목청을 틔우기 위해 송화가 연습하는 '마른 땅에 새우 뛰듯'은 심청이가 몸 팔러 가기 전에 스스로의 마음을 다잡는 장면임에 시사하는 바가 크다.

「심청가」에서 바다가 죽음의 공간임과 동시에 재생의 원형공간이었듯이, 영화 〈서편제〉에서도 바다는 득음과 재회의 공간이다. 송화는 바닷가 주막에서 꿈에서도 그리워하던 동호와 재회하고 심안(心眼)을 뜬다. 송화가 동호의 북장단에 맞춰서 부르는 '인당수에 빠지는 대목'은 슬프고 격한 계면조로, 가난 때문에 사랑하는 이를 잃고 득음을 위해 눈을 잃은 송화의 한이 한꺼번에 터져 나오는 듯하다. 그리고 마치 인당수의 풍랑이 가라앉듯이 송화와 동호의 격해진 감정은 잦아들고 '심봉사 눈 뜨는 장면'에 이르러 송화는 하염없이 쏟아지는 눈물로 응어리진 한을 풀어내면서 득음의 경지에 이른다.

〈서편제〉는 영화 속의 인물들이 실제 판소리를 부르는 것을 보여줌으로써 소리꾼의 한 많은 일생을 효과적으로 표현한다. 주인공들이 부르는 노래는 연기나 대사와 함께 그들이 처한 상황과 심리 상태를 상징적으로 드러낸다. 즉 판소리에 담긴 내용은 영화의 스토리와 만나면서 이미 알려진 이야기를 다른 각도에서 해석할 수 있는 기회를 얻으며, 영화는 판소리로 전통적 아름다움의 깊이를 획득한다. 또한 문자문학으로 정착하는 과정에서 어쩔 수 없이 버려진 구비문학 고유의 시청각적 요소는 판소리가 영상과 소리로 재현되면서 관객들에게 새로운 소통을 시도한다.

3. 설화와 소설의 영상적 변용

설화와 소설, 그리고 영화는 서사(Narrative)라는 특징을 공통점으로 갖는다. 설화와 소설이 하나의 잘 짜인 이야기로서 인물이 등장하고 그에 따라 사건과 배경이 서술되는 것처럼, 영화에서는 주인공의 이야기가 스크린에 순차적으로 펼쳐진다. 이 장에서는 동일한 서사가 매체에 따라 다르게 표현되는 것에 주목하여, 구비문학인 설화와 대표적인 문자문학 장르인 소설이 영상문학 작품으로 변용되는 양상을 살펴보고자 한다.

구비문학의 한 갈래인 설화는 근대 이후 작가의 창조적 상상력과 만나 소설로 거듭났으며, 영상시대인 현대에 이르러 또다시 영상문학으로 변용되는 경향을 보인다. 이러한 양상은 설화의 서사를 바탕으로 주된 골격은 유지하면서 보다 복잡하고 입체적으로 진화하는 경우와, 단순히 소설이나 영화에 설화의 모티브를 차용하는 경우로 나눌 수 있다. 전자의 예로는 조신 설화와, 그것을 바탕으로 쓴 이광수의 소설 『꿈』(1947), 그리고 이광수의 소설을 원작으로 한 영화 〈꿈〉(1990)[15]을 들 수 있다. 그러니까 영화 〈꿈〉은 조신 설화와, 이광수의 동명소설 『꿈』을 토대로 만든 작품인 것이다.[16] 그러면 먼저 영화 〈꿈〉을 중심으로 구비문학과 문자문학, 그리고 영상문학의 상관관계를 알아보겠다. 그리고 영화 〈은마는 오지 않는다〉(1991)[17]를 대상으로 영화에 설화의 모티브를 차용하는 예를 찾아보겠다.

1) 조신 설화와 이광수의 소설, 영화 〈꿈〉

조신 설화는 일연의 『삼국유사』의 탑상(塔像) 제4 「낙산사이대성 관음정취조신(落山寺二大聖 觀音正趣調信)」조에 기록되어있다. 내용을 간추려 보면 다음과 같다.

세달사(世達寺) 승려 조신은 명주에 와서 그곳 태수 김흔의 딸을 만나고 첫눈에 반한다. 조신은 낙산사 대비 관음상 앞에 엎드려 그녀와 인연을 맺게 해 달라고 간절히 빈다. 그러나 수년 후 김씨 낭자가 출가하고, 조신은 불당에 가서 부처님을 원망하며 울다 지쳐 잠이 든다. 꿈에 김씨 낭자가 찾아와서 짝이 되기를 간청하고, 둘은 마을로 내려가 40여 년을 살고 자식 다섯을 둔다. 그들은 초야를 떠돌며 사는데, 큰 아들은 가난에 굶어죽고 부부는 늙고 병들게 된다. 구걸하던 딸이 마을의 개에게 물려 신음하며 드러눕자, 아내가 탄식하고 이별을 제안한다. 조신이 기뻐하며 아이 둘씩

15 배창호 감독. 안성기·황신혜·정보석 주연.
조신 설화와 이광수 소설 『꿈』을 원작으로 한 영화는 배창호의 작품 외에도 신상옥 감독의 동명의 두 작품 〈꿈〉(1955, 1967)이 있다. 이 글에서는 세 텍스트 중 가장 최근작인 배창호 감독의 작품을 분석대상으로 하였다.

16 조신 설화와 이광수의 『꿈』과 영화 〈꿈〉에 대한 연구로는 조재영의 논문이 있다. 그는 『삼국유사』에 기록된 설화와 이광수의 소설, 그리고 신상옥과 배창호의 영화의 줄거리를 꼼꼼히 비교하였다.
— 조재영, 「조신의 설화와 이광수의 소설과 영화 〈꿈〉」, 『문학과 영화의 만남』, 월인, 110-122면.

17 장길수 감독. 이혜숙·김보연 주연. 1991년 제15회 캐나다 몬트리올 영화제 여우주연상(이혜숙)·각본상 수상, 1991년 제11회 영화평론가상·여우주연상, 제27회 백상예술대상 작품상·감독상·여우주연상을 수상하였다.

데리고 아내와 헤어져서 길을 떠나려 할 때 꿈에서 깨어난다. 밤사이에 조신은 백발이 되었다. 조신은 참회하고 정토사(淨土寺)를 창건하고 부지런히 수행한다.[18]

이 설화를 뼈대로 만든 이광수의 소설 『꿈』은 설화보다 등장인물이 다양하며 성격 또한 입체적으로 묘사된다. 김씨 낭자는 '달례'라는 이름을 얻고, 아이들도 각각 미력, 달보고, 칼보고, 거울보고라고 불린다. 조신의 연적으로 달례의 약혼자인 모례와, 조신의 딸을 탐하는 승 평목 등 새로운 인물도 등장한다.

소설에서 조신의 성격과 외모는 매우 상세히 묘사된다. 그의 외모는 "낯빛은 검푸르고, 게다가 상판이니 눈이니 코는 모두 찌그러지고 고개도 비뚜름하고 어깨도 바른편은 올라가고 왼편은 축 처져서 걸음을 걸을 때면 모으로 가는듯하게 보였다."[19] 고 묘사되어 있으며, 조신은 이러한 자신의 외모에 심한 열등감을 가지고 있다. 성격은 우유부단하고 겁이 많으며, 어리석기까지 하다. 조신은 평목을 죽이고 두려움 때문에 시신을 동굴에 방치한다. 결국 시신은 사냥을 하던 모례가 발견한다. 결정적으로, 조신은 죽은 평목의 바랑을 뒤늦게 없애기 위해 모례가 잠든 방의 벽장 벽을 뚫다가 발각되고 붙잡힌다. 옥살이를 하면서 잠시 참회를 하는가 싶더니, 순순히 자백한 것을 후회하고 아내가 모례의 품에 있을 것이라는 의심까지 한다. 그는 처형일이 되어 두려움에 몸부림치다 잠에서 깨어난다.

소설 『꿈』은 다양해진 인물들로 인해 이야기가 복잡하게 전개되고 갈등이 심화된다. 설화가 조신의 생로병사가 중첩된 불행한 인생의 단면을 보여주고 있다면, 소설에서는 조신이 누린 세속적인 행복과 인간의 어리석음으로 인해 야기된 불행의 큰 간극을 보여줌으로써, 한층 더 인생

18 일연, 『삼국유사』, 김원중 역, 을유문화사, 2002, 373－376쪽 참조.
전신재, 『강원의 전설』, 일조각, 2007, 196－199쪽 참조.
19 이광수, 『무정·꿈』, 문학사상사, 1997, 368면.

의 허무함을 강조하고 있다.

영화 〈꿈〉의 주인공들은 설화나 소설에 비해 매우 다면적인 성격을 가진 것으로 그려진다. 어수룩하게만 보이던 조신은 욕망을 이기지 못하고 달례를 범하고, 이에 달례는 마지못해 그를 따라나선다. 결혼 후에도 그들은 행복하지 않다. 조신은 공공연히 가게 점원과 불륜을 일삼는 달례를 묵인한다. 승 평목은 조신의 약점을 쥐고 협박하고 달례를 넘보기까지 한다. 조신은 평목을 살해한다. 달례는 모례를 그리워하지만, 정작 그가 나타나자 조신과 함께 도망치는 것을 택한다. 혹독한 가난 속에서 아들 미력은 양식을 훔쳐 먹다가 맞아 죽는다. 창부가 된 달례. 그녀의 표정에는 슬픔도, 분노도, 쾌락도, 절망도 드러나지 않는다. 조신은 아편에 취해 달래를 의심하고 괴롭힌다. 달례가 문둥병으로 죽자, 조신은 나무를 깎아 죽은 아내의 형상을 만들며 그리워한다. 시장통 잡배들과의 사소한 시비에도 칼을 휘둘러 살인을 하고 동상 걸린 손가락을 단칼에 잘라버릴 만큼 단호한 성격의 모례는 조신을 찾아내지만 그를 살려준다. 조신은 지친 몸을 이끌고 법당에 들어가서 참회를 한다. 아침이 되자 그 모든 것이 꿈이었음을 깨닫는다.

이 영화는 꿈과 현실이라는 상반된 공간에서 한 인물이 어떻게 다르게 표현될 수 있는지를 보여준다. 착하고 어수룩한 승려 조신과 아름다운

"지겹지? 이 조신이가
죽어버렸으면 좋겠지?"
아편에 취해 달례를 의심하고 괴롭히는 조신
—〈꿈〉에서

처녀 달례, 그리고 화랑 모례는 꿈속에서 욕망과 파멸과 복수의 화신으로 그려진다. 낮이 구도와 금욕, 순결함과 아름다움의 공간이었다면, 꿈은 강간과 간음, 의심과 증오, 살인, 가난, 굶주림, 공포, 질병의 지극히 혼란스럽고 부정적인 공간으로 나타난다. 꿈이 인간의 무의식을 반영한다는 사실을 떠올리면, 꿈속에 나타난 공간들은 조신의 무의식에 잠재해 있던 욕망이 구체화된 것으로 볼 수 있다. 특히 꿈이 시작되는 장면에서 들리는 짐승의 울음소리와 어두운 화면처리는 그의 마음속에 억압되어 있던 그림자, 즉 수성(獸性)과 광기의 분출을 표현한 것이다.

융의 분석심리학에 의하면, 그림자란 무의식의 열등한 인격으로 자아의 어두운 면이다. 즉 자아로부터 배척되어 무의식에 억압된 성격측면이다. 융은 이러한 그림자의 가장 밑바닥 단계가 동물의 충동성이라고 하였다.[20] 뒤이어 나타나는 씨름과 매음의 장면은 육체적 욕망이 투사된 이미지라 볼 수 있다.

또한 이 영화는 조신의 일생을 사계절에 걸쳐 보여주는데, 이는 달례가 상징하는 욕망의 생로병사와 각기 맞물린다. 봄에 달례는 욕망을 불러일으키고, 여름에는 지겨운 장맛비와도 같이 권태로워지다, 가을에는 병들고, 겨울이 되어 죽는다. 그러나 조신이 꿈에서 깨어나자 계절은 다시 봄이 된다. 사계절이 순환하듯이 인간의 생로병사도 되풀이됨을 느낄 수 있다.

영화 〈꿈〉은 '진정한 자기'를 실현하는 깨달음의 영화다. '진정한 자기(Self)'란 의식과 무의식을 통튼 전체로서의 그 사람의 성품을 말한다. 융은 모든 사람으로 하여금 그 사람 자신이 되게끔 하는 것이 바로 자기실현이라고 하였는데, 이 과정의 첫 단계가 무의식 속에 억압된 것, 즉 그림자와의 만남이다. 이 영화는 조신이라는 인물을 통하여, 한 인간이 자신의

20 이부영, 『그림자』, 한길사, 1999, 41, 85면 참조.

내면에 잠재되어있던 욕망의 그림자를 만나고, 마침내 진정한 자기를 실현하는 깨달음의 과정을 빼어난 영상으로 보여줬다.

3) 장군 설화와 안정효의 소설, 영화 〈은마는 오지 않는다〉

영화에 설화의 모티브를 차용하는 경우는 영화 〈은마는 오지 않는다〉에서 찾을 수 있다. 이 영화는 안정효의 동명소설(1990)을 원작으로 한 영화로, 6. 25의 상처를 어린아이의 눈으로 서술하고 있다.

영화와 소설의 배경은 강원도 춘천시 서면(西面) 금산리(錦山里)다. 그곳에는 장군봉(將軍峰)이 우뚝 솟아 있다. 장군봉은 높이 1백 87미터로 그 모습이 마치 장군처럼 늠름하다 하여 붙여진 이름이다. 장군봉 정상에는 중도(中島)를 향하여 뚫려 있는 동굴이 있는데 마을 사람들은 이 동굴을 장군굴이라고 부른다. 이곳에는 장군봉과 장군굴, 그리고 말 무덤에 대한 전설이 전해 내려온다. 주변에 살고 있는 마을 사람들에게 직접 채록한 이야기들[21]을 정리하면 대략 두 가지로 나눌 수 있다. 하나는, 장군봉에서 아기장수가 태어났는데 겨드랑이에 비늘(혹은 날개)이 있어서 부모 혹은 마을 사람들이 그 비늘을 뽑아(혹은 쇠침을 박아) 죽이자, 주인 잃은 말이 튀어나와 따라 죽었다는 전형적인 아기장수류의 설화다. 다른 하나는 이미 어른이 된 장군이 굴에서 나왔으나 시운이 맞지 않아 말을 타지 못하여(혹은 칼을 잡지 못하여) 죽었고, 말 또한 죽었다는 이야기다.

다음은 두 번째 이야기를 채록한 것으로, 장군이 죽었다고 전해지는 곳인 버드래 마을의 주민이 직접 구술한 것이다.

21 강원도 춘천시 서면 장군봉 일대에 전승되는 장군설화는 최웅, 김용구, 함복희의 『강원설화총람 1』(북스힐, 2006)에 「장군봉과 버드래 마을 1」, 「장군봉과 버드래 마을 2」, 「장군봉 아기장수와 용마 1」, 「홍지고개 혈기가 장군봉으로 모이다」, 「장군봉 아기장수와 용마 2」등의 이야기로 채록되었다. 이 글에서는 앞의 채록된 설화를 텍스트로 한다.

여기 장군봉에는 여러 가지 전설이 있어요. 그리고 여기는 버드랜데 버드래가 안 나왔네요(지도를 보고 설명해 주심). 현암리의 유촌이라고 버드래라는 지명인데 일제시대 때에 여기 장군봉 올라가면 지금도 여기 굴이 있어요. 한 10미터 되는 굴이 있는데 여기서 장군이 나왔다는 거예요. 여기서 장군이 나와 가지고 말을 타고 이 중도를 건너가야 되는데 시운이 맞지 않아 가지고 이 현암리에 산에서 말이 나와 가지고, 말이 나오고 장군이 같이 나와 가지고 말을 타고 갔어야 되는데 말이 먼저 나와 가지고 장군을 싣지 못하고, 여기 중도에 가 가지고 죽었어요. 지금도 말 무덤이 있거든요.

그게 여기서 나온 말이 중도에 가서 죽었다고 하는 거예요. 그리고 그 장군이 말을 못 타 가지고 기동을 못하니까 여기 버드래에 와서 버들버들하다 죽었다 그래서 버드래라는 거예요.[22]

두 번째 전설의 핵심은 영웅이 태어났으나 '시운이 맞지 않아' 뜻을 펴지 못하고 죽었다는 것이다. 영웅을 기다렸던 민중들 역시 구원받지 못한다. 대부분의 장수 설화가 첫 번째 이야기처럼, 부모의 무지에 의하여 어렸을 때 죽임을 당하는 것과는 달리, 비록 실패하기는 했으나 이미 성인이 된 장수가 나타나 과업을 수행하고자 했다는 점이 이 이야기의 특징이다.

이렇게 장군봉 일대에 전해 내려오는 설화 속 장군의 존재는 안정효의 소설에서 '마을의 수호신'으로 거듭난다. 배경이 되는 춘천시 서면 금산리는 마을이 생긴 이래로 한 번도 외부로부터 침입을 받지 않은 곳으로 그려진다. 마을이 도시로부터 외떨어진데다가 강으로 둘러싸여 있으며, 놋숟가락 하나 나오지 않을 정도로 가난한 마을이었기에 일제의 학정을

22 최웅 외, 「장군봉과 버드래 마을 1」, 위 책, 292면.

피할 수 있었고, 따라서 해방이 되어도 큰 변화가 없었다. 좌우익의 혼란기에도 세상과는 무관한 평화로움을 누릴 수 있었다. 마을 사람들은 이 평화로움이 마을의 수호신인 장군이 지켜주시기 때문이라고 믿는다. 다음은 안정효가 소설에서 새로 쓴 장군 설화다.

> 전해 내려오는 얘기를 들으면 대를 몇 십 거슬러 올라가 이씨 왕들이 다스리던 시절에 북쪽 오랑캐들이 이 나라로 쳐들어와 큰 도시와 사찰들을 불 지르고 조선의 장수들을 모조리 잡아 죽이며 한양까지 내려갔다고 한다. 이렇게 존망의 위기에 처한 나라를 건지려고 금산리 장군봉에서 장수가 태어났는데, 7척 장신인 그는 번쩍거리는 황금과 청동으로 장식한 갑옷을 입고, 은으로 만든 반월도의 칼날에는 용을 새기고 옥구슬을 장식으로 달아 휘두르며 벼락 치듯 하얀 바위를 깨고 나왔다는 것이다. 천지가 무서워 떨 정도로 고함을 지르며 태어날 때부터 아예 다 자란 어른으로 뛰쳐나온 장군은 산신령이 나라를 구하라고 보낸 사람으로서 수염이 석 자나 가슴에 흩날렸다. 태어나는 순간에는 하늘의 칠흑 절벽을 뇌성벽력이 쳐서 하늘을 천 갈래로 찢어놓고, 장군이 흰 바위에서 튀어나오던 바로 그 순간에 읍내의 동쪽에 있는 봉의산 푸른 골짜기에서 눈부신 갈기를 휘날리며 은빛 백마가 튀어나왔다. 기다리고 있던 장군에게로 백마가 무지개 구름을 밟고 하늘을 가로질러 달려갔다. 장군이 공중으로 날아올라 백마를 타고는 지축이 흔들릴 정도로 고함을 치고는 오랑캐를 무찌르고 왕을 구하기 위해 한양으로 갔다. 장군은 거대한 검을 휘둘러 사흘 만에 나라를 구했는데, 그가 어마어마하게 큰 칼을 휘두를 때마다 적군이 3천씩 무더기로 쓰러졌다고 한다.
>
> 서면의 아이들이 그 전설에서 가장 솔깃했던 대목은 오랑캐들에게

함락된 한양을 구하려 갈 때 장군이 아무도 모르는 지름길을 사용했다는 내용이었다. 장군은 사흘 낮 사흘 밤을 쉬지도 않고 동굴 속으로만 달려갔다고 했다. 서면 사람들은 모두 백마로 사흘을 달려 한양에 이르는 동굴이 어디엔가 분명히 있다고 했는데, 그 굴은 아직 아무도 찾지 못한 것이다.

—안정효, 『은마는 오지 않는다』, 18—19면.

금산리 사람들의 수호신인 장군은 실제 설화 속의 장군과는 다르게 굴에서 태어난 것이 아니라, 바위를 깨고 나타난다. 그리고 '시운이 맞아' 은마를 타고 영웅의 과업을 성공적으로 수행한다. 그는 마을 사람들을 구원할 뿐만 아니라, 한양에까지 올라가 임금을 구한다. 장군의 모습이 장엄하게 묘사되고, 세상에 태어난 것이 오랑캐를 무찌르고 환란을 평정하는 위대한 과업을 수행하기 위해서라는 점, 그리고 장군굴을 미지의 신비로운 곳으로 간주한 점 등이 그 존재에 신성성을 부여한다. 이 소설에서 장군이 수호신으로 승격될 수 있는 이유다.

그러나 소설이 전개되면서, '은마는 오지 않는다'는 제목이 암시하듯 은마는 오지 않으며, 장군 역시 나타나지 않는다. 소설 속에 삽입된 전설에서 장군은 영웅이었지만, 그것은 그야말로 전설 속의 영웅일 따름이었다. 소설 전체를 놓고 보면, 장군이 마을을 지켜주지 못했다는 점에서 결국 원 설화 속의 장군과 크게 다를 바 없는 것이다. 소설 『은마는 오지 않는다』는 원 설화의 메시지를 역설적으로 계승하고 있다.

동명의 영화는 원작 소설을 충실히 영상화시키고 있다. 다만 원작 소설이 전지적 작가의 시점으로 전개되는 것과 달리, 영화는 주인공 언례의 아들 만식의 내레이션으로 시작한다. 평화로운 금산리에 느닷없이 연합군의 폭격이 시작된다. 장군봉에 올라가 장군굴을 찾아 헤매던 아이들도 지척에서 폭격을 만나 놀라고, 금산리 사람들은 마을의 안녕과 평화를 기원하기 위해 도당제를 올린다. 만식은 도당제를 배경으로 장군봉에 얽힌 설화를 이야기한다.

> **만식** : (소리) 마을 사람들은 모두 전쟁으로부터 마을이 무사하기를 장군봉에 빌었는데, 우리 마을 장군봉에는 옛날부터 내려오는 전설이 있었다.
>
> 옛날 북쪽에서 오랑캐가 쳐들어와 마을을 불 지르고 백성들을 마구 죽일 때 이곳 장군봉에서 장수가 태어났다고 한다. 그 장군은 하늘에서 내려온 은빛 말을 타고 전쟁터로 나가 오랑캐를 무찔렀는데, 사흘 만에 나라와 백성들을 구한 그 장군은 타고 온 은빛 말을 타고 사라졌다고 한다. 언젠가 이 땅에 또다시 난리가 터지면 그때 그 장군은 은마를 타고 온다고 했다.

—영화 〈은마는 오지 않는다〉에서

수호신으로서 금산리 사람들의 결속력을 다져주는 전설 속의 장군은 조상 대대로 모셔온 외경과 신비의 대상이다. 도당제를 올리며 마을 사람들이 경배하는 장군도(將軍圖) 속의 장군의 모습은 소설에서 작가 안정효가 묘사한 그대로다. 그는 번쩍거리는 황금과 청동으로 장식한 갑옷을 입고 있으며, 은으로 만든 반월도에 긴 수염을 가슴에 흩날리고 있다. 그가 타고 있는 말은 은빛 백마다.

그러나 빨치산을 토벌하는 과정에서 투입된 연합군에 의해 마을의 평화가 깨지고, 그와 함께 전통적인 질서가 와해되면서 장군의 존재는 잊혀지고, 장군도도 누더기가 된다.

백마 장군도

원작 소설에는 마을 아이들이 미군부대에서 나온 쓰레기를 뒤져서 만든 사제총의 성능을 시험하는 대목이 있다. 영화에서 이 장면은 아이들이 사당에서 훔쳐온 장군도를 폐가 문짝에 붙이고 과녁 삼아 쏘는 것으로 처리된다. 이때 장군도는 영화의 첫 장면에서와는 비교도 안 되게 낡아있다.

만식: 어? 저건 은마 장군님이 아냐?
찬돌: 그래. 우리가 사당에서 훔쳐왔어.
만식: 너희들 어쩌려고 그래. 그러다 장군님께서 노하시면.
기준: 이런 바보. 넌 장군 이야기를 아직도 믿냐. 그건 다 거짓말이야. 은마 장군 따위는 이 세상에 없어.
만식: 누가 그래. 너희들 그러다 큰일 나.
찬돌: 너 한번 볼래.

—영화 〈은마는 오지 않는다〉에서

찬돌이 사제총의 방아쇠를 당기자 굉음과 함께 장군의 왼쪽 가슴에 구멍이 난다. 상징적으로, 전설 속의 장군은 아이들 손에 이렇게 죽는다. 아기장수 설화에서 아기를 죽인 것이 다름 아닌 그의 부모이듯, 장군을 버린 것은 바로 그가 오기를 갈망하던 마을 사람들이었고, 장군을 죽인 것도 그토록 그의 존재를 찾아 헤매던 아이들이었다.

표면적으로 이 마을의 평화를 깨뜨린 것은 미군으로 나온다. 미군들은 만식의 엄마 언례를 겁간한다. 그러나 언례가 양공주가 된 것은 그 여자를 마을 사람들이 따돌렸기 때문이었다. 양공주는 따돌림을 받은 그 여자가 생계를 잇기 위해서 할 수 있는 유일한 일이었다. 만식이 쏜 사제총 소리를 빨치산의 공격으로 오인하여 미군들이 동네 아이들을 사살한 것 역시 만식의 경고에도 불구하고 매음을 하는 언례를 공공연히 훔쳐보았던 아이들이 자초한 일이다. 평화는 미군들이 마을을 휘저어놓기 이전에, 이미 마을 사람들의 마음에서 버려졌다.

원작 소설에는 없는 장군도를 쏘는 장면은 전설이 사라진 자리에 펼쳐지게 될 현실의 처절함을 암시하는 뛰어난 복선이다. 나아가 단순히 반미·반전이라는 주제를 넘어, 인간의 내면의 이기심과 어리석음을 반성하게 하는 중요한 장면이다.

영화 〈은마는 오지 않는다〉는 설화에서 모티브를 차용한 원작 소설을 성공적으로 영상화시키면서, 원 설화의 주제의식을 한층 더 심도 있게 해석할 수 있게 한다.

구비문학이 문자문학으로 변용됨으로써 단순한 스토리가 복잡해지는 등 이른바 소설적인 특성이 가미됨은 이미 알려진 바와 같다. 구비문학과 문자문학을 원작으로 한 영화는 원작의 영상적 변용을 통하여 영상시대 감수성과 걸맞은 풍요로운 상상력의 세계를 펼쳐 보인다.

4. 시적 이미지의 영상적 해석

영상문학 작품의 가장 큰 특징은 독자에게 '보여준다'는 것이다. 구비문학을 듣거나 문자문학을 읽으며 청자나 독자들이 자신의 상상력을 통하여 미루어 짐작했던 장면 장면을 영상 텍스트는 직접 보여준다. 모든 창조적 작업의 원천이 상상력에서 비롯되고, 이 상상력은 이미지를 통해서 나타난다는 시론(詩論)의 가장 기본 항목을 인용하지 않더라도, 영화에 나타나는 특정 이미지는 작가[23]가 가진 상상력의 방향을 함축적으로 드러내 보인다. 영상문학에서 작가는 독자의 눈앞에 그들이 상상할 몫의 상당부분을 친절하게 제시한다.

이 장에서는 시를 원작으로 한 영화를 중심으로 영상화된 상상력과 그 시각적 이미지의 해석에 대하여 살펴보겠다. 시를 원작으로 한 영화는 소설을 원작으로 한 영화보다 상대적으로 매우 적다. 이러한 현상은 시를 영화로 각색할 때 다의적이고 함축적인 시 고유의 장르적 개성을 일정부분 포기해야 하는 부담감이 작용하기 때문이다. 그러나 한편으로 보면 모호한 시가 영화가 되면서 서사적인 명료성을 획득하는 것으로 해석할 수 있다.[24] 이에 대한 가치평가는 다음 기회로 미루기로 하고, 이 장에서는 일단 원작이 시인 영화를 대상으로 시적 이미지의 영상화 양상에 대하여 알아보겠다.

원작이 시인 영화 역시 시 작품 자체를 영상으로 해석하여 옮겨놓은 것과, 시를 영화의 주된 소재로 삼는 것으로 나눌 수 있다. 전자의 대표적인 예는 영화 〈301 302〉(1995)[25]와 영화 〈바람부는 날이면 압구정동에 가야한다〉(1993)[26]를 들 수 있으며, 후자의 예로는 영화 〈편지〉(1997)[27]가 있다.

23 영상문학은 영화에 국한되지 않기 때문에, 앞으로 특정 영화만을 지칭할 때를 제외하고는 '감독과 관객'이라는 말 대신 '작가와 독자'라는 보다 광의적인 의미의 어휘를 쓰도록 하겠다.

24 오현화는 시집에서 영화로의 텍스트 확장은 이른바 올드 미디어에서 뉴 미디어로의 전환이며, 다음과 같은 긍정적인 특징을 가진다고 하였다. "시적 상태의 모호성으로부터 서사적인 명료성을 획득할 수 있으며, 시각화로 인해 표현주의적이라는 점과 다른 영화에 비해 시적인 대사가 많이 사용된다는 점이다."
— 오현화, 앞 책, 83면.

25 박철수 감독. 방은진·황신혜 주연. 1995년 청룡 영화제 여우주연상(황신혜)·각본상, 춘사영화제 여우주연상, 영화평론가상 여우주연상(황신혜)을 수상하였다.

26 유하 감독. 최민수·엄정화·홍학표 주연. 제17회 황금촬영상 신인연기상(엄정화)을 수상하였다.

1) 장정일의 「요리사와 단식가」와 영화 〈301 302〉

〈301 302〉은 한국영화로서는 드물게 음식과 성을 소재로 한 영화다. 이 영화는 장정일의 시 「요리사와 단식가」를 원작으로 하고 있는데, 원작 시 전문을 인용해 보면 다음과 같다.

> 1
>
> 301호에 사는 여자. 그녀는 요리사다. 아침마다 그녀의 주방은 슈퍼마켓에서 배달된 과일과 채소 또는 육류와 생선으로 가득 찬다. 그녀는 그것들을 굽거나 삶는다. 그녀는 외롭고, 포만한 위장만이 그녀의 외로움을 잠시잠시 잊게 해준다. 하므로 그녀는 쉬지 않고 요리를 하거나 쉴 새 없이 먹어대는데, 보통은 그 두 가지를 한꺼번에 한다. 오늘은 무슨 요리를 해먹을까? 그녀의 책장은 각종 요리사전으로 가득하고, 외로움은 늘 새로운 요리를 탐닉하게 한다. 언제나 그녀의 주방은 뭉실뭉실 연기를 내뿜고, 그녀는 방금 자신이 실험한 요리에다 멋진 이름을 지어 붙인다. 그리고 그것을 쟁반에 덜어 302호의 여자에게 끊임없이 갖다 준다.
>
> 2
>
> 302호에 사는 여자. 그녀는 방금 301호가 건네준 음식을 비닐봉지에 싸서 버리거나 냉장고 속에서 딱딱하게 굳도록 버려둔다. 그녀는 조금이라도 먹지 않기 위해 노력한다. 그녀는 외롭고, 숨이 끊어질 듯 한 허기만이 그녀의 외로움을 약간 상쇄시켜주는 것 같다. 어떡하

27 이정국 감독. 최진실·박신양 주연. 제34회 백상예술대상 인기상(박신양), 제18회 영평상 신인남우상(박신양), 제21회 황금촬영상 동상(박경원)·인기 배우상(박신양), 제19회 청룡영화상 최고흥행상(신씨네)·인기스타상(박신양, 최진실) 등을 수상하였다.

면 한 모금의 물마저 단식할 수 있을까? 그녀의 서가는 단식에 대한 연구서와 체험기로 가득하고, 그녀는 방바닥에 탈진한 채 드러누워 자신의 외로움에 대하여 쓰기를 즐긴다. 한 번도 채택되지 않을 원고들을 끊임없이 문예지와 신문에 투고한다.

3

어느 날, 세상 요리를 모두 맛본 301호의 외로움은 인간 육에게까지 미친다. 그래서 바싹 마른 302호를 잡아 스플레를 해먹는다. 물론 외로움에 지친 302호는 쾌히 301호의 재료가 된다. 그래서 두 사람의 외로움이 모두 끝난 것일까? 아직도 301호는 외롭다. 그러므로 301호의 피와 살이 된 302호도 여전히 외롭다.

—장정일, 「요리사와 단식가」 전문.

시 「요리사와 단식가」는 시라는 형식 속에 개성적인 인물과 독특한 스토리가 들어있어 한 편의 짧은 소설을 보는 듯하다. 두 여성은 탐식과 거식으로 일견 대조되는 것처럼 보이나, 외로움이라는 공통분모를 가지고 있다. 탐식과 거식은 외로움을 표출하는 각각의 방식이다. 301호에 사는 여성의 요리하기와 302호에 사는 여성의 단식하기는, 요리사가 단식가를 잡아먹는 데서 끝난다. 그러나 그들은 여전히 외롭다. 외로움이란 어떤 방법으로도 해결할 수 없는 것이다.

영화 〈301 302〉는 원작시를 충실하게 영상화시켰을 뿐만 아니라, 요리사와 단식가의 과거를 되짚어 그녀들의 비정상적인 음식에 대한 집착과 거부의 원인을 밝힌다. 시가 현재 시제로 두 여성의 행동을 보여주고 있다면, 영화는 회상의 기법으로 현재와 과거의 모습이 교차되며 나타난다.

302호에는 신경성 식욕부진증에 시달리며 음식을 먹지 못하게 된 윤희라는 여자가 살고 있다. 영화에서 정신과 의사의 진단에 따르면, 신경성 식욕부진증이란 음식에다가 사랑이라든지 섹스를 결부시키는 병이라고 한다. 사랑을 운반하는 도구가 음식이라는 것이다. 윤희의 신경성 식욕부진증은 어린 시절 정육점을 운영하는 의붓아버지에게 성폭행을 당했던 데서 기인한다.

앞 집 301호로 이사 온 송희는 이혼녀다. 그녀는 요리하기를 즐기고 남편과의 관계에서 가장 큰 만족감을 느끼던 여성이었는데, 남편의 외도에 대한 앙갚음으로 그가 아끼는 애완견을 요리해 먹이고 이혼 당한다.

이사 온 날부터 송희는 윤희에게 먹을 것을 만들어 나르고, 그 음식은 고스란히 버려진다. 음식을 두고 벌이던 갈등 끝에 송희와 윤희는 서로의 과거를 알게 되고, 윤희는 기꺼이 송희의 음식재료가 된다.

영화 〈301 302〉는 요리를 소재로 한 영화답게 음식과 관련된 영상이 많이 등장한다. 송희가 장볼 때 시장과 슈퍼에서 클로즈업되는 다양한 식재료들(싱싱한 야채와 과일에서부터 보신탕용으로 도살된 개까지)과 그것들을 조리할 때의 능숙한 손놀림, 완성된 요리의 아름다운 모습은 관객들에게 보는 즐거움을 선사한다.

또한 이 영화는 요리사와 단식가라는 두 여성의 특별한 개성을 시각적인 대비를 통해 효과적으로 전달한다. 301호 송희는 비만하며, 302호 윤희

윤희에게 억지로 음식을 먹이려는 송희
—〈301 302〉에서

는 바싹 말랐다. 의상도 원색의 화려함과 검정색의 절제됨으로 각각 대비된다.

마주보고 있는 두 집도 다르다. 송희는 이사오면서 301호 전체를 주방으로 개조하여 빨간 싱크대와 색색의 그릇, 번쩍이는 조리 기구로 가득 채워 넣는다. 이에 반하여 302호는 책으로 둘러싸인 서재다. 소박한 나무 책상에는 컴퓨터와 종이, 펜 같은 최소한의 집필도구만 있다. 장식품은 무채색 그림, 윤희처럼 바싹 마른 자코메티 풍의 조소 작품과 선인장 화분 하나가 전부다. 송희가 요리를 할 때 윤희는 글을 쓴다. 301호가 육신의 양식을 만드는 공간이라면, 302호는 정신의 양식을 구하는 공간이라 볼 수 있다.

가장 중요한 대조는 음식에 대한 태도다. 송희는 끊임없이 요리하며 음식을 먹는다. 한때 다이어트를 시도했으나 실패했다. 송희는 신혼시절 자신이 만든 요리를 맛있게 먹는 남편에게 말한다. "맛있어? …난 어때." 요리를 먹던 식탁은 곧바로 성행위의 공간이 된다. 남편이 송희가 만든 음식에 싫증을 내는 것과 그녀를 외면하는 것은 동시에 일어난다. 남편이 요리를 거절할 때마다 송희는 자신이 거절당했다고 생각하고, 실제로 남편은 그녀를 거부한다. 송희는 남편을 위해 만든 요리를 혼자서 다 먹어치운다. 뿐만 아니라 쉴 새 없이 음식을 만들고 허전한 속을 채우려는 듯 마구 먹어댄다. 이혼 조정위원회에서 송이가 한 말 "사랑 대신 얼마나 많은 음식을 먹어치워야 했는지, 관심 대신 얼마나 많은 생크림 케이크를 먹어야 했는지, 그리고 그 외로움을 왜 탄수화물로밖에 바꿀 수 없었는지…"는 그녀 역시 음식을 사랑을 대체하는 도구로 여겼음을 보여준다.

윤희는 끊임없이 토한다. 먹고자 해도 먹을 수 없다. 윤희는 성폭행의 경험으로 자신의 몸이 더럽다고 생각한다. "다이어트 하는 것이 아니라 먹을 수가 없어요. 그래요. 내 몸은 더러운 걸로 가득해요. 그런데 내 몸에다 남자를, 음식을 처넣겠어요?" 그래서 그녀는 음식을 거부하고, 이미 받아들인 음식마저 토해냄으로써 자신을 깨끗하게 비우고자 한다.

여기서 윤희의 거식에 대해 좀 더 살펴보자. 성폭행 기억이 음식의 거부로 나타나는 윤희의 신경성 식욕부진증의 징후는 이 영화를 페미니즘적인 관점에서 해석할 수 있는 여지를 만든다.

일반적으로 여성의 육체성의 부정은 윤희의 경우처럼 식욕부진이나 구토와 같은 양상으로 나타나는데, 육체를 비워냄으로써 자신의 몸을 정화시키고자 하기 때문이다. 문학작품에서 굶주림은 여성의 정신성과 동일시되곤 하였다. 다음은 굶주림을 소재로 한 여성 시인의 작품이다.

나는 즐겨 굶네
아니 굶는 것이 아니라
조개가 뱃속의 모래를 뱉듯
내 속의 더러운 것들을
조금씩 토해놓네
내 몸은 書標처럼 얇아져
어느 물결 갈피에나 쉽게 끼워지네
마술사가 감춘 모자 속 비둘기처럼 작아지네
품과 품 사이로
꽃향기, 바람 머물게 하네
랄라…… 모든 관계가 허기로 아름다워지네
눈도 맑아져
몸속 온갖 잡동사니 투명하게 들여다보네
즐겁게 육체를 망각하고
다른 육체 속으로 들어가네

오, 공복의 기쁨
공복의 포만

—강신애, 「공복의 기쁨」 전문

강신애 시인의 「공복의 기쁨」은 굶주림의 즐거움에 대하여 노래한다. 시인에게 굶주림은 고통이 아니다. 조개에 비유되는 여성의 몸은 더러운 모래로 가득 찬 살덩어리에 지나지 않기 때문에, 그는 즐겁게 굶을 뿐만 아니라, "내 속의 더러운 것들"을 토해낸다. 단지 음식을 먹지 않음으로써 서서히 속을 비워가는 것이 아니라, 토해냄으로써 적극적으로 몸을 비우는 것이다. 자신의 육체에 대한 부정의식은 곧 살을 말리는 것으로 나타난다. 그가 지향하는 것은 극도로 육체성이 상실된 몸이다. 그것은 책갈피에 꽂힌 얇은 서표(書標)로 구체화되는데, 왜 하필이면 서표일까.

책은 보편적으로 이성과 지식을 나타내는 기호다. 시인은 서표처럼 얇아져 어느 책갈피에나 쉽게 끼워지기를 바란다. 정신세계의 한 부분이 되기를 간절히 원하는 것이다. 정말 책갈피에 끼워지길 원한다면 풍요로운 육체란 거추장스러운 존재에 불과하다. 세계의 물결 속에 쉽게 끼워지기 위해서는 우선 여성의 몸은 작아져야 한다. 그래서 그녀는 굶을 수밖에 없고, 먹더라도 아주 적게 먹거나 그나마도 모두 토해버려야 한다.

단식은 곧 욕망의 절제를 의미한다. 시인에게 육체의 욕망이란 쓸데없는 것이거나 조개 뱃속의 모래처럼 더러운 것에 지나지 않는다. 이성과 논리 중심의 사고에서 육체는 당연히 정신보다 열등한 것이며, 더욱이 여성의 몸은 불결하고 수치스러운 것일 따름이다. 이러한 육체에 대한 폄하가 아무런 갈등 없이 즐겁게 자신의 육체를 망각할 수 있게 한다.

윤희가 성폭행을 당한 후 음식을 거부하게 되고, 이후 그가 책으로 둘러싸인 정신의 세계에서 마치 강신애 시에서처럼 서표같이 얇게 말라가는 것은 자신의 여성성에 대한 환멸과, 그 반작용으로서 정신세계에 대한 동경을 상징한다. 물론 그 밑바닥에는 자신이 성폭행을 당했던 고깃덩어리 가득한 정육점과 의붓아버지에 대한 증오와 두려움이 깔려있다. 윤희가 말라가는 것은 바로 이 고깃덩어리로서의 자신의 육체성을 거부하는 것이다.

이렇게 두 여성은 음식을 남성, 나아가 자신과 동일시하고 있다. 상반되어 보이는 음식에 대한 두 여성의 태도는 남성으로부터 거부 당하거나 폭행 당한 아픈 경험으로부터 비롯된다. 윤희가 음식을 거부하는 신경성 식욕부진증을 앓고 있다면, 송희 역시 음식을 지나치게 탐하는 신경성 식욕항진증을 앓고 있는 것이다.

영화 〈301 302〉은 탐식과 단식이라는 원작의 시적 이미지를 풍부한 영상으로 재해석해 직접적으로 보여줄 뿐만 아니라, 시에서 말하는 외로움의 실체를 추적함으로써 독자들의 이해를 돕고 있다. 그러나 이 과정에서 인간의 외로움 그 자체에 주목하였던 원작 시의 의미는 외로움을 야기한 가해자로서의 남성과 피해자로서의 여성의 대결구도로 단순화되었다. 또한 송희에게 잡아먹힌 윤희가 환영으로 나타나 만족스럽게 음식을 먹고 있는 이 영화의 마지막 장면은 외로움이란 어떤 방법으로도 해결할 수 없다는 원작의 의미를 성급한 화해로 마무리한 것으로, 시의 여운을 영상과 서사로 해석하는 데 한계를 보여준 전형적인 예라고 볼 수 있다.

2) 유하의 시와 영화 〈바람부는 날이면 압구정동에 가야한다〉

시 작품 자체를 영상으로 만든 또 다른 예로 영화 〈바람부는 날이면 압구정동에 가야한다〉를 들 수 있다. 감독인 유하는 동명의 연작시를 쓴 시인이기도 한데, 이는 영화가 원작의 충분한 이해에서 출발하고 있음을 시사한다. 즉 감독은 시인으로서 독자에게 보여주고자 했던 시적 이미지를 영화로써 영상적 이미지를 통해 '직접 보여주기'를 시도하고 있는 것이다. 그러나 시에서 패러디와 풍유, 펀(Fun)을 사용하여 일일이 맛깔스럽게 묘사하였던 압구정동의 풍경은 영상화됨으로써 오히려 평범하고 당연한 모습이 되었다. 이러한 현상은 시 작품에서 시어가 단순히 이미지로서 보여주기 기능만을 하는 것이 아니라, 언어 그 자체의 질감을 통하여 많은 것을 표현하고 있음을 반증한다. 또한 이것은 압구정동이라는 대상을 시에서만큼 새로운 시각으로 영상화하지 못한 당시 신인감독이었던 유하의 한계였다고도 볼 수 있다. 유하 스스로는 영화 〈바람부는 날이면 압구정동에 가야한다〉의 시나리오가 "원래 시나리오와는 많이 비켜났다."라고 잡지 『쉬즈』(중앙문화출판사, 1993. 11)와의 인터뷰에서 밝힌 바 있다. 턱없이 부족한 제작비에 맞춰 영화를 만들었고, 예술성과 상업성이 양립할 수 없다는 진부한 논리 속에 영화사의 요구대로 수차례 시나리오를 수정했다는 것이다.

다음은 압구정동의 풍경을 묘사한 연작시 중 한 편이다.

> 바람부는 날이면, 압구정동에 가야 한다 사과맛 벗찌맛
> 온갖 야리꾸리한 맛, 무쓰 스프레이 웰라폼 향기 흩날리는 거리
> 웬디스의 소녀들, 부띠끄의 여인들, 까페 상류사회의 문을 나서는
> 구찌 핸드백을 든 다찌들 오예, 바람불면 전면적으로 드러나는

저 흐벅진 허벅지들이여 시들지 않는 번뇌의 꽃들이여

—유하, 「바람부는 날이면 압구정동에 가야한다 6」에서

이러한 압구정동을 주 배경으로 한 영화 〈바람부는 날이면 압구정동에 가야한다〉는 인물과 줄거리를 시집 『바람부는 날이면 압구정동에 가야한다』(1991)에 실린 시 작품들을 재구성하여 만들었다. 시집이 유하 시인의 자전적 경험을 바탕으로 한 만큼, 시에서 1인칭 현상적 화자는 대부분의 경우 시인 자신과 일치하며, 이는 영화에서 시인 혹은 감독의 분신이라 할 수 있는 내레이터 영훈이라는 인물로 나타난다.

시인이자 무협지 작가, 그리고 영화감독 지망생인 영훈은 압구정동에서 혜진을 보고 첫눈에 반한다. 그러나 혜진은 자유분방하고 부유한 현재를 선택하고, 결국 버림받는다. 혜진에 대한 영훈의 사랑은 변함없지만 혜진은 출세와 욕망을 좇아 또다시 영훈을 떠난다. 영훈은 고향인 하나대로 돌아간다.

이 영화는 1990년대 초 강남의 압구정동이라는 배경을 바탕으로 영훈과 혜진과 현재라는 세 인물을 통해 당시 젊은이들의 사랑의 풍속도를 그리고 있다. 쉽게 만나고 쉽게 헤어지고 온통 가벼움만이 난무하는 곳 — 압구정동은 물질문명을 상징하는 소비와 욕망의 공간이다. 압구정동의 중심에는 현재가 있다. 그는 기득계층을 대표한다. 그리고 혜진은 그 세계로 편입되기를 욕망한다. 영훈은 관찰자로서 압구정동을 비판하면서도, 한 편으로는 매혹 당하는 모순적인 인물이다. 이 영화는 기득권자와 그것을 욕망하고 성취하려는 자, 그리고 그 과정에서 상처받고 물러나는 자의 구도를 지극히 가볍고 경쾌하게 보여주고 있다.

가령, 원작시에서 시인의 고향인 하나대는 노자적인 상상력을 빌려,

광기와 폭력과 욕망의 시대를 살아가는 반성으로서 제시된 허(虛)의 공간으로 묘사되었다. 유하는 압구정동과 하나대에 대하여 다음과 같이 창작 의도를 밝힌 바 있다.

> 자연은 '비어있음'의 공간이요, 도시는 '채움'의 자리이다. 말하자면 하나대는 허(虛)가 보존된 곳이요, 압구정동은 '허'가 상실된 곳이다. (…중략…) 나의 고향시편 연작은 추억의 묘사가 아니라 채움의 욕망에 대한 반성적 재현이라는 의도에서 써졌고 또 계속 써질 것이다.[28]

그러나 영화에서의 하나대는 영훈의 압구정동 친구들이 여름휴가 때 놀러가는 색다른 놀이 공간쯤으로 나온다. 물론 고향을 지키고 사는 한 시인의 일장연설이 나오기도 하나, 영화의 분위기상 그것은 압구정동 사람들의 반성을 촉구한다기보다는 맨 정신으로는 아무 말도 못하는 소심한 시골청년의 술주정쯤으로 치부된다.

패러디·풍유·펀 등을 사용한 대중적 어법과 노자적 사유 사이를 아슬아슬하게 넘나드는 유하의 시가 영상화되면서 가벼움만 남고 사유의 깊이를 상실한 것이 매우 아쉽지만, 각 시편들을 조합하여 등장인물을 창조하고, 시적 이미지들을 그들 인물의 행위와 대사를 통해 보여주고자 한 시도는 그 자체만으로도 의미 있는 작업이라 생각한다.

3) 황동규의 「즐거운 편지」와 영화 〈편지〉

시가 영화의 주된 소재가 된 예로는 영화 〈편지〉 속의 시 「즐거운

28 유하, 「압구정동에서 택시잡기」, 『문학정신』, 문학정신사, 1991. 1, 79면.

편지」를 들 수 있다. 지금까지는 시가 영상과 만나 서사를 획득하고, 동시에 많은 독자들에게 폭넓게 다가설 수 있었던 비교적 긍정적인 예를 살펴보았으나, 이번은 다르다. 영화 속 시 「즐거운 편지」는 많은 부분 왜곡된 해석을 유도한다.

문학작품이 영화와 만났을 때, 작품 자체의 의미는 일정부분 변할 수 있다. 문학작품을 해석하여 영상으로 재창조하는 과정에서 얼마든지 감독의 주관이 들어갈 수 있으며, 또한 영화라는 불특정 다수의 대중을 대상으로 하는 장르의 특성상 의미가 단순화될 수도 있다.

그러나 주관적 해석이 아닌 '오독'의 경우 문제는 심각하다. 감독이 정말 해석을 잘못 하였든, 아니면 의도된 설정[29]이든 작품의 의미를 훼손하는 오독은 경계하여야 한다.

특히 한 편의 시를 영화 안에 삽입할 때는 보다 신중하여야 한다. 영화의 관객들은 시 자체의 의미보다는 영화의 전반적인 맥락 안에서 제한적으로 시를 이해하기 때문이다. 이렇게 되면 영화에 삽입된 시는 본래의 의미를 떠나 영화의 소품으로 전락한다.

그 사실을 단적으로 보여주는 예가 바로 영화 〈편지〉 속의 시 「즐거운 편지」이다. 그러면 시의 의미가 영화에서 어떻게 변형되었는지 살펴보겠다.

1

내 그대를 생각함은 항상 그대가 앉아있는 背景에서 해가 지고 바

29 영화 〈편지〉에 인용된 황동규의 시는 구독성이 높은 시로서 대중적 장르인 멜로 영화에서 의도된 설정이라고 볼 수도 있다. 그러나 이 '의도된 설정'은 오독의 경우보다 오히려 문제가 심각하다. 한 편의 시가, 다름 아닌 시로서 대중과 만날 때 최소한의 객관적인 의미조차 전달하지 못하고, 오히려 적극적으로 오독을 유도한다면 그 설정은 잘못된 것이며, 그러한 설정 하에서 시는 더 이상 시로서 존재할 수 없다. 그럼에도 불구하고 주인공들이 「즐거운 편지」를 낭송할 때 시인의 이름과 시집의 표지까지 클로즈업 된 것은 잘못된 설정과 그에 따른 잘못된 해석을 고착시키는, 적어도 시적 이미지를 영상화한 측면에서는 바람직하지 못한 결과를 초래했다고 볼 수 있다.

람이 부는 일처럼 사소한 일일 것이나 언젠가 그대가 한없이 괴로움 속을 헤매일 때에 오랫동안 전해오던 그 사소함으로 그대를 불러보리라.

2

진실로 진실로 내가 그대를 사랑하는 까닭은 내 나의 사랑을 한없이 잇닿은 그 기다림으로 바꾸어버린 데 있었다. 밤이 들면서 골짜기엔 눈이 퍼붓기 시작했다. 내 사랑도 어디쯤에선 반드시 그칠 것을 믿는다. 다만 그때 내 기다림의 姿勢를 생각하는 것 뿐이다. 그 동안에 눈이 그치고 꽃이 피어나고 낙엽이 떨어지고 또 눈이 퍼붓고 할 것을 믿는다.

—황동규, 「즐거운 편지」 전문

이 시는 짝사랑하는 연인을 향한 열정을 퍼붓는 눈에 비유한, 함박눈과도 같이 순결하고 서늘한 열정을 노래한 시다. 기다림의 자세 또한 고뇌의 시간을 견디는 지순함을 나타낸다. 그대를 향한 고뇌와 열정이 언젠가는 반드시 그칠 것을 알고 있으나, 그러나 그때까지 그의 등 뒤에서 한결같은 마음으로 기꺼이 기다리겠다는 이 시는 짝사랑은 외롭고 쓸쓸하지만, 그러나 이렇게 지순한 사랑을 바치며 마냥 기다릴 수 있다는 사실만으로도 얼마나 행복한 일인가를 보여준다. 이 행복이 시의 제목을 '쓸쓸한 편지'가 아닌 '즐거운 편지'로 만든 이유일 것이다.

실제로 이 시는 황동규 시인이 고등학교 3학년인 18세 때, 연상의 여성을 사모하는 애틋한 마음을 표현한 작품이라고 한다. 그는 한 신문과의 인터뷰에서 이렇게 말했다.

「즐거운 편지」는 고등학교 졸업할 때 교지에 실렸던 것입니다. 완성도에서 만족스러웠지요. 그러니 글자 한 자 덧붙이지 않고 나중에 이 작품으로 『현대문학』 추천(1958)까지 받아 등단했지요. (…중략…) 고3 때 짝사랑했던 연상의 여대생에게 전해준 시였으니, 완전히 고3의 시라고는 볼 수 없죠. 처음에는 김소월과 한용운 유의 연애시를 쓰려고 했어요. 그런데 쓰다 보니, 영원한 사랑은 존재하지도 않고 바랄 수도 없다는 것이 됐어요.

'진실로 진실로 내가 그대를 사랑하는 까닭은 내 나의 사랑을 한없이 잇닿은 그 기다림으로 바꾸어버린 데 있었다. 밤이 들면서 골짜기엔 눈이 퍼붓기 시작했다. 내 사랑도 어디쯤에선 반드시 그칠 것을 믿는다'는 구절처럼. 사랑도 선택이고, 중간에 그칠 수도 있고, 그럼에도 온몸을 바쳐 사랑할 수밖에 없다는 것이죠. 어쩌면 우리나라 최초의 현대적인 연애시일지 모르죠.[30]

이 시를 소재로 한 영화 〈편지〉는 남자 주인공이 불치의 병으로 죽는 이른바 최루성 멜로영화로, 주연을 맡았던 배우들의 인기에 힘입어 서울 관객 72만 명을 동원한 흥행작이다. 이러한 〈편지〉의 인기는 이듬해 〈8월의 크리스마스〉(1998)나 〈약속〉(1998)과 같은 남자주인공들이 병들거나 투옥되는 최루성 멜로 영화 붐을 일으켰으며, 이는 IMF사태 이후 가부장적 남성성이 붕괴하는 세기말적 징후로 평가되기도 하였다. 특히 〈8월의 크리스마스〉는 황동규의 시에서 모티브를 따와 원제목이 〈즐거운 편지〉이었으나, 영화 〈편지〉가 흥행에 성공하면서 제목이 바뀌었다는 에피소드도 있다.

세기말을 무사히 넘기고 2000년대 들어서자 최루성 멜로에 대한 적극적

30 황동규, 대담 「등단 50년…황동규 시인」, 『조선일보』, 2008년 1월 12일.

수목원에서
행복한 신혼을 보내는 환유와 정인
—〈편지〉에서

인 반작용, 혹은 잃어버린 남성성에 대한 향수로서 〈친구〉(2001)류의 조폭 영화가 양산되었다. 그리고 다른 한 편에서 영화 〈편지〉는 설날 혹은 추석 특집 영화로 매해 텔레비전에서 방영되었고, 2004년에는 태국의 파온 찬드라시리 감독이 〈더 레터(The Letter)〉라는 제목으로 리메이크하였으며, 같은 해 부산 국제영화제를 통하여 국내에도 소개되었다.

영화의 줄거리는 단순하다. 청평의 한 수목원 연구원인 조환유는 매일 기차를 타고 춘천으로 등교하는 국문과 대학원생 이정인을 짝사랑하고, 둘은 결혼한다. 수목원의 그림 같은 집에서 동화처럼 신혼생활을 하는 두 사람. 정인은 환유에게 생일선물로 편지를 써달라고 하고, 환유는 편지를 쓰는 대신 황동규의 시 「즐거운 편지」를 읽어준다. 행복한 시간도 잠시, 환유가 악성 뇌종양이었음이 드러나고, 투병 끝에 그는 정인이 읽어주는 시 「즐거운 편지」를 들으며 숨을 거둔다. 남편이 죽은 뒤 정인은 뒤따라 죽으려 하지만, 환유의 편지가 한 통씩 배달되기 시작하면서 그 편지를 기다리며 하루하루 생명을 연장한다. 그리고 임신 사실을 알게 된다. 정인은 비로소 자신을 위하여 편지를 미리 써 놓은 환유의 깊은 뜻을 깨닫는다.

영화에서 시 「즐거운 편지」는 주인공인 정인과 환유가 가장 행복할 때와 가장 불행할 때, 한 번은 남편에 의하여 장난스럽게, 한 번은 아내에 의하여 비장하게 낭송된다. 황동규의 시는 두 사람의 지고지순한 사랑을 상징하는 역할을 하며, 죽음을 예견한 환유가 혼자 남을 정인을 위하여 매일매일 실제로 편지를 쓰게 되는 것에 대한 복선이다. 즉 이 영화에서 황동규의 「즐거운 편지」는 환유의 실제 편지와 오버랩 되면서 병든 남편이 아내에게 보내는, 혹은 임종을 앞둔 남편에게 아내가 마지막으로 전하는 애절한 마음을 대변한다. 특히 정인이 환유의 임종을 지키며 시를 읽어줄 때, "밤이 들면서 골짜기엔 눈이 퍼붓기 시작했다. 내 사랑도 어디쯤에선 반드시 그칠 것을 믿는다"라는 대목에서 환유가 숨을 거두는 장면은 이 시가 마치 영화 속 주인공들의 운명을 그대로 그린 것 같다는 느낌을 유발한다. 물론 이런 것들은 영화를 만든 감독의 의도된 연출, 혹은 오독이다. 이 시가 지고지순한 연시임에는 분명하지만, 앞에서 살펴보았듯이 신혼부부의 사랑노래로 해석하기는 분명 무리가 있으며, 죽음을 예감하는 유언시는 더더욱 아니기 때문이다.

문학작품을 영화로 만들 때에는 원작의 의미를 왜곡하거나 훼손시키지 않는 보다 세심한 배려가 필요하다.

5. 영상시대의 문학

영상문학은 구비문학, 문자문학과 더불어, 영상이라는 매체로 표현된 또 하나의 문학영역이다. 영상문학의 특성은 작가의 상상력을 '보여준다'는 데 있다. 구비문학을 듣거나 문자문학을 읽으면서 청자나 독자들이 스스로 상상했던 이미지를 영상 텍스트는 실제로 보여준다. 기존의 문학에서 단지 설명이나 묘사를 통하여 표현할 수밖에 없는 추상적인 관념이나 이미지를 영상문학에서는 시각적으로 재해석하여 화면을 통해 전달한다.

이렇게 작가가 이미지를 직접 보여준다는 것은 독자들이 제각각 책을 읽고 상상하는 것만큼 다양하고 무한할 수 없다는 점에서 상상력의 단순화 내지는 획일화를 초래할 수 있다. 책과 비교하면, 상대적으로 영화에서 상상력의 자유는 일견 제한되고 수동적이라 볼 수 있다. 그러나 영화가 제시하는 이미지는 보다 구체적이며, 즉각적이고 강렬하다. 그래서 많은 우려에도 불구하고 바쁜 현대사회에서 손쉽게 문학을 즐기고 싶은 평범한 독자들은 책보다 영화를 선택한다.

현대의 독자들이 영화와 같은 영상 텍스트의 문학 작품을 선호하는 것은 영상시대를 살아가는 현대인들의 기호를 반영한 지극히 자연스러운 현상이다. 그러므로 이제 문학을 영상으로 향유하고자 하는 독자들의 욕구를 읽고, 우리 문학연구의 한 부분으로서 영상 텍스트 연구가 활성화되어야 할 것이다.

영상문학 연구에서 중요한 것은 마치 한 편의 문학작품을 읽듯이 소리와 영상이 어우러진 장면 장면의 의미를 능동적으로 파악하며 꼼꼼히 보는 것이다. 그것은 독자가 행여 놓칠 수 있는 부분을 하나하나 짚어내는 작업이며, 나아가 주어진 영상 텍스트를 창조적으로 읽어내는 작업이기도 하다. 이때 영상문학 작품은 다양한 각도에서 깊이 있는 해석이 가능해지며, 그것은 영상시대의 감수성으로 문학을 보다 풍요롭게 향유하는 작업이 될 것이다.

영상문학 연구의 활성화가 기존의 문학연구의 위축을 의미하는 것은 결코 아니다. 그것은 제한된 파이를 나누는 대립의 의미가 아닌, 문학이라는 파이를 키우는 공존과 확장의 의미로 인식되어야 한다. 구비문학과 문자문학에 이어 영상문학은 우리 문학의 외연을 넓힌 또 하나의 문학영역으로서 지속적으로 연구되어야 할 것이다.

인생경극 — 영화 〈패왕별희(霸王別姬)〉

1. 중국의 제5세대 감독과 문화대혁명
2. 영화 속의 경극
3. 시대를 살아가는 배우들
4. 데이의 정체성
5. 무엇을 위한 인생인가

1. 중국의 제5세대 감독과 문화대혁명

그 아이는 육손이였다. 엄마는 아이의 손가락을 자른다. 아이는 울부짖고, 엄마는 아이를 버린다. 그 아이는 자라서 유명한 경극 배우가 되지만, 그의 인생은 중국의 근대사와 맞물려 서서히 몰락한다.

영화 〈패왕별희(霸王別姬)〉[1]의 줄거리는 비교적 단순하지만, 중국의 전통적인 볼거리와 매혹적인 배우들, 몽환적인 조명과 색채는 이 영화를 아름답다 못해 탐미적으로 만든다. 그리고 그 화려함 뒤에는 중국 역사에 대한 회의, 특히 문화대혁명에 대한 비판이 자리하고 있다. 주인공 누구도 당시 시대적 배경에서 자유로울 수 없으며, 개인의 의지는 역사적 소용돌이에서 무력해진다. 따라서 이런 종류의 영화를 감상할 때에는 작품의 배경을 이루는 역사적 사건과 그것을 해석하는 감독의 시각을 먼저 살펴보아야 한다.

영화 〈패왕별희〉는 이벽화(李碧華, 릴리안 리)의 원작 소설 『패왕별희』[2]를 원작으로 한 것으로, 중국의 제5세대 감독 첸카이거(陳凱歌)의 작품이다. 그는 1952년 베이징 출생으로, 1966년 베이징 제4중학교 1학년을 마치자 문화대혁명이 일어나 홍위병이 되었다. 윈난 성에 하방되어 처음 3년은 고무나무 농장에서 일했고, 이후에는 군복무를 했다. 1975년 베이징으로 돌아와 3년 동안 필름 노동자 생활을 하였다. 1978년 베이징 영화학교 감독과에 들어가 4년 동안 장이모(張藝謀) 등과 함께 수학하였다. 1984년 광시 영화촬영소에서 장이모가 촬영하고 자신이 감독한 작품 〈황토지〉(1984)를 로카르노 영화제에 출품, 은상을 수상하면서 중국 제5세대

01 첸카이거 감독. 장국영·장풍의·공리 주연. 1993년 제46회 칸 영화제 황금종려상, 심사위원특별상, 1994년 골든 글러브 외국영화상을 수상하였다.

02 우리나라에서는 김정숙·유운석 번역 『패왕별희—사랑이여 안녕』(빛샘출판사, 1993)으로 출간되었다. 이 글에서는 이 책을 텍스트로 한다.

영화의 출현을 알렸으며, 영화 〈패왕별희〉로 칸 영화제 대상을 수상하였다.[3]

여기서 잠시 중국의 제5세대 영화에 대하여 알아보자. 중국의 영화세대는 서로 다른 역사적 문화적 특징에 따라 일반적으로 다음과 같이 구분한다.

제1세대: 1895년에서 1930년 이전까지 초기 극영화시기에 활동했던 감독들.

제2세대: 1930년대에서 1949년까지 활동했던 사실주의 경향이 주류를 이루었던 세대.

제3세대: 1949년 중화인민공화국이 성립된 이후 영화계에 투신한 1950년에서 1965년에 활동한 감독들. 사회주의의 주체적 새 인간형을 표현하는 데 중점을 둠.

제4세대: 1965년 이후에 등장하여 정통적인 영화공부를 접할 수 있었던 세대. 그러나 1966년에서 1976년 문화대혁명 기간 동안 영화제작이 불가능했으며 1980년을 전후로 활동을 재개. 제5세대와 함께 활동하였으나 5세대보다 전통적임.

제5세대: 1985년을 기점으로 시작됨. 1982년 이후 영화대학을 졸업한 감독들로 덩샤오핑의 개방정책에 따라 왕성한 활동을 할 수 있었음. 과감한 실험적인 작업을 통하여 전통과의 단절을 시도함. 중국영화의 제2의 황금기.

제6세대: 1990년대 초에 영화계에 등장한 신진감독. 서구문물과 사상의 유입으로 중국사회는 충격과 가치관의 혼란을 겪음. 이들은 현대 중국사회의 진실을 보여주고자 함. 독립영화작가의 출현. 자유로운 서사 추구.[4]

03 클라머, 『중국영화사』, 황진자 역, 이산출판사, 2000, 200면 참조.
04 정영호, 『중국영화사의 이해』, 전남대학교출판부, 2006, 17—124면 참조.

제5세대 감독으로서 첸카이거의 영화적 상상력은 문화대혁명의 상처에서 출발한다. 첫 작품인 〈황토지〉는 황하 상류 지역의 황량한 대지를 배경으로, 농민의 시점에서 그들의 삶과 고난을 다루고자 하였다. 이 작품을 통하여 감독은 정치선전과 문화대혁명에 휘둘린 인민과 개인의 정체성을 재발견하고자 했다.[5] 이후 1993년에 만든 작품인 영화 〈패왕별희〉에서도 문화대혁명은 비중 있게 다뤄진다.

첸카이거 감독의 영화적 상상력의 출발점이 되고 있는 문화대혁명은 1966년부터 1976년까지 10년간 중국의 최고지도자 마오쩌둥에 의해 주도된 극좌사회주의 운동이다. 사회주의에서 계급투쟁을 강조하는 대중운동을 일으키고, 그 힘을 빌려 중국 공산당 내부의 반대파들을 제거한 일종의 권력투쟁이었다. 마오쩌둥 사망 후 중국공산당은 문화대혁명에 대해 '극좌적 오류'였다는 공식적 평가를 내렸다.

보통 중국의 제5세대 감독이라 하면 이러한 문화대혁명 시기에 청년기를 보냈다는 공통점을 갖고 있다. 그들은 1976년 마오쩌뚱 사망 후 다시 문을 연 베이징영화학교를 1982년 이후 졸업하고 영화계에 등장했다. 첸카이거, 장이모를 비롯하여, 톈좡좡(田壯壯), 황젠신(黃建新) 등이 있다.

문화대혁명 이전의 중국영화는 이데올로기 선전을 위한 도구로서의 성격이 강했다. 이에 비해, 제5세대 영화는 영화의 매체적 활용에 대한 새로운 인식과 더불어 문화대혁명 기간 동안의 경험을 바탕으로 중국의 역사와 민중의 삶에 대한 성찰을 보여준다. 따라서 전통사회와 공산주의 이데올로기의 만남에서 생기는 긴장과 갈등, 중국인의 존립을 위협하는 외부의 힘에 대한 저항을 통해 확인되는 중국민중들의 강인한 생명력, 전환의 시대를 맞는 세대의 자화상적인 투시 등을 영화의 주제로 삼는다. 표현적인 기법에서는 대사와 스토리를 중시했던 기존의 중국 영화와 달리

05 클라머, 앞 책, 201면 참조.

시각적인 면에 주안점을 두었으며 조명과 색채의 사용에 있어서 독특한 방식을 보여준다.

특히 영화 〈패왕별희〉에서 조명과 색채는 많은 상징성을 내포한다. 화려한 붉은 색은 주로 행복을, 음울한 푸른색은 불길함을 암시한다. 경극 「패왕별희」의 공연 대부분의 장면과 화만루에서 샬로가 쥬산에게 청혼할 때, 그리고 이어진 두 사람의 결혼식 장면에서의 조명은 붉은색이 행복의 상징으로 쓰인 대표적인 예다. 반면에 데이가 장 내시와 밤을 보내고 온 새벽에 버려진 아이 서를 주워올 때, 원 사야와 술에 취해서 노래를 부를 때, 관동군 대좌 아오키 앞에서 공연을 할 때, 그리고 그로 인해 간첩죄로 투옥된 데이를 쥬산이 면회하면서 샬로와 이별할 것을 종용할 때, 화면에는 푸른색이 깔린다. 국민당의 군인들이 경극을 야유할 때도 푸른 조명이었으며, 문화대혁명이 끝난 뒤 샬로와 공연하던 데이가 자살할 때도 무대는 푸른빛 조명으로 가득 찼다.

일반적으로 1989년 천안문(天安門) 사태까지를 제5세대 영화의 존속기간으로 간주한다. 이들의 영화는 외국에서는 높은 평가를 받았지만, 자국 내에서는 정부의 탄압을 받아야 했다. 또한 천안문 사태 이후 후대의 젊은 감독들에게는 영화제용 영화이며 중국의 역사와 풍경을 이국적으로 보이게 만드는 오리엔탈리즘이라는 비판도 받아야 했다.

2. 영화 속의 경극

첸카이거의 영화 〈패왕별희〉는 제5세대 영화의 대표 격으로 1993년 칸 영화제에서 대상을 받음으로써 세계의 이목을 집중시켰다. 이 영화는 중국의 전통적인 면을 시각적으로 잘 담아냈으며, 특히 가장 중국적이라고 할 수 있는 경극을 소재로 했다.

경극(京劇)이란 글자 그대로 베이징(北京)에서 발전한 연극이다. 서피(西皮)와 이황(二黃)이라는 두 가지 곡조를 기초로 하기 때문에 피황희라고 부르기도 한다.

경극의 기점은 일반적으로 1790년으로 보는데, 이 해는 건륭 55년 황제의 80세 생일을 맞이한 해이다. 이때 생일축하 공연단으로 '휘반'이라는 안휘성의 극단이 베이징으로 진출하였다. 이 극단은 명랑하고 쉽고 활달한 동작이 많은 이황의 곡조를 공연하였고, 대중들의 호평을 받았다. 이후로 베이징에서는 이황강이 자리를 잡게 되었다. 1830년경에는 다시 베이징에 서피강이 들어왔다. 서피강은 자유분방하고 힘찬 표현과 상상력을 중시하는 곡조여서 이황강과 잘 어울리게 되었고, 이렇게 하여 경극의 곡조가 완성되었다.

경극은 청대의 말기인 19세기 중·후반에 최고의 전성시대를 자랑했다. 바로 이 시기가 영화의 배경이 된다.

경극 배우는 모두 남성이었다. 그들의 역은 어린 시절부터 정해져서 그에 맞는 수련과정을 거친다. 배우는 생(生, 주역)·단(旦, 여자)·정(淨, 호걸)·축(丑, 어릿광대)·말(末, 단역)로 구분되고, 여러 배역을 맡지 않고 일생동안 하나의 배역을 맡아 연기하는 전통이 있다. 특히 단 역을 맡은 소년은 그것이 여성의 역할인 만큼 남다른 수련과정을 거쳐야 했다. 영화에서 샬로는 생으로, 데이는 단으로 어려서부터 수련하는 과정을 볼 수 있다.

원작 소설에서는 어린 시절 데이의 수련과정을 다음과 같이 묘사한다.

> 소두자[6]는 이렇게 뭐가 뭔지도 모른 채 단 역 생활에 발을 들여놓고 있었다. 사부는 소두자에게 기초부터 다시 세밀하게 지도하기 시작했다. 동작이나 자세에서부터 옷매무시와 걸음걸이에 이르기까지 지금까지와는 완전히 다른 새로운 것들이 요구되었다.
>
> 그가 손목을 우아하게 돌려 난꽃같은 형태를 갖춘 손가락(蘭花手)이 공중에 섬세한 자취를 남길 때면, 한 때 기형이었던 그의 손은 여성의 아름다움을 유감없이 보여주었다.
>
> 그는 마당에 있는 우물 주위를 끝없이 돌면서, 공중을 떠가듯 유연해야 하는 단(旦)으로서의 걸음을 연습하고 있었다. 한 걸음 한 걸음 아주 조심스러운 모습이었다.
>
> —이벽화, 『패왕별희』, 82면.

경극 중에서 중국인들의 사랑을 가장 많이 받은 작품이 「패왕별희」[7]다. 경극 「패왕별희」는 초패왕 항우의 용맹성과 그의 애첩 우희와의 애절한 사랑을 그린 중국의 대표적인 고전 경극이다. '패왕별희'라는 제목은 초나라 패왕(霸王)과 우희(虞姬)의 이별이라는 뜻으로, 한나라의 건국역사를 담은 초한지에 나오는 한 부분을 이른다.

06 소두자는 도즈, 곧 데이를 이른다.
07 같은 제목의 영화 〈패왕별희〉, 원작 소설 『패왕별희』와 혼동하지 않기 위해, 편의상 경극은 「패왕별희」로 구분하여 표기하였다.

초패왕 항우와 우희로 분장한 샤로와 데이
—영화 〈패왕별희〉에서

다음은 영화에서 관 사부가 어린 단원들에게 경극 「패왕별희」에 대하여 설명하는 장면과, 원작 소설에서 데이와 샤로가 경극 「패왕별희」를 공연하는 장면이다.

관 사부 : 경극 「패왕별희」는 초나라와 한나라의 전쟁 이야기다. 초패왕은 누구인가? 그는 천하무적의 영웅이며 천군만마를 다스리는 맹장이었다. 그러나 하늘이 시기하여 유방의 함정에 걸려서 죽는다. 그날 저녁 바람은 거세게 불었고 유방의 사면초가 책략에 초나라 병사들은 혼비백산하여 유방에게 나라를 빼겼다. 패왕도 눈물을 흘렸다. 아무리 맹장이라도 하늘의 뜻을 어길 수 없는 법. 패왕의 운명도 다 되니 남은 건 애첩과 한 필의 말뿐. 말을 살려 보내려 하니 말은 떠나지 아니하고, 애첩 우희 또한 곁에 있으려 하네. 우희는 패왕에게 마지막 술잔을 권하고 검무를 추다 절개를 지키기 위해 자결한다.

이 극이 오랫동안 사람들의 사랑을 받는 이유는 음악도 좋지만, 좋은 교훈이 있기 때문이다.

—영화 〈패왕별희〉에서

무대에서는 막다른 길에 몰린 패왕의 절망적인 노래가 울려 퍼지고 있었다.

힘은 산을 뽑을 만하고 기개는 세상을 덮을 만하지만,
시기가 불리하니 말조차 움직이지 않는구나.
말이 움직이려 하지 않으니 어떻게 하란 말인가?
우희야, 우희야, 나는 어쩌란 말이냐?[8]

우희가 앞으로 나서며 패왕을 위로했다.

"대왕의 비분강개한 노래는 사람들의 마음을 울리고도 남음이 있습니다. 천첩이 하찮은 춤으로나마 대왕의 근심을 덜어드리고 싶습니다."

말을 마친 우희가 난화수의 자세로 눈물을 훔치자, 패왕이 이에 화답한다.

"당신의 노고가 많구려."

—이벽화, 『패왕별희』, 133면.

영화 〈패왕별희〉에는 경극 「패왕별희」가 극중극 형식으로 여러 번 공연된다. 경극 「패왕별희」는 중국의 전통을 상징하는 동시에, 영화 속 주인공들의 운명을 은유한다. 극중 우희인 데이(程蝶衣)는 극중 패왕인 샬로(段小樓)를 현실에서도 사랑하며, 그 사랑을 완성하기 위해 무대에서

08 이 노래의 원문은 다음과 같다.
力拔山兮氣蓋世 / 時不利兮騅不逝 / 騅不逝兮可奈何 / 虞兮虞兮奈若何
2행의 騅는 항우의 애마 이름이다.

목숨을 끊는다. 데이가 극중의 우희였다면, 샬로에게 현실에서의 우희는 쥬산(菊仙)이다.

패왕 역의 샬로가 현실에서는 광대에 지나지 않은 것처럼, 쥬산 역시 창녀 출신의 미천한 여성이다. 원작 소설에는 당시의 신분 계급이 자세히 설명되어 있다.

> 1920년대의 중국 사회는 삼(三), 육(六), 구(九)로 사람의 계층을 구분하고 있었다. 그 중 연예인은 '하구류(下九流)' 취급되어, 식당종업원, 목욕탕 때밀이, 창녀, 날품팔이 등과 함께 '오자행업(五子行業)'에 포함되었다. 오자행업은 다른 말로 '강호의 부랑자'라고도 하는데 달리 살 길이 있는 사람은 결코 이런 일을 하려 하지 않았다. 배우란 이처럼 남들이 업신여기고 깔보는 직업이었다. 무대 위에서나 왕후장상이 되어 어깨에 힘을 주고, 아름답게 분장하여 절세미인이 되어 사람들의 선망의 눈길을 받을 수 있었다. 하지만 짧은 시간의 연극이 끝나면 다시 경멸의 대상으로 되돌아와야 했다.
>
> ㅡ이벽화, 『패왕별희』, 88면.

쥬산이 일하는 요정 화만루는 작가 이벽화의 표현대로 "경극의 무대와는 또 다른 세계이자 또 하나의 무대 ㅡ 손님들을 받는 홀에서부터 뒤쪽에 있는 밀실에 이르기까지 화려하게 꾸며놓은 환상의 무대"[9]다.

원작 소설 『패왕별희』에는 창녀와 배우의 공통점이 여러 곳에 언급되어 있다. 특히 소설을 시작하는 프롤로그의 첫 대목 "창녀에겐 정이 없고,/배우에겐 의리가 없네./창녀는 침대 위에서만 정을 주고,/배우는 무대

09 이벽화, 앞 책, 145면.

위에서만 의리를 지킬 뿐이네"[10]는 데이의 태생과 쥬산의 존재, 나아가 장차 데이와 샬로의 어긋나는 관계를 암시한다.

경극에서 우희로 분장한 데이는 패왕을 위하여 자살했지만, 현실에서 쥬산은 샬로에게 배신당한 후 죽는다. 데이의 죽음이 비장하다면 쥬산의 죽음은 비참하다. 극과 현실의 어쩔 수 없는 간극이다.

3. 시대를 살아가는 배우들

영화 〈패왕별희〉의 주인공은 경극 「패왕별희」를 공연하는 패왕 역의 샬로와 우희 역의 데이, 그리고 현실에서 샬로의 아내인 쥬산이다. 이들의 애증과 인생유전은 중국의 근대사와 맞물려 전개되며, 중국의 전통이라는 함의를 지닌 경극이 역사 속에서 사라져가면서 그들의 인생도 점차 몰락해 간다.

1924년 군벌시대의 베이징. 경극 배우는 대중의 영웅이었다. 시토(소석두, 샬로의 아명)와, 엄마에게 버림받은 도즈(소두자, 데이의 아명)는 서로 의지하며 경극 배우가 되기 위해 혹독한 수련생활을 한다. 어린 단원들을 훈련시키는 관 사부의 말에서 당시 경극 배우의 자긍심을 엿볼 수 있다.

> **관 사부**: 사람이라면 경극을 봐야 하고 경극을 모른다면 사람이 아니다. 개나 돼지는 경극을 모르기 때문에 짐승인 거다. 그래서 경극이 있는 한 우리는 존재한다. (…중략…) 경극이 시작된 이래, 지금 같이 이렇게 인기가 절정인 시대는 없었다. 네 놈들은 행운아인 줄 알아라.
>
> —영화 〈패왕별희〉에서

10 이벽화, 앞 책, 23면.

관 사부에게 경극은 사람과 짐승을 구별시켜 주는 위대한 예술의 경지다. 이렇게 당당한 그의 태도에서 우리는 예술의 위의(威儀)를 느낄 수 있다. 그런데 '경극이 있는 한 우리는 존재한다'는 그의 말은, 뒤집어 말하면 '경극이 없다면 우리는 존재할 수 없다'이다. 절정이란 곧 추락의 시작임을 상기할 때, 관 사부의 이 말은 훗날 경극이 쇠락하면서 함께 몰락의 길에 접어드는 제자들의 운명을 암시한다고 볼 수 있다.

어쨌거나, 외모가 곱상한 도즈는 여성 역인 단으로 키워지는데, 남성인 자신이 여성 역할을 해야 한다는 데에 심한 정체성의 혼란을 겪는다. 그는 수련생활을 하루하루 힘겹게 견딘다. 그러던 어느 날, "알사탕 사려— "라는 환청처럼 들리는 사탕 장수의 목소리에 이끌려 친구 라이즈와 얼떨결에 사합원을 도망친다. 라이즈는 도즈에게 말한다. "알사탕이 제일 맛있어. 나는 성공하면 알사탕만 먹고 살 거야."

인파에 휩쓸려 들어간 경극 공연장에서 도즈는 너무나도 멋진 경극 배우들의 연기를 보고 감동을 받는다. 다시 사합원으로 돌아온 도즈와 라이즈. 그러나 라이즈는 매가 두려워 아껴먹던 알사탕을 한 입에 다 털어 넣고는 스스로 목숨을 끊는다.

여기서 도즈의 환청에 대하여 살펴볼 필요가 있다. 도즈는 외모가 여성적일 뿐만 아니라, 정신세계도 섬세하고 불안하다. 경극과 현실을 혼동하는 것, 자신을 여자라고 생각하는 것, 아편에 중독되어 환각상태에 빠지는 것 등이 도즈의 상처받은 내면의 상태를 말해준다. 특히 그는 환청을 자주 듣는다.

도즈의 귀에 들리는 환청은 두 가지다. "칼 갈아요, 가위 갈아요— " 하는 칼 장수의 목소리, "알사탕 사려— "라는 사탕 장수의 목소리다. 칼 장수의 환청은 영화의 도입부, 엄마가 육손이였던 어린 도즈를 사합원에 버리고자 손가락 하나를 자를 때 실제로 들리던 소리였다. 이 소리는

육손이였던 도즈는
엄마에게 손가락 하나를 잘리고
사합원에 버려졌다.

— 영화 〈패왕별희〉에서

도즈가 고통스러운 일을 겪을 때, 특히 여성성을 강요받을 때마다 들린다. 여기서 칼 장수의 환청은 거세를 상징한다고 볼 수 있다.

원작 소설에서는 환청의 장면이 없다. 다만 데이는 자신의 희고 부드러운 손을 보며, 자신의 여섯 번째 손가락을 잘라낸 날 영원히 거세당한 것은 아닐까, 라는 생각을 한다.[11]

다른 하나인 사탕 장수의 환청은 힘든 현실에서 꿈꾸는 달콤한 유혹이며, 성공의 보상을 의미한다. 도즈를 사합원 밖으로 이끌었던 사탕 장수의 목소리는, 후에 그가 경극의 대스타가 되어 인파에 휩싸였을 때 다시 들린다. 그러나 사탕 장수의 환청은 알사탕을 한 입에 털어 넣고 죽은 라이즈를 연상시킨다는 점에서, 역시 불길한 징조라고 볼 수 있다. 실제로 현실의 고통을 이겨내지 못하고 라이즈가 목을 매달아 죽었듯이, 먼 훗날 이기는 하지만 도즈도 결국 자살한다. 도즈의 환청은 그의 심약한 정신세계를 드러내 보이며, 앞으로 다가올 불행을 암시한다고 볼 수 있다.

성공적인 첫 공연 후, 당시 최고의 세도가이자 경극의 후원자인 장 내시[12]의 집에서 도즈와 시토는 보검(寶劍)을 본다.[13] 그리고 당시의 풍습대로 우희 역의 도즈는 장 내시와 밤을 보낸다.

11 이벽화, 앞 책, 197면 참조.
12 원작 소설에서는 청 왕조의 귀족출신인 예 대인으로 나온다.
13 원작 소설에서는 두 아이가 시장 골동품 가게에서 보검을 발견하는 것으로 나온다. 석두(시토)가 칼을 보며 "저 칼을 차게 되면 진짜 패왕이 되어 있을 거야."라며 감탄을 하자, 두자(도즈)는 그 칼을 자기가 사주겠다고 한다.

극중 여성인 단으로서의 통과의례를 치룬 다음날, 새벽의 푸른빛이 채 가시지 않은 성 밖 빈터에서 도즈는 시토와 함께 버려진 사내아이를 발견하고 데려다 키우기로 한다.[14] 다시 환청으로 들리는 칼 장수의 목소리, "칼 갈아요, 가위 갈아요 — ".

세월은 흘러 1937년 중일전쟁 전야. 도즈와 시토는 '데이'와 '샬로'라는 예명으로 유명한 경극 배우가 되어 있었다. 곳곳에서 반일감정이 터져 나오고, 나라가 망해가는 이런 때에 한가하게 경극을 보냐는 비난의 목소리도 들리지만, 그들은 가는 곳마다 대중의 열렬한 환호를 받는다. 이들 경극 배우들은 반일감정, 즉 정치와는 무관하게 대중의 정서를 이끌고 있으며, 이는 각박한 현실 속에서 영웅과 미인의 이야기를 즐기며 위안을 받고자 하는 대중들의 소박한 심리를 반영한다.

샬로가 쥬산과 약혼하던 날, 데이는 후원자인 대부호 원 사야(袁世卿, 四爺는 넷째 어르신이란 뜻의 경칭)의 집에 초대를 받는다. 거기서 그는 장 내시 집에서 보았던 보검을 발견한다. 원 대인과 밤을 보낸 후 데이는 보검을 선물 받고, 그것을 샬로에게 가져다준다.

샬로가 공연장 뒤에서 일본군인과의 다툼으로 투옥되자 데이는 샬로를 구하기 위해 관동군 대좌 아오키(靑木)를 찾아가 노래를 부른다. 그러나 그 일은 샬로의 자존심을 건드리게 되고, 오히려 두 사람은 멀어진다.

한편, 데이와 샬로의 화해를 주선하던 관 사부가 죽는다. 경극의 대부였던 그의 죽음은 경극의 몰락을 암시한다. 사합원은 문을 닫고 단원들은 뿔뿔이 흩어진다.

1945년 일본이 항복하고 장제스(藏介石)의 국민당이 들어선다. 군인들

14 원작 소설에서는 여자아이로 나온다. 데이가 자신을 버린 엄마를 떠올리며 데려가자고 하나, 관 사부는 경극에 계집아이는 필요 없다며 말린다. 영화에서 데이가 주워온 아이였던 서는, 원작에서는 관 사부의 사합원에서 자란 아이이며, 데이와 샬로에게 반해 자청하여 심부름꾼으로 따라다닌다.

을 위문하는 공연장. 그러나 경극은 더 이상 대중들에게 위안을 줄 수 없다. 군인들은 패왕을 조롱하고 우희를 모욕한다. 소동이 벌어지고, 이때 만삭이었던 쥬산은 사산을 한다. 데이는 일본군과 내통했다는 간첩죄로 투옥되었다가, 가석방된다.

데이는 자신이 주워온 아이 – 그 사이 수려한 용모의 청년으로 성장한 서를 데리고 국민당 군사령관 앞에서 공연을 한다. 데이는 아편중독자가 된다. 환각상태에서 그는 자신을 버린 엄마에게 그리움의 편지를 쓰고, 늘 그랬듯이 태워버린다.

1948년 장제스 정부가 타이페이로 이동하고, 공산군은 베이징을 포위한다. 장 내시는 경극 공연장 앞에서 누더기를 걸치고 넋 나간 모습으로 담배를 팔고 있다.

1949년 공산군이 베이징에 입성한다. 서는 신이 나서 인민해방군의 붉은 깃발로 가득 찬 거리를 누비고 다닌다. 원 사야는 인민재판을 받고 처단된다. 청 왕조 말 경극의 후원자였던 세도가 장 내시에 이어, 이번에는 부호가 몰락한 것이다. 데이는 아편을 끊고 다시 무대로 돌아오지만, 예전의 경극은 할 수 없다. 옛것은 타도되어야 할 구시대의 유물일 따름이며, 예술은 정치의 선전물이 되어 있었다. 서는 데이의 우희 역을 가로챈다. 절망한 데이는 우희의 의상에 스스로 불을 지른다.

1966년 문화대혁명이 시작되었다. 영화에는 격앙된 목소리의 중앙인민방송이 흘러나온다. 샬로와 쥬산은 방송을 들으며 비단 옷과 경극대본·가면 같은, 이른바 구사회의 유물들을 불태운다.

> 중앙인민 방송이 8월 8일자로 문화혁명에 대한 당 중앙의 결정을 알립니다. 무산계급 문화혁명 결정이 통과됐습니다. 문화대혁명은 인민의 정신을 개조할 것입니다. 마오 주석은 오늘 연설에서 말씀하셨

습니다.

감히 생각하고, 감히 해내며, 감히 혁명하는 것. 한 마디로 뒤엎어야 한다! 이것이 무산계급 문화혁명의 기본 원칙이다. 17년 통치하의 새로이 맞이하는 신 사회에 지금 뒤엎지 않으면 언제 뒤엎을 것인가! 이 신 사회에선 구 사회 습관을 버려야 하며 구 사회 인식을 지워버려야 하며 구 사회사상을 완전히 태워버려야 한다!

—영화 〈패왕별희〉에서

아무튼 모택동의 사상으로 무장한 혁명 문예공작자들은 완강한 투지로 구시대의 악습(?)과 맞서 싸우기 시작했다. 그들은 말 한 마디라도 잘못하는 사람이 나타나면 누구를 막론하고 즉시 '유소기와 한 통속'이라고 몰아붙여 자신들의 발아래 무릎을 꿇게 했다.

타도하자!

타도하자!

타도하자!

최근의 운동은 '4대 구습을 타도하자'라는 것이었다. 모든 봉건잔재, 즉 구시대의 문화, 관습, 풍속, 전통이었다. 바야흐로 새로운 문화, 관습, 풍속, 전통을 세우기 위한 대대적인 정치운동이 시작된 것이다.

—이벽화,『패왕별희』, 309 – 310면.

1969년 8월, 문화대혁명기. 홍위병들은 빈번히 경극 배우들을 거리로

문화대혁명기에 조리돌림을 당하는
샬로와 데이, 그리고 그 뒤를 따르는 쥬산
—영화 〈패왕별희〉에서

끌고 나가 조리돌림을 하였다. 특히 삼개예인(三開藝人)으로 불리는, 일제강점기, 국민당시대, 공산당시대에 두루 활동하고 인기를 끌었던 데이와 샬로는 더욱 가혹한 수모를 당했다.

홍위병이 된 서는 스승이자 의붓부모나 다름없었던 데이와 샬로, 그리고 쥬산을 인민재판에 회부한다. 세 사람은 살기 위해 서로를 비판하고 배반한다. 데이가 제정신이 아니며, 원 사야와 동성애를 했었다는 사실, 쥬산이 창녀 출신이라는 것이 공개되고, 급기야 샬로는 쥬산을 사랑한 일이 없다고 외친다. 불길 속에 타는 경극의 의상과 소품, 그리고 보검. 쥬산은 불 속에 뛰어들어 보검을 꺼낸다. 그리고 목을 매 자살한다.

세월은 흘러 1977년. 마오쩌둥이 죽고 王洪文, 張春橋, 江靑, 姚文元 등의 4인방이 제거되면서 문화대혁명도 막을 내린다. 이십여 년 만에 패왕과 우희로 무대에 선 데이와 샬로. 공연이 시작되고 우희가 자살하는 장면에 이르자, 데이는 실제로 자신의 목을 찔러 자살한다.[15]

이와 같이 영화의 주인공들은 경극과 운명을 같이 한다. 경극이 대중의 사랑을 받았을 때 그들은 영웅이었으며, 당대 최고의 권력을 가진 자들에게 후원을 받았다. 특히 데이는 장 내시, 원 사야와 밀접한 관계를 갖고,

15 원작 소설에서 데이는 극의 끝 장면에서 자살을 시도하지만 죽지는 않는다. 오히려 샬로의 품에서 정신을 차린 데이는 입가에 묘한 웃음을 지으며 "나는 평생 이렇게 우희가 되고 싶었다니까."라고 말한다. 자살시도는, 그러니까 실제로는 솜씨 좋은 장난이었다고 한다.

심지어는 관동군 대좌 앞에서까지 노래를 부른다. 국민당의 군사령관 앞에서도 공연을 한다. 그러나 공산당 정권이 들어서고 문화대혁명이 시작되면서 중국의 예술과 전통은 타도대상으로 전락하고, 그들은 인민의 적·문화계의 요괴로 전락한다. 인민재판 시 경극의 의상과 소품을 태우는 불길은 바로 예술과 전통을 부정하는 문화대혁명의 불길이며, 그 열기에 의하여 주인공들의 모습은 추하게 일그러진다. 혁명의 불길이 개개인을 얼마나 왜곡시킬 수 있는지를 보여주는 것이다.

4. 데이의 정체성

데이는 엄마로부터 버림받았다는 외상이 있다. 연홍이라는 이름의 창녀였던 엄마는 아들이 8세가 되자 홍등가에서는 사내아이를 더 이상 키울 수 없다며 관 사부를 찾아온다. 그러나 데이가 육손이기에 경극 배우가 될 수 없다는 말을 듣고, 연홍은 추위에 꽁꽁 언 데이의 손가락 하나를 칼로 내려친다. 멀리서 들리는 "칼 갈아요, 가위 갈아요 — " 하는 칼 장수의 목소리. 엄마는 피투성이가 되어 울부짖는 아들을 붉은 망토로 감싸주고 사라진다. 그날 밤, 데이는 창녀의 아들이라는 놀림을 받고 그 망토를 태워버린다. 그의 눈에는 엄마에 대한 증오심이 불빛에 반사되어 이글거린다.

영화의 첫 장면에서 데이는 마치 계집아이와 같은 머리와 복장을 하고 있었다. 여자들만 살 수 있는 홍등가에서 사내아이가 살아남을 수 있는 방법은 최대한 여자아이처럼 보이는 일이었을 것이다. 그러나 8세가 되면서 머리모양과 옷으로는 더 이상 사내아이임을 숨길 수 없게 되었다. 그때까지 데이는 마치 계집아이와 같이 키워졌지만, 정작 스스로는 자신이 여자가 아님을 강하게 인식하고 있었던 것처럼 보인다.

데이는 경극에 입문하면서 또다시 여자이기를 강요받는다. 그는 노래가사를 틀리는 것으로 관 사부에게 저항을 한다.

데이: 나는 비구니. 꽃다운 시절, 사부에게 머리를 깎여…

관 사부: 다음은?

데이: 나는 본래 사내아이로…

관 사부: 뭐? 계집아이라고 해야지!

데이: 나는 본래…

관 사부: 본래 뭐야?

데이: 나는 본래 사내아이로서…

관 사부: 비구니가 남자니, 여자니?

데이: 음… 남자아이

관 사부: 너 정말 멍청이냐? 수컷, 암컷도 구분 못해?

데이: 난 본래 사내아이로…

관 사부: 벌써 사부가 가르쳐준 걸 다 잊었어? 머리에 박히도록 맞아야겠다. 손바닥 위로 올려! 평생 못 잊도록 해주겠다.

—영화 〈패왕별희〉에서

데이는 수없이 손바닥을 맞는다. 샬로는 밖에서 괴로워하며 데이를 기다린다. 데이의 손은 피투성이가 된다. 그때 문득 들리는 칼 장수의 환청, 칼 갈아요. 가위 갈아요—. 여성이 될 수 없었기에 손가락이 잘리고 엄마에게 버림받은 기억이 피투성이 손을 매개로 되살아난 것이다. 샬로는 데이를 위로하며 말한다. "공연이 이틀밖에 안 남았어. 네가 정말 여자라고 생각하면 안 틀릴 거야."

하지만, 데이는 계속 가사를 틀린다. 걱정이 되는 만큼 화가 난 샬로는 담뱃대로 데이의 입속을 쑤시고,[16] 그러한 폭행을 당한 후, 데이는 여성의 역할에 아주 빠져든다. 그것이 두 사람 사이의 불행의 시작인 줄도 모르고, 철없는 소년 샬로는 안도하며 좋아한다.

데이가 엄마에게 버림받은 후, 유일하게 그를 지켜줬던 사람이 샬로였다. 데이는 샬로에게 또다시 버림받지 않기 위해 그가 원하는 여성이 되어준 것이다. 샬로가 데이의 입을 담뱃대로 마구 쑤시고 그 작은 입에서 피가 흐르는 장면은 다분히 성적인 의미로도 해석할 여지가 있다.

데이는 이제 스스로 여자라고 생각하고 경극에서 우희가 패왕을 대하듯, 현실에서도 샬로를 사랑한다. 그러나 혈기 넘치는 샬로에게는 쥬산이라는 창녀 애인이 있다.

샬로를 빼앗긴 질투심에 엄마에 대한 증오심까지 전이되어, 데이는 쥬산을 경멸한다. 정말 그 여자는 여러모로 데이의 엄마 연홍과 닮아있다. 연홍이 예쁘고 도도하고 성깔 있는 창녀였던 것처럼, 쥬산은 화만루에서 제일가는 미인이며, 대담하고 게다가 매우 영리하다.

그러나 엄마를 증오하지만 사실은 그리워하듯, 데이는 쥬산을 경멸하면서도 또 한편으로는 의지한다. 아편의 금단증상에서 고통스러워할 때 쥬산의 품에 안겨 엄마를 부르는 장면, 그리고 마지막 쥬산의 죽음 앞에서 미친 듯이 우는 장면은 쥬산이 그에게 또 다른 엄마였음을 짐작하게 한다.

> 국선(쥬산)은 아편을 끊기 위해 방에 갇혀 고통을 겪는 접의(데이)를 보자 마음이 약해졌다. 접의는 말도 제대로 하지 못했고, 얼굴도

16 원작 소설에서는 관 사부가 도즈의 입속에 담뱃대를 넣고 쑤신다.
— 이벽화, 앞 책, 70면.

콧물과 눈물로 범벅이 되어 지저분하기 짝이 없었다. 비록 소루(샬로)를 놓고 서로 미워하고 질투해온 사람이었지만 생사의 갈림길에서 헤매고 있는 모습을 보자 주체할 수 없는 동정심이 솟구쳐 올랐다. 그녀는 접의의 손을 잡으며 진심으로 위로했다.

"무슨 말을 하는 거예요, 다 나았는데!"

접의는 고통스러운 가운데 어머니를 본 것 같았지만 모습도 희미했고, 똑똑히 볼 수도 없었으므로 제대로 기억할 수 없었다. 그는 몽롱한 상태에서 있는 힘을 다해 국선을 끌어안으며 울부짖었다.

"엄마! 나는 차라리 죽고 싶어요!"

국선이 비몽사몽간에 자신의 품으로 파고드는 접의의 등을 부드럽게 쓸어주며 말했다.

"다 나았어… 애야, 이제 다 나았단다."

—이벽화, 『패왕별희』, 275면.

경극과 엄마는 데이가 여성이기를 바랐다는 공통점을 가지고 있다. 경극에서 데이가 남성성을 버리고 여성이 된 것은 생존을 위한 것이다. 육체적으로 여성이 될 수 없으므로 엄마에게 버림받았지만, 이후 정신적으로나마 여성이 됨으로써 우희로 살아남게 되었다.

데이는 경극을 통해서만 존재를 인정받을 수 있다. 경극 속에서 그는 완벽한 여성이고 샬로의 사랑을 독차지하고 있으며, 대중의 인기를 한몸에 받는 스타다. 그러나 무대에서 내려와 우희의 분장을 지우는 순간, 그는 유약하고 까다롭고 신경질적이며, 현실과 극도 구분 못하고 자신을 여자라고 생각하는 이상한 남자에 불과하다. 그래서 데이는 공연이 끝난 뒤에도 되도록 천천히 분장을 지운다. 경극의 시간을 현실에서 조금이라도 더 연장하고 싶은 그의 마음이 드러난다.

경극을 떠나서 데이는 존재할 수 없다. 원 대인과 친밀한 관계를 유지한 것도 그가 경극에 대해 깊은 애정을 가지고 있기 때문이었다. 데이는 샬로를 구출하기 위하여 관동군 대좌 아오키 앞에서 노래를 불렀으나, 그것은 아오키가 경극을 사랑하지 않았다면 불가능했을 일이다. 재판장에서 아오키와 일본을 옹호하는 발언을 한 것도 그러한 맥락에서 해석할 수 있다. 데이를 면회한 쥬산이 데이를 살리기 위하여, 총으로 위협받고 고문을 당해 어쩔 수 없이 노래를 불렀다고 거짓 자백을 하라 가르쳐줘도 데이는 따르지 않는다.

원 대인: 나라의 은혜를 받는 제가 어찌 위증하겠습니까. 데이는 확실히 강제연행되었고 목 위를 총으로 위협도 당했습니다.

샬로: 그렇습니다. 그들이 마구 때렸습니다. 원 대인의 말 그대로입니다.

판사: 피고에게 묻겠소. 인정하는가? 피고는 진술하시오. 피고!

데이: …그날 밤 갔습니다. 저도 일본을 증오합니다. 그러나 강제는 아니었습니다.

판사: 피고는 자신을 변호할 권리가 있소. 다시 생각한 후에 진술하시오.

데이: 아오키 대좌가 살아있다면 아마 일본에 경극이 전해졌을 것입니다. 차라리 절 죽여줘요.

—영화 〈패왕별희〉에서

접의(데이)는 법원의 피고인석에 서서 재판을 받고 있었다. 그는 일본 사람들 앞에서 노래를 부른 것이 왜 죄가 되는지 아직까지 이해하지 못하고 있었다. 그의 죄는 이런 '어리석음'에 있었다. 접의는 아오키 대좌 앞에서 노래했던 일은 배우로서 정당한 일이었다고 고집하면서 단호하게 자신의 심경을 토로했다.

"누구도 나를 협박해서 강요한 적이 없습니다. 내가 스스로 원해서 한 일입니다. 나는 경극을 사랑하기 때문에 경극을 이해하고 좋아하는 사람이 있으면 그가 누구든지 가리지 않고 그의 앞에서 노래를 부를 것입니다. 아오키 대좌는 경극을 잘 이해하는 사람이었습니다. 예술에는 국경이 없습니다. 이토록 아름다운 경극을 왜 제한을 받으며 불러야 합니까? 저는 일본사람들이 경극의 아름다움을 느낀다면 일본에 가서라도 노래를 할 겁니다!"

누구를 위한 것이 아니었다. 근본적으로 자신을 위한 것이었다.

접의의 이런 발언은 결국 자신을 죽음의 길로 몰아가는 것과 같았다.

—이벽화, 『패왕별희』, 251－252면.

방청석에서는 야유가 터져 나오고, 원 대인을 황급히 자리를 뜬다. 샬로와 쥬산은 어이없어 한다. 판사조차 빈정거릴 정도다.

데이의 가석방이 결정된다. 데이는 손도장을 찍은 후, 손에 묻은 붉은 인주를 입에 문지른다. 데이의 얼굴은 마치 뭉개진 분장의 우희처럼 붉게 일그러진다.

데이는 자신이 가지고 있는 경극 배우로서의 자질을 인정해 주고, 그것을 아끼는 사람을 위해 기꺼이 노래를 불렀다. 데이는 사랑과 예술을 위해 노래한 인물이다. 탈(脫)역사적 인물이며, 오로지 사랑과 예술만이 그의 존재 기반이다.

그러나 오로지 사랑과 예술을 위해서 노래하는 것이 용납되지 않자 그는 아편의 세계로 빠져든다. 현실에서 경극으로, 다시 아편으로 도피하는 것이다. 그는 환각 상태가 되어 부글거리는 어항 안에서 흐느적거리는 빨간 금붕어를 본다. 어항 속에 갇혀서 남의 눈요깃거리나 되다 죽는 금붕어의 운명은 경극 배우인 그의 인생을 은유한다.

그리고 다른 한편으로, 어항은 자궁을 상징한다고 볼 수 있다. 현실의 어려움에 맞서지 못하고 마치 자궁 속 태아처럼, 그는 퇴행해 가고 있는 것이다. 이는 그가 아편에 취해 엄마에게 그리움의 편지를 쓰는 데서 알 수 있다.

> **데이** : (소리) 엄마, 지난번 편지 받으셨죠? 전 잘 있어요. 걱정 마세요. 샬로가 잘해줘요. 낮에는 연습하고 밤에는 공연해요. 옛날과 똑같아요. 세상은 시끄럽지만 전 편안해요. 공연도 하고 돈도 벌고. 이 복을 엄마와 나누고 싶어요.
>
> —영화 〈패왕별희〉에서

병들어가는 데이의 모습은 나날이 쇠락해가는 경극(예술)을 상징한다. 데이는 1977년 문화대혁명기가 끝난 뒤 무대에서 실제로 자살함으로써 극적인 삶을 완성한다.

5. 무엇을 위한 인생인가

데이가 예술 그 자체를 위하여 살고 있음은 앞에서 살펴본 바와 같다. 샬로를 중심으로 데이의 반대편에는 쥬산이 있다. 술집 화만루에서 인기 좋은 창녀였던 쥬산은 여러모로 데이와 대조된다. 그 여자는 지극히 현실적이며 영리하고, 강인하다. 혼례식 날 발밑에서 잘 펴지지 않는 붉은 융단을 스스로 발로 차서 펴고, 부축을 뿌리치며 당당히 걸어가는 모습은 그 여자의 성격과 앞으로의 운명을 암시한다.

쥬산은 스스로 몸값을 지불하고 화만루를 나와 샬로와 결혼한다. 경극에서나 위풍당당한 패왕이었지, 현실에서는 괄괄한 성격의 어수룩한 광대에 불과한 남편 샬로를 쥬산은 기지와 배짱으로 보호한다. 그리고 경극을 그만두고 데이를 멀리할 것을 간청한다. "이제 경극은 그만하세요. 저는 평범한 당신과 지내고 싶어요. 통통한 사내아이도 갖고 싶고…, 이 두 가지만 가지면 돼요. 경극과 이별이에요."

쥬산에게 경극은 불편한 어떤 것이다. 경극은 대중에게서 버림받기 전에 쥬산에게서 먼저 외면 받는다. 특히 공연장 소동 이후 아이를 사산하고부터는 드러내놓고 샬로에게 경극을 그만두라고 종용한다. 화려하지만 불안한 예술인보다는 초라하더라도 마음 편한 생활인이 되기를 원하는 것이다. 데이와 갈라서고 경극 극장 앞에서 수박 장수[17]를 하는 샬로의

"엄마, 지난번 편지 받으셨죠?
…세상은 시끄럽지만 전 편안해요."
아편에 취해 병들어가는 데이의 모습은
나날이 쇠락해가는 경극(예술)을 상징한다.
— 영화 〈패왕별희〉에서

모습은 쥬산의 이러한 인생관을 반영한다. 그러나 광대로 자란 샬로가 생활인으로 영원히 정착할 수는 없다. 쥬산이 사산하고 더 이상 아이를 갖지 못하는 것으로 보아 현실에서 이미 샬로의 대는 끊겼다고 볼 수 있다.

반면, 데이가 극중 여성인 단으로서 통과의례를 치른 날 샬로와 함께 주워온 아이는 무럭무럭 자란다. 관 사부가 죽고 사합원이 해체되는 날, 주워온 아이 서는 마치 샬로가 벌 받기를 두려워하지 않았던 것처럼, 스스로 벌을 청하며 자신은 무슨 일이 있어도 경극 배우가 되겠다고 한다. 당돌하고 단아한 용모의 서는 곧 데이를 사부로 하여, 단으로 키워진다. 그가 바로 샬로와 데이의 경극을 이어갈 후계자인 것이다.

그러나 데이와 서는 인민공화국이 들어서자 경극에 대하여 입장 차이를 보인다. 그들은 배우들과의 회합에서 서로 다른 의견을 내놓는다.

> **데이**: 현대경극은 재미있습니다. 그러나 뭐랄까… 의상과 배경에 좀 문제가 있어요. 경극은 본래 노래와 대사와 춤, 그리고 분위기가 중요합니다. 이런 의상으로는 연기가 좋아도 조화가 이루어지지 않아요. 저는 이 점이 걱정됩니다. 제 의견에 대해 여러분은 어떻게 생각하십니까?
>
> **서**: 그럼 현대극은 경극이 아닙니까?
>
> **데이**: 경극은 노래와 춤 없인 이루어 질 수 없는 것이다. 아름다움과…
>
> **서**: 사부님, 이해할 수 없습니다.
>
> **데이**: 좀 더 피나는 노력을 하면 자연히 알 것이다.
>
> **서**: 그래도 모르겠습니다. 왜 예로부터 영웅과 미녀가 있어야 경극

17 샬로가 팔고 있는 수박은 겉과 속이 확연히 다른 과일이다. 수박을 통하여, 샬로가 겉으로는 평범한 생활인이 다 된 것처럼 보이나, 그의 내면에는 경극에 대한 열정이 살아있음을 알 수 있다.

이고, 노동인민을 얘기하면 경극이 아니죠?

데이: 그건 또 다른 일이야, 감히!

—영화 〈패왕별희〉 중에서

데이는 자신의 예술관에 반기를 드는 제자를 질책하며 나무라지만, 서는 더 이상 데이의 예술적인 계승자가 되기를 거부한다. 원작 소설에서는 당시의 시대적 분위기를 "1960대 중반이 되자, 이념의 제창자들은 예술은 부패하고 타락한 것으로 사람들로 하여금 무의미한 감상에 젖게 하여 노동 인민들의 노동의욕을 흐리게 하는 무의미한 것이라고 비판했다. 그들은 새로운 사회에서는 노동이 최대의 미덕이고 감정은 독이라고 주장했다. 게다가 경극은 대부분 왕후장상(王侯將相)이나 재자(才者), 가인(佳人)들의 이야기였다. 다시 말해서 반동적인 유교의 신봉자, 경망스러운 미인, 봉건적인 인물들만 등장한다는 것이다. 그들은 경극이 구시대의 지배계급이 인민들을 현혹시키기 위해 만들어낸 도구로, 봉건적 이념의 몹쓸 병을 옮기는 수단이라고 선전했다."[18]라고 설명한다.

서는 홍위병이 되어 인민재판에서 데이와 샬로를 포함한 경극 배우들을 비판한다. 결국 샬로의 대는 현실에서뿐만 아니라 예술에서도 끊긴 것이다. 의붓아들 격인 서는 샬로의 인격을 철저히 망가뜨린다.

화만루에서 이마로 찻주전자를 깨며 술 취한 건달들을 호기롭게 제압하던 샬로는 다만 살기 위해 벽돌로 이마를 짓이긴다. 그리고 데이와 쥬산을 배반하고 스스로 경극의 의상과 소품, 그리고 보검을 불에 태운다. 그때 불 속에 뛰어들어 보검을 구한 사람은, 다름 아닌 경극을 그렇게도 싫어하던 쥬산이었다.[19]

18 이벽화, 앞 책, 289—290면.

그러면 이 보검은 무엇을 상징하는 것일까. 영화의 앞부분 장 내시의 집에서 처음 등장했던 보검은 이후 원 대인으로, 그리고 데이에게서 샬로에게로 전해지다, 뜻밖에도 쥬산의 손에 의해 구해진다. 그리고 그 검은 마지막 장면 우희로 분장한 데이가 자살할 때 다시 등장한다.

당대 세도가와 부호의 손에서 보관되다 광대(예술인)의 손으로 넘어온 이 검은 중국의 전통과 예술을 상징한다고 볼 수 있다. 중국의 전통과 예술은 청대 말 세도가와 부호의 그늘에서 보호·육성되다, 일본군이 침입하면서 광대에게로 넘어온다. 즉, 광대들 자신이 예술을 수호했다는 의미다. 데이가 샬로를 구하기 위해 누구의 도움도 받지 않고 관동군 대좌를 찾아가 노래를 부른 것도 배우들 스스로가 자신을 지킬 수밖에 없었던 당시의 상황을 말해준다. 그러나 인민공화국이 들어서고 문화대혁명이 시작되면서부터는 마지막 보루였던 광대들마저 살기 위해 전통과 예술을 버린다. 문화대혁명의 암흑기에 중국의 전통과 예술을 지킨 것은 세도가도 부호도 예술인도 아니었다. 예술이 뭔지도 모르고 때론 경원시까지 했던 쥬산과도 같이, 그저 그때그때 현실에 적응해서 질기게 생존하는 밑바닥 민초들이었던 것이다. 그러나 쥬산은 자살한다. 인민을 위한 사상과 혁명이라는 문화대혁명의 허위의식이 드러나는 순간이다.

세월은 흘러 1977년, 문화대혁명이 끝나고 데이와 샬로 두 사람은 다시 무대에 선다. 데이는 정말 오랜만에 비구니 노래인 '사범(思凡)'의 한 구절을 부른다. "나는 비구니. 꽃다운 시절, 사부에게 머리를 깎여…" 그리고 아주 오래전에 그랬던 것처럼 가사를 틀린다. "나는 본래 사내아이로, 계집아이가 아니거늘…" 샬로가 가사가 틀렸다고 지적해주자, 데이는 마치 꿈에서 깨어난 듯 화들짝 놀란다. 데이는 고집스럽게 관 사부에게

19 원작에서는 데이가 그 칼을 구한다. 그는 손잡이에 붙은 붉을 끄면서, 칼을 처음 얻은 그날 그랬던 것처럼, 진정으로 자신의 것이라고 할 수 있는 것은 그 칼뿐이라고 생각한다. —이벽화, 앞 책, 339면.

저항하던 사합원의 소년 시절을 기억한 것이다. 자신이 여자가 아니라 사실은 남자이며, 우희는 경극 안에서의 배역일 뿐 이제 자신은 늙고 초라한 한 사내임을 자각한다. 그러면 그동안 여자로 살아온 자신의 인생은 무엇인가. 데이는 마지막으로 우희의 노래를 부른다.

대왕이시여, 이 술을 드시며 노래를 들으소서.
대왕의 근심을 덜어드리려 춤을 추네.
진(秦)이 무도하게 우리의 강산을 파괴하려 하지만
천하의 군웅들 사방에서 떨쳐 일어나니
자고로 스스로를 괴롭히고서야 어찌 대장부라 할 수 있으리.
성패와 흥망은 한 순간의 일일 뿐.
마음도 너그러이 자리에 앉아 이 술을 드소서.

땅은 이미 한나라 군사에게 더럽혀지고
사방엔 초나라의 노래 소리가 가득하네
군왕의 기세가 다했으니
천첩이 어찌 살기를 바라리오!

노래가 끝나자 데이는 그 사연 많았던 보검을 빼 자신의 목을 긋는다. 우희로 살아온 자신의 인생을 완성하기 위해서 우희처럼 스스로 죽음을 선택한 것이다. 데이의 자살은 역사의 격변기에 부당하게 희생된 한 예술가의 죽음이자, 역설적으로 경극 배우로서 인생의 완성을 상징한다.

우체부의 시 — 영화 〈일 포스티노(Il Postino)〉

1. 시인 네루다
2. 우편배달부 마리오
3. 영화 속의 시론
4. 마리오의 시
5. 시인이 남기고 간 것

1. 시인 네루다

파블로 네루다 1904~1973

이탈리아 남부 어촌마을의 풍광, 아름다운 음악, 그리고 파블로 네루다(Pablo Neruda)의 시와 착한 주인공들의 만남이 어우러진 한 편의 서정시와도 같은 영화가 있다. 마이클 레드포드 감독의 영화 〈일 포스티노(Il Postino, 우편배달부)〉(1994)[1]다. 이 영화는 칠레의 작가 안토니오 스카르메타의 『불타는 인내심(Arediente Paciencia, 우리나라에서는 '파블로 네루다와 우편배달부'로 번역)』(1985)[2]을 각색한 영화로, 원작과 영화 모두 파블로 네루다(1904~1973)의 실화를 바탕으로 시인과 우편배달부 청년과의 우정이라는 픽션이 더해져 있다. 특히 소설에서 나오는 네루다의 선거유세장면과 노벨문학상 수상 연설, 칠레의 쿠데타와 아옌데 대통령의 암살, 연이은 시인의 사망은 모두 역사적 사건과 사실에 근거한 것이다. 따라서 원작과 영화를 보다 잘 이해하기 위해서는 시인 네루다의 생애를 먼저 살펴보아야 한다.

파블로 네루다는 1904년 칠레 남부의 작은 마을 파랄에서 태어났다. 아버지는 철도원이었고 어머니는 교사였다. 네루다의 본명은 네프탈리 리카르도 레예스 바소알토(Neftalí Ricardo Reyes Basoalto). 파블로 네루다란 이름은 그가 좋아했던 체코의 시인 얀 네루다(Jan Neruda, 1834~1891)로부터 따온 것이다. 어려서부터 문학적 재능이 뛰어나 1917년

01 마이클 레드포드 감독. 마시모 트로이시·필립 느와레 주연. 1996년 제68회 아카데미 최우수 음악상을 수상하였다.

02 『불타는 인내심(Arediente Paciencia)』은 우리나라에서 권미선 번역의 『파블로 네루다와 우편배달부』(사람과 책, 1996)로 출간되었다. 이 글에서는 이 책을 텍스트로 한다.

13살 때 일간지 『아침(La Mañana)』에 「열중과 끈기(Entusiasmo y perseverancia)」를 발표함으로써 본격적인 작품 활동을 시작하였고, 1920년부터 파블로 네루다라는 필명을 사용하였다. 20세 때인 1924년 『스무 편의 사랑의 시와 한 편의 절망의 노래(Veinte poemas de amor y una canción desesperada)』[3]를 출판하였다. 섬세한 감성, 독창적인 이미지와 은유가 돋보이는 이 시집은 지금도 널리 읽히며, 이로써 네루다는 문학적 명성과 대중의 사랑을 한꺼번에 얻었다.

네루다는 산티에고에 있는 칠레대학에서 불어와 교육학을 전공하고, 1927년부터 1935년까지 명예영사로 미얀마·세일론·자바·싱가포르·부에노스아이레스·바르셀로나·마드리드 등지에서 생활하였다. 이 시기에 나온 시집 『지상의 거처(Residencia en la tierra)』는 초현실주의의 영향을 받아 전통적인 리듬과 시 형식을 거부하고 문장 구조마저 파괴한 실험적인 작품으로 평가된다. 네루다는 이러한 형식을 통해 무질서·부패·소외·불안을 표현하고자 했다.

스페인 내란 당시 네루다는 스페인과 프랑스에서 공화당원이 되었다. 1937년 시집 『가슴 속의 스페인(España en el corazón)』을 발표, 큰 반향을 불러 일으켰고 그해 본국 칠레로 송환되었다.

1945년 칠레공화국의 의원으로 선출되었으며, 공산당에 입당하여 활발한 정치활동을 했다. 1947년 베네수엘라 카라카스에서 발간되는 일간지 『엘 나시오날(El Nacional)』에 발표한 「만인에게 보내는 호소문(Carta íntima para millones de hombres)」에서 네루다는 좌파와의 협약을 준수하지 않는 비델라 대통령을 비난함으로써 정치적 시련을 겪게 된다.

1949년부터 네루다는 유럽 여러 나라를 전전하며 망명생활을 했으며,

03 이 시집은 우리나라에서 『스무 편의 사랑의 시와 한 편의 절망의 노래』(정현종 역, 민음사, 2007) 로 출간되었다.

특히 1951년부터 이탈리아에 거주하였다. 이곳에서 그는 자신의 정치적 성향이 잘 드러나는 『포도와 바람(Las uvas y el viento)』을 집필하였다. 또 『대장의 노래(Los versos del Capitán)』를 익명의 비매품으로 출판하였으며, 이 시집은 아내 마틸드 우루티아에게 헌정되었다. 이듬해 8월 체포 영장이 취소되고 귀국한다(영화 〈일 포스티노〉는 이 당시를 배경으로 하고 있다).

1953년 이후 그는 산티아고 인근해안 앞바다에 있는 작은 섬 이슬라 네그라(Isla Negra)에서 살았다. 1969년 칠레 공산당 대통령 예비후보가 되나, 이듬해 민중연합 단일 후보로 살바도르 아옌데(Salvador Allende) 박사를 추천하고 대통령 후보를 사퇴했다. 대통령에 당선된 아옌데는 네루다를 파리주재 칠레 대사로 임명한다. 1971년 노벨문학상을 받고, 이후 귀국하여 이슬라 네그라에서 투병생활을 하다가 1973년 세상을 떠났다(원작 소설 『파블로 네루다와 우편배달부』는 네루다가 이슬라 네그라에서 말년을 보낸 이 시기를 배경으로 하고 있다).

파블로 네루다의 생애는 서정적인 낭만 시인에서 민중 시인으로, 그리고 정치가로 거듭나고 있으며, 소설과 영화는 이러한 실화를 바탕으로 당시의 상황을 비교적 사실적으로 전달하고 있다. 다만 소설은 칠레 공산당 예비후보가 되는 1969년에서부터 세상을 떠나는 1973년까지 네루다가 말년을 보낸 섬 이슬라 네그라에서의 생활을 그리고 있다면, 영화는 1951년 이탈리아 망명시절을 배경으로 삼고 있다. 영화 〈일 포스티노〉에서 네루다는 아내와 함께 이탈리아 남부의 작은 섬 칼라 디 소토에 연금되어 있는 것으로 나온다. 작품의 배경이 바뀌면서 주인공 네루다의 성격도 다르게 나타난다. 소설에서는 네루다가 성찰과 관조의 노시인이었던 데에 비하여, 영화에서는 망명생활의 외로움과 그 안에 감춰진 열정이 교차하는 인물로 묘사된다. 우편배달부도 소설에서는 17세의 혈기 넘치는 청년 마리오 히메네스인 반면, 영화에서는 서른이 다 된 노총각 마리오 루폴로로 나온다.

17세 청년을 30세 노총각으로 바꾼 데에는 영화의 마리오 역에 애초부터 이탈리아 국민배우였던 마시모 트로이시를 염두에 두었기 때문이라고 한다. 마시모 트로이시는 마이클 레드포드 감독과 함께 칠레 배경의 원작 소설을 이탈리아 배경으로 각색하였다. 당시 심장병을 앓고 있었던 트로이시는 혼신을 다해 연기했고, 영화를 마치자마자 죽었다. 이 영화의 마지막 부분에 "우리의 친구인 마시모를 위해"라는 헌사가 나온다. 사후에 그는 영화 〈일 포스티노〉로 아카데미 남우주연상 후보에 오르기까지 했다.

2. 우편배달부 마리오

소설 『파블로 네루다와 우편배달부』에서 마리오 히메네스는 "동도 트기 전에 따뜻한 침대에서 몸을 일으켜야 하는 고기잡이라는 힘든 작업이 지겹고, 진짜인지 꾀병인지 모를 감기를 자주 앓아"[4] 어부라는 직업을 바꾸기로 굳게 마음먹는다. 우연히도 그는 네그라 섬 구역을 담당할 우편배달부를 찾는다는 공고를 본다. 그 섬에 살고 있는 시인 파블로 네루다에게 우편물을 전달하는 일인데, 마리오는 그 일을 맡게 된다. 시인은 노벨문학상 소식을 기다리기도 하고, 공화국 대통령 후보로 출마하라는 소식에 당황하기도 하면서 여유로운 시간을 보내고 있었다.

마리오는 네루다의 시집 『자연의 송가』를 사서 거의 다 외울 정도로 읽는다. 그는 사랑하는 여인 베아트리체에게 그 시를 들려준다. 마리오가 베아트리체와 결혼하는 날, 네루다는 파리대사로 임명되어 프랑스로 떠난

04 스카르메타, 『파블로 네루다와 우편배달부』, 권미선 역, 사람과 책, 1996, 17면.

다. 아옌데 정권의 출범 이후, 칠레의 경제는 극도로 어려워지고, 마리오는 장모의 음식점 주방에서 일하면서 근근이 살아간다. 그러던 중 시인에게서 그리움이 가득 담긴 편지와 함께 이슬라 네그라의 소리를 담아 달라며 녹음기가 배달된다. 마리오는 섬 구석구석을 돌아다니며 소리를 녹음한다. 그리고 자작시 「파리의 네루다를 덮은 눈에게 바치는 송가」를 동봉하여 부친다. 그 사이 아들 파블로 네프탈리는 무럭무럭 자란다. 아들의 이름은 마리오가 시인의 이름을 따 지은 것이다. '파블로'는 파블로 네루다란 필명에서, '네프탈리'는 시인의 본명 네프탈리 리카르도 레예스 바소알토에서 각각 따왔다.

마리오는 「파블로 네프탈리 히메네스 곤잘레스의 연필로 그린 초상화」라는 작품을 산 안토니오 시청에서 주최하는 시 경연대회에 출품하기로 한다.

네루다는 병이 들어 귀국한다. 마리오는 시인의 임종을 지키고 군부에 체포된다.

이렇게 소설은 이슬라 네그라에서 말년을 보낸 시인의 삶을 순박한 시골 청년 마리오 히메네스라는 우편배달부와의 우정을 통해 보여준다. 이 소설의 배경이 되는 1970년 전후는 칠레의 민주화 투쟁과 군부의 반발이 극에 달한 시기였다. 자연과 사랑을 노래한 시인이자, 억압받는 민중을 대변하는 정치가였던 파블로 네루다의 인간적인 면모는 짝사랑에 가슴앓이를 하는 마리오의 조언자가 되고, 이슬라 네그라 주민들의 친구가 됨으로써 잘 드러난다.

소설이 시인과 우편배달부와의 우정을 중심으로 전개되고 있다면, 영화는 시인의 친구였던 마리오의 변화에 보다 초점을 맞추고 있다.

영화 〈일 포스티노〉의 배경은 이탈리아 남부 어촌 마을이다. 순박하다 못해 좀 모자라는 것처럼 보이는 노총각 마리오 루폴로는 잦은 감기로 고기잡이배를 타지 못한다. 그는 묵묵히 저녁을 먹는 아버지 앞에서 계속 훌쩍거리며 변명을 한다.

마리오: 물이 없어요. 아버지. 아침에 다 떨어졌어요. 손을 씻으러 갔더니 이미 떨어지고 없었어요. 아침에 감기에 걸렸어요. 배가 축축해서 그런가 봐요. 배에 들어서자마자… 그럴 수 있잖아요. 알레르기인지, 배가 움직이지도 않는데 몸이 추웠어요. 아버진 배를 밤낮으로 타면서 어떻게 감기에 안 걸리세요? 난 타자마자 걸렸는데. 가타노와 알프레도가 미국에서 엽서를 보냈어요. 이게 미국 변두리인가 봐요. 이건 미국 자동차예요. 걔네들도 한 대 사겠대요. 여기 써있어요 ―"우리도 한 대 살 거야." 괜히 해보는 소리겠죠. 자동차가 얼마나 비싼데요. 미국은 부자나라래요. 일거리도 많고요. 우린 물도 없는데. 이제 여긴 다 잊었나 봐요.

―영화 〈일 포스티노〉에서

이런 이야기들을 주워섬기는 아들에게, 그때까지 아무 말도 하지 않던 아버지는 한 마디 던진다. "마리오, 넌 고기잡이엔 관심도 없잖니…. 가고 싶으면 미국이든 일본이든 가렴. 무슨 일이든 해야지. 너도 이젠 어린애가 아니잖아."

평온한 어촌에 칠레의 대시인 네루다가 아내와 함께 망명해온다. 비록 경찰의 허가 없이는 섬을 떠날 수 없지만 섬의 아름다움은 시인의 적적함을 달래줄 것이라는 뉴스가 나온다. 문맹자가 대부분인 어촌에서, 능숙하지는 않지만 그나마 글을 읽고 쓸 줄 아는 마리오는 시인에게 우편물을 배달하는 우체부가 된다.

우체국장은 마리오에게 시인은 어떤 분이냐고, 말하자면 '정상'이냐고 묻는다. 마리오는 대답한다. "겉이야 정상이죠. 하지만 말을 할 땐 달라요. 척보면 알 수 있는 걸요. 예를 들어 부인을 뭐라고 부르는 줄 아세요? '사랑'이래요. 멀리 떨어져 있을 때도 꼭 사랑이라고 불러요…. 시인이잖아요. 한눈에 알 수 있는 걸요."

어촌에 태어나 어부의 아들로 자랐으면서도 잦은 감기로 배를 타지 못하고, 늘 이곳이 아닌 다른 곳을 꿈꾸는 마리오는 어부도 못되고, 그렇다고 다른 그 무엇이 될 수도 없는 정말 어설픈 존재다. 그러나 그가 우편배달부가 됨으로써 그의 존재는 새롭게 변화한다.

마을에서 멀리 떨어진 한적한 별장에서 거의 감금된 상태로 지내는 시인을 세상과 연결시켜 주는 것이 바로 우체부 마리오다. 뿐만 아니라 글을 겨우 읽고 말이 많은 그는 문맹이며 말을 거의 안 하는 아버지 혹은 어부들과, 시를 쓰며 일상어조차 시적으로 말하는 시인 사이의 중간자 역할을 한다. 문맹인 마을 사람들과 위대한 시인과의 거리는 마리오가 매일 오가는 꼬불꼬불한 산길만큼 먼 것이지만, 마리오는 시인을 자신이 짝사랑하는 여인이 있는 술집으로, 또 그 연인과의 결혼식장으로 이끈다.

결혼식 피로연에서 그때까지 말이 없던 아버지는 처음으로 훌륭한 연설을 한다. 아버지는 말을 못하는 것이 아니라 안 하는 것이었다. 불편하지 않다거나 불만이 없어서가 아니라, 생존을 위해서 단지 순응하고 있을

우편배달부 마리오는
시인을 세상과 연결시켜준다.
—〈일 포스티노〉에서

따름이었다. 이것은 후에 마리오가 고기 잡는 어부의 그물을 '서글픈 그물'이라고 비유하는 이유가 된다.

3. 영화 속의 시론

어부들은 매일 아침 바다에 나가 고기를 잡고 저녁이면 고깃배에서 그물을 걷어 들인다. 그러나 마리오는 우편배달부가 된 이후로 바다에 나가지 않는다. 그는 다만 바다를 '바라보며' 네루다의 시집을 읽는다. 고깃배가 돌아오는 저녁에도 선착장에 나가지 않고 침대에 걸터앉아 지도에서 시인의 고향인 칠레를 찾아본다.

적성에 맞지 않았던 고기잡이에 비하여 우편배달 일은 매우 만족스러워 보인다. 얼마간의 팁을 받을 수 있어서가 아니라, 매일매일 시인을 만날 수 있다는 그 자체에 마리오는 진심으로 행복해한다.

날이 갈수록 네루다에 대한 마리오의 호기심과 존경심은 깊어진다. 그러나 시인에게 마리오는 그다지 특별한 존재가 아니다. 그가 사인을 부탁한 시집에 받는 사람인 마리오의 이름은 빼고 그저 자신의 이름만 써주는 네루다의 무심한 태도에서 그것을 알 수 있다. 어쨌거나, 썩 마음에 들진 않더라도 시인에게 사인도 받고 조심스럽게 말을 건네 볼 만큼 둘의 사이는 친숙해진다.

한적한 시골마을에 선거철이 왔다. 집권당인 민주당의 드 코시모 후보는 늘 물이 부족한 마을에 수도를 놓아주겠다는 공약을 하고 다니고 사람들은 들뜨지만, 이들과는 영 무관하게 마리오는 술집 구석에서 네루다의 시집을 소리내어 읽는다.

난 시들고 멍한 느낌으로 영화구경을 가고 양복점을 들른다
독선과 주장의 틈바귀에서 시달리고 있는 덩치만 큰 백조처럼
이발소에서 담배를 피우며 피투성이 살인을 외친다.
인간으로 살기도 힘들다.

—영화 〈일 포스티노〉에서

어느 날 마리오는 시인에게 우편물을 전해주고 그 자리를 뜨지 못한다. 원작에서는 이 장면을 "이렇게 빨리 헤어져야 한다는 사실이 괜히 서글퍼, 가슴 깊숙한 곳에 자리 잡은 슬픔 때문에 옴짝달싹 할 수 없었다."[5]라고 나온다. 시인은 의아해 한다. 다음은 영화에서 시인과 우체부와의 대화를 간추린 것이다.

네루다: 왜 그러는가? 우체통처럼 우두커니 서 있었잖나.
마리오: 장승처럼요?
네루다: 아니, 장기판의 말처럼 요지부동이었어.
마리오: 도자기 인형보다 조용했죠.
네루다: 내 앞에서 직유와 은유를 사용하지 말게.
마리오: 그게 뭔데요?
네루다: 은유? 은유란… 뭐라 설명할까… 말하고자 하는 것을 다른 것과 비교하는 거야. 하늘이 운다고 하면 그게 무슨 뜻이지?
마리오: 비가 오는 거죠.
네루다: 맞아, 그런 게 은유야.

05 스카르메타, 앞 책, 29면.

마리오: 어제 이런 시를 읽었어요. "이발소에서 담배를 피우며 피투성이 살인을 외친다." 이것도 은유인가요?

네루다: 아니 꼭 그렇지는 않아.

마리오: 마지막 구절이 맘에 들었어요. "인간으로 살기도 힘들다." 저도 그런 느낌이 있었는데 표현을 못했거든요. 정말 마음에 와 닿았어요. 그런데 왜 이발소에서 담배를 피우며 살인을 외치죠?

네루다: 난 내가 쓴 글 이외의 말로 그 시를 표현하지 못하네. 시란 설명하면 진부해지고 말아. 시를 이해하는 가장 좋은 방법은 그 감정을 직접 경험해보는 것뿐이야.

—영화 〈일 포스티노〉에서

시에서 은유나 직유와 같은 비유는 시인의 말처럼 비교에 의하여 관념들을 진술하고 전달하는 방법이다. 비유가 일종의 비교인 이유는 반드시 이질적인 두 사물의 결합양식이기 때문이다. 즉 원관념과 보조관념의 결합이 비유다. 여기서 원관념은 비유되는 이미지 또는 의미재료이고, 보조관념은 비유하는 이미지 곧 재료재다. 이때 원관념과 보조관념이 '~와 같이, ~처럼, ~듯이'의 매개어로 결합하면 직유이고, 이 매개어가 없이 'A는 B이다'의 형태로 결합하면 은유다.[6] 영화에서의 예를 들어 설명하면 하늘에서 비가 오는 것과 우는 것을 비교하여, '우는 것 같은 하늘'이라고 하면 직유이고 '하늘이 운다'고 하면 은유가 되는 것이다.

시의 뜻을 설명해 달라는 마리오에게 시인은 시란 설명하면 진부해지며, 시를 이해하는 가장 좋은 방법은 그 감정을 직접 경험해 보는 것뿐이라

06 김준오, 『시론』, 삼지원, 1997, 174면 참조.

고 말한다. 시는 그것 자체로 존재하는 것이지, 그것을 다른 말로 해석하거나 설명을 덧붙일 때 이미 그것은 시의 본질에서 멀어진다. 아치볼드 맥클리쉬가 시 「Ars Poetica」에서 말한 것처럼 "시는 의미하는 것이 아니라 존재하는 것(A poem should not mean/But be)"이기 때문이다.[7]

네루다는 시를 쓰고 싶다는 마리오에게 해변을 따라 천천히 걸으면서 주위를 감상해보라고 말한다. "그럼 은유를 쓰게 되나요?"라고 묻는 마리오에게 시인은 대답한다. "틀림없을 거야."

정말 시인이 되고 싶었던 마리오는 그의 말을 곧이곧대로 받아들여 해변을 따라 천천히 걸어본다. 그는 과연 은유를 발견했을까. 원작을 보면 이때 마리오의 심경이 다음과 같이 묘사된다.

> 마리오 히메네스는 굴곡진 바다를 자세히 살펴보면서 제방이 있는 곳까지 갔다. 파도는 매우 높았지만 티 없이 맑은 정오였으며 보드라운 모래와 가벼운 산들바람이 따사롭게 느껴졌다. 하지만 별다른 메타포를 찾지 못했다. 바다에 있는 모든 것이 유창하게 떠들었지만, 우체부의 마음속에는 침묵만 들어있었다. 침묵이 너무 심하다보니 돌멩이까지 수다스럽게 느껴질 정도였다.
>
> 자연이 너무 협조를 안 해주는 것 같아 괜스레 화가 치밀어 올랐다.
>
> —스카르메타, 『파블로 네루다와 우편배달부』, 38면.

07 오탁번은 저서 『현대시의 이해』에서 아치볼드 맥클리쉬의 "시는 의미하는 것이 아니라 존재하는 것이다"라는 시 구절을 인용하면서, 시는 그것 자체로 존재하는 것이지, 다른 말로 해석하거나 설명을 덧붙이면 이미 시의 본질에서 멀어진다고 하였다. 영화에서 네루다가 한 말과 같다. 또한 시를 산문적으로 해석하는 것은 원칙적으로 불가능한 것인데, 불가능한 그것을 자꾸 해설하려고 하는 데서 시에 대한 논의는 상당한 위험을 스스로 내포하고 있다고도 하였다.
—오탁번, 『현대시의 이해』, 나남, 1998, 9—39면 참조.

다음날, 바닷가에서 시인은 마리오에게 이곳은 아름답다고 말한다. 그러자 마리오는 어디 그런 게 있을까 라는 듯 바다를 한번 휘 둘러보고는, 진심이냐고 생뚱맞게 묻는다. 시인에게 바다는 창조적 영감을 불러일으키는 시적인 공간이지만, 어부의 아들에게 바다는 태어나면서부터 줄곧 보아온 일상의 공간이다. 그러니까 바닷가를 천천히 걸어본들, 새로울 것도 신비로울 것도 없는 그 곳에서 시적 영감이 떠오를 리 없다. 지금까지 바다는 감상의 대상이 아니라 고된 노동의 공간이었으며, 잦은 감기로 그나마 어부가 될 수도 없는 마리오에게는 지겹고 그저 떠나고 싶은 곳이었다. 그러나 마리오가 앞으로 시인과 교감하면서 바다는 아름다움의 공간으로 새롭게 인식될 것이다. 아름다움은 그것을 느낄 수 있는 사람에게만 보이며, 시를 쓰기 위해서는 우선 아름다운 것을 보고 아름답다고 느낄 줄 알아야 하기 때문이다.

시인은 우체부에게 자신의 시 「바다에 바치는 송시」를 낭송해 주고 느낌이 어떠냐고 물어본다. 마리오가 "단어가 마치 바다처럼 왔다 갔다 하는 것 같다"고 하자 네루다는 그것이 '운율'이라고 가르쳐준다. 운율은 소리의 반복으로 나타나는 압운과, 소리의 고저장단 강약으로 나타나는 율격으로 나뉜다.[8] 영화에서 네루다의 바다에 대한 시낭송을 듣고 파도소리를 연상했다는 마리오의 대답은 시에서의 의미와 소리의 성공적인 상호작용을 보여주는 예다.

이어서 마리오는 "배가 단어들로 이리저리 튕겨지는 것 같아서 멀미가 나는 느낌이었다"고 대답한다. 그러자 시인은 깜짝 놀란다. 바로 그 표현이 은유라고. 네루다는 마리오에게서 '시인으로서의 가능성'을 본 것이다.

영화 〈일 포스티노〉는 네루다의 생애와 시를 조명했을 뿐만 아니라, 이렇게 시인의 입을 통해 시의 원리까지 설명하고 있어, 대학에서 시론(詩

08 김준오, 앞 책, 134—142면 참조.

論)을 강의할 때 학생들의 이해를 돕기 위해 단골로 상영해주는 영화다. 문학을 전공하거나, 시 창작이나 비평에 관심 있는 사람이라면 시인과 우체부의 대화에서 어느 것 하나도 놓칠 수 없을 것이다.

4. 마리오의 시

마리오는 술집에 갔다가 핀볼 게임을 하고 있는 베아트리체 루소[9]를 보고 첫눈에 반한다. 소설에서는 "심장이 그렇게 잔인하게 고동칠 수 있다는 사실을 안 건 평생을 따져도 불과 몇 번 안 될 터였다. 심장이 너무 강력하게 펌프질을 해댔기 때문에 가슴에 손을 얹어서 진정시켜야 할 정도였다."[10]라고 나온다. 뜬눈으로 밤을 새운 그는 새벽같이 시인의 집에 달려간다.

마리오: 전 사랑에 빠졌어요.

네루다: 그건 심각한 병이 아니야. 치료약이 있으니까.

마리오: 치료약은 없어요. 선생님. 치료되고 싶지 않아요. 계속 아프고 싶어요. 전 사랑에 빠졌어요.

—영화 〈일 포스티노〉에서

한국영화 〈연애소설〉(2002)[11]에도 잠시 삽입되어 화제가 된 이 장면은

09 원작 소설에서의 이름은 베아트리체 곤살레스이며, 술집 겸 여인숙 집의 딸로 어머니와 둘이 살고 있다. 영화에서는 어머니 대신 이모가 나온다.
10 스카르메타, 앞 책, 40면.

사랑에 빠진 사람들에게 깊이 공감이 되는 명장면이다.

사랑을 하면 시인이 된다고 한다. 네루다의 시를 읽으며 막연히 시인을 동경하던 마리오는 베아트리체라는 여성을 사랑하면서 '자신의 생각을 잘 표현하기 위해' 시를 쓰고자 한다. 그러나 그것이 잘 될 리 없다. 그가 창밖으로 내다보는 바다는 여전히 어부들이 고깃배를 대는 노동의 바다다. 달을 보면서 베아트리체를 그리워하지만, 그 마음을 시로 표현할 수가 없다. 그가 노트를 꺼내들고 한참을 고민하다 그린 것은 동그라미다.

베아트리체를 처음 보았을 때 그녀는 핀볼 게임을 하고 있었다. 정신없이 바라보는 마리오에게 그 여자는 하얀 핀볼을 입에 물고 꺼내가라는 듯 고혹적인 몸짓을 했었다. 마리오가 어쩔 줄 몰라 하다 겨우 손을 그녀의 입으로 가져가자, 그녀는 놀리듯 공을 뱉어내고 마리오는 그 공을 몰래 가져 왔다. 흰 종이에 그린 동그라미는 그리움의 달과 오버랩 되는 핀볼이며, 그것은 바로 베아트리체에 대한 은유인 것이다.

시인은 마리오와 베아트리체를 연결해주고자 술집에 간다. 인민을 사랑하는 민중 시인이었으나 정작 인민과 떨어진 외딴집에 칩거하던 시인은 마리오로 인해 마을이라는 작은 세상으로 나선 것이다.

"치료되고 싶지 않아요. 계속 아프고 싶어요."
마리오는 네루다에게 베아트리체를 보고
사랑에 빠졌음을 이야기 한다.
—〈일 포스티노〉에서

11 이한 감독. 차태현·이은주·손예진 주연. 영화 〈연애소설〉에서 친구 사이였던 지환·경희·수인은 나란히 극장에 앉아 영화 〈일 포스티노〉를 본다. 그리고 그날 집에 돌아간 세 사람은 각자 위의 대사를 되뇌며, 자신들이 사랑에 빠졌음을 깨닫는다.

시인은 베아트리체가 보는 앞에서 가죽 장식의 노트에 "나의 절친한 친구이며 동지인 마리오에게, 파블로 네루다 증"이라는 서명을 하고, 이제부터 자네는 시인이며 시를 쓰고 싶으면 이 노트에 쓰라며 선물한다. 물론 베아트리체를 의식한 행동이었지만, 마리오는 매우 기뻐한다. 이것은 시집에 마리오 이름을 빼고 무심히 사인을 해주던 예전과는 다르게, 네루다에게도 마리오가 특별한 사람이 되었음을 의미한다.

원작 소설에는 이런 장면이 없다. 다만 네루다가 대통령 후보로 추대되어 잠시 섬을 떠날 때 마리오에게 빨간 가죽 표지에다 성경용 종이로 된 자신의 로사다 판 전집을 선물한다. 정작 마리오에게 영화에서 나오는 것과 같은 가죽을 장식한 앨범용 노트를 선물한 것은 민주당 후보인 라베 의원이었다.

마리오는 시인 덕분에 베아트리체의 관심을 끌 수 있었다. 네루다의 시를 거의 외우고 있었던 그는 베아트리체와의 대화에서 시 구절을 인용하여 그녀의 아름다움을 칭송하고, 시를 적어주기까지 한다. 베아트리체도 이내 마리오에게 마음을 빼앗긴다. 그런데 문제는 그녀의 이모다. 아무것도 가진 것이 없는 마리오가 예쁜 조카딸을 유혹한다는 것을 알고 노발대발하며 네루다를 찾아간다.

로사 부인: 한 달 동안 마리오 루폴로라는 남자가 우리 여관을 배회하며 조카딸을 유혹했어요.

네루다: 무슨 말을 했는데요?

로사 부인: '은유'라나요. 그놈이 은유를 해서 조카 년을 후끈 달아오르게 했어요. 재산이라곤 발톱 사이에 낀 때밖에 없는 자식이 말솜씨 하난 비단이더군요. 처음엔 점잖게 나가더라고요. 미소가 나비 같다느니 뭐니 하면서 말이죠. 그런데 이제 그녀 젖가슴이

두 개의 불꽃이라고 한대요.

네루다: 그게 상상일까요, 아니면…

로사 부인: 전 그놈이 조카딸년을 만졌다고 생각해요. 읽어 보세요. 그년 브라에서 찾았어요.

네루다: "벌거숭이… 무인도의 밤처럼 섬세한 당신. 당신의 머리카락엔 별빛이…" 아름답군요.

로사 부인: 이게 벌거벗은 몸을 봤다는 증거가 아니고 뭐겠어요.

네루다: 아니죠, 로사 부인. 이 시에 그런 말은 나오지 않았어요.

로사 부인: 이 시에 사실이 나와 있어요! 조카 년은 이 시에 나온 그대로예요. 선생님께 많이 배운 그 청년에게 전해주세요. 다시는 우리 애를 만나지 말라고 말입니다. 다시 찾아오면 총으로 쏴 죽인다고 하세요.

—영화 〈일 포스티노〉에서

마리오는 사색이 되어 이 대화를 엿듣는다. 문제가 된 벌거숭이 운운하는 시는 네루다의 시 「사랑의 소네트」 중 27번 작품이다. 이 작품들은 후에 시집 『사랑의 소네트 100편(Cien sonetos de amor)』(1959)으로 출판되어 아내 마틸드에게 헌정된다.

벗으면, 너는 네 손처럼 단순하다,
매끄럽고, 흙 같고, 작고, 투명하고, 둥글다 :
너는 달의 선들(moon—lines), 사과의 오솔길을 갖고 있다 :
벗으면, 너는 벗긴 밀알처럼 날씬하다.

벗으면, 너는 쿠바의 밤처럼 푸르다 ;
머리카락 속에 포도넝쿨과 별들을 갖고 있다 ;
벗으면, 너는 금빛 교회의 여름처럼
널찍하고 누르스름하다.

벗으면, 너는 네 손톱처럼 작다—
굴곡이 있고, 미묘하고, 장밋빛이다, 날이 밝고,
옷과 가사(家事)의 긴 터널로 내려가듯이,

네가 지하세계로 물러갈 때까지 :
너의 밝은 빛이 흐려지고, 옷을 입고— 잎들을 떨어트리고—
다시 맨손이 된다.

—네루다, 「사랑의 소네트 27」, 전문.[12]

자신의 시 한 편으로 일이 이상하게 꼬였다는 데 시인은 어이없어 한다. 게다가 아내를 위해서 쓴 시를 다른 사람이 다른 이에게 주었다는 사실이 유쾌할 리 없다. 시인은 마리오를 책망한다.

네루다: 책을 준 적은 있으나 내 시를 도용하라 한 적은 없네. 내가 마틸드를 위해 쓴 시를 베아트리체에게 주다니…

마리오: 시란 시를 쓴 사람의 것이 아니라 그 시를 필요로 하는 사

12 네루다, 『스무 편의 사랑의 시와 한 편의 절망의 노래』, 전형종 역, 민음사, 2007. 이후의 네루다 시는 이 책에서 인용하였다.

람의 것입니다.

네루다: 대단한 평등주의 정서군.

—영화 〈일 포스티노〉에서

마리오는 시가 시인의 책상 서랍에 있을 때는 시인의 것이지만, 그것이 세상에 발표되는 순간부터 읽는 사람들의 것이라고 생각한다. 그러나 네루다의 견해는 다르다. 독자는 문학작품을 즐길 수는 있지만 도용해서는 안 된다는 것이 그의 생각이다. 그러면 시를 좋아하는 평범한 독자에게 인용과 도용은 어떻게 구별될까.

물론 시의 저자를 밝히면 인용이고, 저자를 밝히지 않고 '마치 자신이 쓴 것처럼'하면 도용이다. 그러나 영화에서는 여기서 한 걸음 더 나가 시가 시인의 것이냐 독자의 것이냐 하는 시의 존재 의미에 대하여 질문하고 있다. 이것은 문학비평에서 오래전부터 논의된 주제로 시를 연구할 때 시를 쓴 시인의 의도가 중요한가, 그것을 받아들이는 독자의 느낌이 중요한가의 문제에 이른다. 시를 시인의 의도를 중심으로 해석한다면 그것은 시인의 것으로 간주하는 연구태도이고, 작가와 분리하여 작품 그 자체로 보고 그것을 받아들이는 독자의 상상력을 중심으로 이해한다면 그것은 독자의 것으로 보는 연구태도가 된다.

이모인 로사 부인과의 대화에서도 이러한 상반된 관점은 나타난다. 네루다는 아내인 마틸드의 모습을 그리며 시를 썼지만, 그 시를 읽고 로사는 조카딸과 똑같다고 생각한다. 물론 이것은 그 시를 마리오가 직접 쓴 것이라는 오해에서 비롯된 것이기는 하나, 마리오 역시 시에 나오는 여인이 베아트리체와 똑같다고 상상했기 때문에 그녀에게 주었을 것이다. 마틸드를 노래한 이 시는 읽는 사람에 따라서 베아트리체도, 혹은 옆집의

"시란 시를 쓴 사람의 것이 아니라
그 시를 필요로 하는 사람의 것입니다."
네루다의 시를 베아트리체에게 주고
마리오가 하는 말.

—〈일 포스티노〉에서

줄리엣도 될 수 있다는 것이 마리오의 생각이다.

다음은 시적 상상력과 실제의 문제다. 로사는 시를 읽고 마리오가 조카딸을 만졌다고 확신한다. 베아트리체의 모습이 시에서와 같으므로, 마리오가 조카딸의 벗은 몸을 보고 시로 옮겼다고 생각하는 것이다. 그러나 보지 않고서는 글을 쓸 수 없다는 로사의 생각과는 다르게, 네루다는 상상만으로도 글을 쓸 수 있다고 말한다. 시적 상상력과 현실을 구분하는 것이다. 이것은 범인(凡人)과 시인의 차이이기도 하다.

평범한 사람들은 곧잘 상상력의 세계와 현실을 혼동한다. 작가가 어떤 작품을 쓰면, 그 주인공이 현실의 누구일까 하고 궁금해 한다. 특히 실제인물을 주인공으로 했을 때 문학작품 속의 주인공의 행위는 역사적인 사건으로 오인된다. 작가는 현실을 바탕으로 작품을 쓰지만, 그것이 전기나 다큐멘터리가 아닌 이상, 작품 속의 사건이나 주인공이 현실의 어떤 것과 반드시 일치되는 것은 아니다. 영화 〈일 포스티노〉를 예로 들어, 비교적 역사적 사실에 충실한 원작과 이 영화에서도 파블로 네루다의 생애는 작품을 이해하기 위한 하나의 자료이지, 자료 자체가 영화 속의 진실이 된 것은 아니다. 역으로 영화 속의 인물들이 모두 실제인물인 것은 더더구나 아니다.

그러나 문학작품이 대중매체의 강력한 힘에 의하여 전파되는 오늘날, 작가는 현실과 상상의 세계를 혼동하는 대중의 속성을 간과해서는 안

될 것이다. 우리 주위엔 로사 부인과 같은 사람들이 많다. 특히 문학작품이 실제인물과 사건을 소재로 한 경우 신중하게 접근하여야 한다. 독자에게 현실과 문학작품을 구분하는 변별력이 요구된다면, 작가에게도 평범한 독자를 혼란스럽지 않게 할 의무가 있기 때문이다.

네루다가 본국 칠레로 돌아간 뒤 마리오에게 한 통의 편지가 온다. 거두절미하고 네루다가 쓰던 물건을 보내달라는 비서의 사무적인 편지였다. 마리오는 네루다가 몹시 그리웠던 것만큼 크게 실망한다. 그는 시인이 자신을 잊었다고 생각한다.

> **마리오**: 내가 시인이야? 내가 시를 쓴 적이 있었나? 그래요. 하나도 쓰지 않았어요. 날 왜 기억하겠어요? 훌륭한 시를 쓴 적도 없는데. 평범한 우편배달부를 기억할 이유가 어디 있죠? 이탈리아에 계실 때 편지를 배달한 우체부일 뿐인데. 그렇다고 훌륭한 사회주의자도 못됐어요. 난 당연하다고 생각해요.
>
> —영화 〈일 포스티노〉에서

원작에서 마리오는 「파리의 파블로 네루다를 덮은 눈에게 바치는 송가」, 「파블로 네프탈리 히메네스 곤잘레스의 연필로 그린 초상화」 등 몇 편의 시를 쓴 것으로 나오나, 영화에서는 노트에 그린 동그라미 이외에는 한 편의 시도 관객에게 보여주지 않는다. 영화의 끝 장면 사회주의 시위집회에서 「파블로 네루다님께 바치는 노래」를 낭송하기로 한 마리오는 연단에 오르기 직전, 출동한 진압대에 흥분한 시위 군중에 밟혀 죽는다. 결국 마리오가 쓴 시는 낭송되지 못한 채 날아가 버린다.

그래서 우리가 볼 수 있는 유일한 마리오의 시는 시작노트에 남긴 동그라미뿐이다. 마리오가 죽은 뒤 유복자로 태어난 아들 파블리토가 핀볼을 가지고 노는 장면은 유난히 울림이 크다. 노트의 동그라미는 핀볼이며, 그것은 베아트리체에서 파블리토로 이어지는 마리오의 사랑을 은유한다고 볼 수 있다.

5. 시인이 남기고 간 것

앞에서 말한 바와 같이, 영화 〈일 포스티노〉는 주인공 마리오의 변화에 초점을 맞추고 있다. 마리오는 대시인 네루다와의 만남을 통해 어부의 아들에서 우체부로, 또 시인을 꿈꾸는 청년으로 정신적인 성장을 이룬다. 이 과정에서 아름다운 처녀 베아트리체를 아내로 맞고, 집회에서 시 낭독에 초청될 만큼 동료들이 인정해주는 사회주의자로 변신한다.

이탈리아에서 1948년 공화국 수립 이후 집권당인 기독 민주당은 동서 냉전기에 공산당과 사회당을 배제하는 정책을 폈다. 그러나 1950년대 이탈리아 남부는 산업화로 발전하는 북부와는 다르게 실업률이 높았고 빈부의 격차가 컸으며 경제력 또한 빈약했다. 이러한 사회적 배경을 이유로 이탈리아 남부 일부에서는 사회주의 사상을 찬양했다. 영화에서 사회주의자인 네루다가 이탈리아 남부지방으로 망명을 하고, 마리오를 비롯한 주위 사람들이 사회주의를 지지하는 것은 당시의 사회 분위기를 반영한다.

처음에 마리오는 세상에 불만이 있어도 그저 그러려니 하고 지내는 순박하고 착한 마을 사람들 중 하나였다. 늘 물이 부족한 마을에 집권당인 민주당 의원은 선거 때마다 수도를 놓아주겠다는 공약을 하지만 그때뿐, 지켜지지 않는다. 다시 선거철이 돌아오고, 사람들이 헛공약에 들뜰 때도 마리오는 술집 구석에서 무심하게 네루다의 시집을 읽는다.

물 부족 때문에 불편을 겪는 것은 시인도 마찬가지였다. 그는 물이 나오지 않아 수도 고장인 줄 알고 있다가, 물이 떨어져 그렇다는 말을 마리오에게 듣는다.

마리오: 여긴 식수 공급선이 한 달에 한 번 오거든요. 그래서 물이 떨어지곤 하죠. 수도를 봐주겠다고 한 게 언제인지 몰라요. 옛날부터 해준다고 했는데 항상 핑계만 대고 있어요.

네루다: 그런데도 불평이 없나?

마리오: 누구한테 하겠어요? 우리 아버진 불만이 많으시죠. 자주 욕을 하시지만 혼자 그러다 말 뿐이에요.

네루다: 마리오, 사람은 의지가 있으면 세상을 바꿀 수 있어.

—영화 〈일 포스티노〉에서

"의지가 있으면 세상을 바꿀 수 있다."라는 시인의 말을 듣고서 마리오는 조금씩 변화하기 시작한다. 선거운동을 하는 민주당 디 코시모 후보에게 그는 사회당을 찍을 거라고 당당하게 말한다. 그리고 어부들이 파는 조개에 진주라도 들었냐며 비싸다고 값을 깎는 사람에게, 착취 당하고 사는 어부가 300리라를 불렀으면 그냥 줄 것이지 그걸 또 깎느냐고 참견하다가 공연히 손님만 쫓아버리고 만다.

원작 소설에서는 민주당 의원인 라베가 직접 조개 값을 흥정한다. "그 가격이라면 조개 한 개마다 진주가 하나씩 들어있다고 장담해도 괜찮겠습니다 그려."라고 라베 의원이 농담을 하자, 어부들은 그 다정한 분위기에 전염되어 껄껄 웃어댔다고 나온다. 라베 의원은 지난번 선거유세 때 제방까지 전기를 공급해주겠다고 약속했으며, 사거리에 신호등을 세워주겠다는 공약을 했고, 불편하게나마 공약은 이행됐다. 라베 의원은 이때 마리오에게 가죽으로 장식한 앨범용 공책을 준다. 이렇게 원작에서 마리오는 민주당 의원을 크게 적대시하지 않는다.[13] 그러나 영화에서 민주당 의원은 공공연히 '민중의 적'으로 묘사된다. 이로 인하여 마리오가 사회주의자였던 시인에게 정신적인 영향을 깊게 받고 있음이 보다 효과적으로 드러난다.

영화에서, 수도를 놓아주겠다고 여인숙에서 하숙을 하던 인부들이 선거가 끝나고 그냥 철수해버리자 로사도 베아트리체도 낙심할 뿐 그 어떤 불만도 표출하지 못한다. 이때 마리오가 나선다. 주방에서 일하다 나와 부엌칼을 들고 있었고, 그래서 본의 아니게 칼을 휘저으며 이야기 하는 모습이 어설프기는 하지만 다른 마을 사람들과는 다르다. "난 멍청이가 아니오. 우린 당신이 선출되면 공사가 끝날 줄 알았어요."

원하지 않았던 민주당 후보가 선출되고 마을의 수도공사는 중단되자, 마리오는 네루다가 있었으면 이렇게 되지 않았을 거라면서 몹시 그를 그리워한다.

마리오는 시인이 두고 간 짐을 정리하기 위해 네루다의 집에 갔다가 녹음기를 발견한다. 거기에는 이 섬의 아름다움에 대해 말해보라는 시인의 음성과 머뭇거리다가 그냥 "베아트리체 루소"라고 엉뚱한 대답을 한 자신의 목소리가 녹음되어 있었다. 그것이 얼마나 우스꽝스러운 대답이었는지 비로소 마리오는 깨닫는다. 마리오는 이 섬의 아름다운 소리를 담아 시인에게 보내기로 한다. 그는 칼라 디 소토의 바닷가 구석구석을 찾아다니며 녹음을 한다.[14]

13 스카르메타, 앞 책, 61—63면 참조.
14 영화에서와는 달리 원작 소설에서 시인은 마리오에게 그리움이 가득한 긴 편지를 쓴다. 그리고 마리오에게 녹음기를 보내 이슬라 네그라의 소리를 녹음해 달라고 한다. 종소리, 파도소리, 별들의 소리는 네루다가 부탁한 것이다.

1번, 칼라 디 소토의 파도, 작은 파도

2번, 큰 파도

3번, 절벽의 바람소리

4번, 나뭇가지에 부는 바람소리

5번, 아버지의 서글픈 그물

6번, 신부님이 치시는 교회의 종소리

7번, 밤하늘에 반짝이는 별

8번, 파블리토의 심장소리

파도소리나 절벽과 나뭇가지에 부는 바람소리, 고기잡이배의 그물질 소리, 교회의 종소리 모두 칼라 디 소토의 일상에서 들리는 소리다. 해안을 따라 천천히 걸어도 아무런 감흥을 느낄 수가 없었고, 바다가 정말 아름답다는 시인의 말에 진심이냐고 되묻던 마리오가 이제는 파도소리, 바람소리 하나도 예사로 듣지 않는다. "아름다워요. 이토록 아름다운지 몰랐어요."

그는 밤하늘에 녹음 마이크를 대고 별들이 빛나는 소리를 담고자 한다. 만삭이 된 베아트리체의 배에도 마이크를 대고 아이의 심장소리를 녹음하고자 한다. 반짝이는 별을 청각으로 느끼고, 아직 태어나지도 않은 아이의 심장소리를 듣는 마리오는 상상력으로 사물을 느끼는 시인의 마음과 닮아 있다. 아름다운 것을 아름답다고 느끼는 것, 나아가 남들이 들을 수 없는 소리를 듣고, 볼 수 없는 것을 보는 것, 그것이 바로 시인의 영혼이다. 무심하게 지나치던 파도소리, 바람소리가 아름답게 느껴지면서 마리오는 네루다에게 바치는 바다에 대한 시를 쓸 수 있게 된다. 마리오는 녹음기에 자신의 목소리를 녹음한다.

마리오: 파블로 선생님께. 전 마리오입니다. 절 기억하시는지 모르

겠습니다. 전에 선생님 친구 분들께 우리 섬의 아름다움에 대해 말해보라고 한 적이 있었죠. 전 그때 아무 말도 하지 못했어요. 지금은 알 것 같아 이 테이프를 보냅니다. 들어보고 괜찮으면 친구 분들께 틀어주세요. 신통치 않으면 혼자 들으시고요. 이걸 들으면 저와 이탈리아가 생각나실 겁니다. 전 선생님이 모든 아름다움을 갖고 가신 줄 알았어요. 하지만 이제 보니 저를 위해 남기신 게 있는 걸 알겠어요.

제가 시를 썼다는 것도 말씀드리고 싶습니다. 하지만 읽어드리진 않겠어요. 창피하니까요. 제목은 「파블로 네루다님께 바치는 노래」입니다. 내용은 바다에 관한 것이지만 선생님께 바치는 시입니다. 선생님을 만나지 못했다면 전 이 시를 쓰지 못했겠죠. 전 이 시를 대중 앞에서 읽게 되어 있습니다. 비록 목소리는 떨리겠지만 전 행복할 겁니다. 제가 선생님 이름을 부르면 관중들은 환호하겠지요.

—영화 〈일 포스티노〉에서

마리오는 사회주의자의 집회에서 시를 읽지도 못하고 시위 군중들에게 밟혀 죽는다.

수 년이 흐르고, 아내와 함께 이탈리아를 찾은 네루다는 베아트리체에게서 마리오가 죽었다는 이야기를 듣는다. 마리오가 남긴 테이프를 듣고, 바닷가를 쓸쓸히 걷는 노시인. 감독은 흑백화면으로 시위가 열리는 장면과 진압대가 들이닥치자 흥분하는 군중, 이어서 사람들 사이에 쓸려가는 마리오와, 시가 쓰인 종이가 날아가 결국 바닥에 떨어지는 장면을 느린 속도로 관객에게 보여준다. 마리오는 그렇게 죽은 것이다.

시인은 우체부에게 아름다움을 느낄 줄 아는 마음을 남겼다. 마리오는 시인의 영혼을 갖게 되었지만, 험난한 세상과 맞서기에는 무력할 따름이었다. 마리오의 덧없는 죽음은 의지가 있으면 세상을 바꿀 수 있다는 시인의 말이 사실은 얼마나 실현되기 어려운 일인가를 역설적으로 보여준다.

의지가 있어도 세상은 바뀌기 어렵다. 한 편의 시가 세상을 바꾸어 놓을 수 없다. 그러나 의지가 있으면 자신은 바꿀 수 있다. 자신이 바뀌면 세상도 바뀐다. 마리오는 세상에 제대로 된 시 한 편 남기지 못했지만, 세상은 그에게 눈부신 한 편의 시였을 것이다.

그러니까 그 나이였어… 시가
나를 찾아왔어. 몰라, 그게 어디서 왔는지.
모르겠어, 겨울에서인지 강에서인지.
언제 어떻게 왔는지 모르겠어,
아냐. 그건 목소리도 아니었고, 말도
아니었으며, 침묵도 아니었어,
하여간 어떤 길거리에서 나를 부르더군,
밤의 가지에서,
갑자기 다른 것들로부터
격렬한 불 속에서 불렀어,
또는 혼자 돌아오는데 말야
그렇게 얼굴없이 있는 나를
그건 건드리더군.

—네루다, 「시」에서

해변에 서 있는 시인이 원경으로 멀어지면서 이 영화는 끝나고, 자막으로 네루다의 「시」가 올라온다. 문득 이 시가 마리오의 독백 같다는 생각이 든다. 바람소리 파도소리처럼, 늘 그의 곁을 맴돌다 어느 날 갑자기 찾아온 시. 그리고 그 시와 함께 이 세상을 떠난 착한 청년 마리오. 시인이 우체부에게 시인의 마음을 남겼다면, 우체부는 우리에게 무엇을 남기고 간 것일까.

신이 내린 선물, 언어
— 영화 〈마이 페어 레이디(My Fair Lady)〉

1. 피그말리온 신화

2. 일라이자, 넌 할 수 있어

3. 첫눈에 반하다

4. 한 영혼을 재창조하는 일

5. 영화 <귀여운 여인>으로 변주

1. 피그말리온 신화

명작이란 독자와 함께 나이 드는 작품이다. 시도, 소설도, 음악도, 영화도 지금 좋아하는 것의 대부분은 내가 이십대 때, 혹은 그 이전 고등학교 때나 중학교 때 좋아하던 것들이다. 감성에 막 눈 뜨기 시작한 소녀 시절과, 나를 키운 건 8할이 문학이고, 나머지 2할은 음악과 영화라고 겁 없이도 말하고 다녔던 스무 살 시절을 지나, 어찌어찌 하다 서른 고개에서 문학평론가가 되었고 그 후 엄청난 작품들을 폭식하다시피 읽고 보게 되었지만, 나는 내 일생에서 가장 감동받았던 작품 대부분을 이미 십 대와 이십대 초반에 만났다.

조지 큐커 감독의 영화 〈마이 페어 레이디(My Fair Lady)〉(1964)[1] 도 그런 작품이다. 중학교 때, 흑백텔레비전에서 보았던 이 영화는 그야말로 놀라움 그 자체였다. 런던 뒷골목에서 꽃을 팔던 소녀가 한 언어학자를 만나서 스피치와 매너를 공부하고 귀부인으로 변신한다는 내용은 아주 매혹적인 것이었다.

아름다운 음악과 사랑스런 오드리 헵번, 아니 하루하루 달라지는 꽃 파는 소녀 일라이자의 모습에 나는 완전히 매료되었다. 특히 영화의 말미에서, 일라이자가 공주님이 되어 버킹엄 궁전에서 새하얀 드레스를 입고 이웃나라 왕자님과 춤을 추는 장면은 사춘기 소녀였던 내 넋을 빼놓기에 충분했다.

영화 〈마이 페어 레이디〉는 영국의 극작가 버나드 쇼의 희곡 『피그말리온(Pygmalion)』(1913)[2] 을 원작으로 한 뮤지컬 영화다. 영화와 희곡 모두

01 조지 큐커 감독. 오드리 헵번·렉스 해리슨 주연. 1964년 뉴욕 비평가 협회 작품상·남우주연상· 1965년 골든 글로브 감독상·남우주연상·작품상, 1965년 미국 아카데미 감독상·작품상·남우주연상·음악편집인상·음향상·의상상·미술상·촬영상, 1966년 영국 아카데미 작품상을 수상하였다.

그리스의 신화 피그말리온 이야기를 바탕으로 만들어졌다. 피그말리온은 누구인가.

버나드 쇼 1856~1950

피그말리온은 그리스 신화에 나오는 키프로스의 왕이다. 이 나라의 여인들은 나그네를 박대하였다가 아프로디테의 저주를 받아 나그네에게 몸을 팔게 되었는데, 이 때문에 피그말리온은 여성에 대해 좋지 않은 감정을 갖게 되었다. 대신 '지상의 헤파이스토스'라고 불릴 정도로 뛰어난 자신의 조각 솜씨를 발휘하여 상아로 여인상을 만들었다.

실물 크기의 이 여인상은 세상의 어떤 여자보다도 아름다웠다고 한다. 피그말리온은 이 여인상에 갈라테이아라는 이름을 붙이고 사랑하였다. 아프로디테 축제일에 피그말리온은 이 여인상 같은 여인을 아내로 삼게 해 달라고 기원하였으며, 그의 마음을 헤아린 아프로디테는 조각상에 생명을 불어넣어 주었다.

피그말리온은 인간이 된 갈라테이아와 결혼하였고 이들의 결혼식에는 아프로디테도 참석하였다. 두 사람 사이에서 태어난 딸은 피그말리온의 고향 땅 이름을 따서 파포스라고 불렀다.[3]

이 신화의 핵심은 차가운 돌덩이조차도 사랑하고 기대하면 원하는 사람이 될 수 있다는 것이다. 이것을 교육심리학적 입장에서 해석한 것이 이른바 '피그말리온 효과'다. 피그말리온 효과란 타인의 기대나 관심으로

02 버나드 쇼의 5막 희곡. 1913년 발표되었고 1914년 초연되었다. 『Pygmalion』은 우리나라에서 이한섭의 영한 대역본 『피그말리온』(동인, 1998)으로 출간되었다. 이 글에서는 이 책을 텍스트로 한다.
03 『두산백과 대사전』

인하여 능률이 오르거나 결과가 좋아지는 현상을 말하는 것으로, 심리학에서는 타인이 나를 존중하고 나에게 기대하는 것이 있으면 기대에 부응하는 쪽으로 변하려고 노력하여 그렇게 된다는 것을 의미한다. 특히 교육심리학에서는 교사의 관심이 학생에게 긍정적인 영향을 미치는 심리적 요인이 된다는 것을 말한다. 자성적 예언, 자기 충족적 예언, 혹은 연구자의 이름을 따서 로젠탈 효과[4]라고도 한다.

피그말리온 신화와 그 효과는 원작 소설과 영화의 줄거리를 구성하면서 런던의 뒷골목에 버려진 돌멩이와 같은 일라이자를 아름다운 레이디로 변모시킨다.

2. 일라이자, 넌 할 수 있어

일라이자 둘리틀은 길거리에서 꽃을 파는 소녀다. 아버지 알프레드 둘리틀은 현직 청소부이지만 일이라곤 통 하지 않는 주정뱅이고, 엄마는 없다(나중에 알프레드는 히긴스 교수와 피커링 대령에게 일라이자가 사생아임을 슬쩍 귀띔한다). 그날도 일라이자는 코벤트 가든에서 꽃을 팔고 있었다. 일라이자의 모습은 원작 희곡에 이렇게 묘사되어 있다.

04 1968년 하버드대학교 사회심리학과 교수인 로버트 로젠탈(Robert Rosenthal)과 미국에서 20년 이상 초등학교 교장을 지낸 레노어 제이콥슨(Lenore Jacobson)은 미국 샌프란시스코의 한 초등학교에서 전교생을 대상으로 지능검사를 한 후 검사 결과와 상관없이 무작위로 한 반에서 20% 정도의 학생을 뽑았다. 그 학생들의 명단을 교사에게 주면서 '지적 능력이나 학업성취의 향상 가능성이 높은 학생들'이라고 믿게 하였다.
8개월 후 이전과 같은 지능검사를 다시 실시하였는데, 그 결과 명단에 속한 학생들은 다른 학생들보다 평균 점수가 높게 나왔다. 뿐만 아니라 학교 성적도 크게 향상되었다. 명단에 오른 학생들에 대한 교사의 기대와 격려가 중요한 요인이었다. 이 연구 결과는 교사가 학생에게 거는 기대가 실제로 학생의 성적 향상에 효과를 미친다는 것을 입증하였다.

그녀는 18살이나 20살쯤 되어 보인다. 그 이상은 아니다. 검은 짚으로 된 작은 선원용 모자를 쓰고 있었는데 그것은 오랜 먼지와 런던의 매연을 덮어쓴 채 한 번도 닦이지 않은 것이다. 머리카락은 감지 않아 더러웠다. 그 회색빛은 자연스러운 것이 아니었다. 거의 무릎까지 내려오는 재생 털실로 짠 검은 색 코트를 입고 있는데 허리가 묶여 있다. 올이 성긴 앞치마가 둘린 갈색 치마를 입고 있다.

장화는 신기에 너무 낡았다. 자신이 할 수 있는 한 최대한 깨끗하게 차려 입고 있지만 다른 여자들과 비교해 볼 때 매우 더러웠다. 이 목구비는 다른 여자들에 비해 빠지지 않았지만 그 상태는 고칠게 많았다. 그리고 치과 의사의 치료가 필요한 상태다.

—버나드 쇼, 『피그말리온』, 27 – 29면.

막 오페라를 보고 나온 신사 숙녀들은 일라이자를 거들떠보지도 않는다. 그들 가운데는 후에 일라이자에게 첫눈에 반한 귀족 청년 프레디도 끼어 있었다. 그는 택시를 잡다 일라이자와 부딪힌다. 일라이자는 넘어지고, 꽃바구니가 진창에 구른다. 일라이자는 흩어진 꽃들은 주워 바구니에 담으며 지독한 런던 사투리로 투덜거린다. 일라이자의 괴상한 영어 발음[5]은 원작에 다음과 같이 표기되어 있다.

THE FLOWER GIRL : Nah then, Freddy: look wh' y' gowin, deah.

FREDDY : Sorry.

THE FLOWER GIRL : Theres Menners f' yer! Tə — oo banches o voylets

05 일라이자가 쓰는 말은 런던의 토박이 하층민 사이에서 통용되는 코크니 사투리(Cokney Accent)다.

trod into the mad.

THE MOTHER : How do you know my son's name is Freddy, pray?

THE FLOWER GIRL : Ow. eez yə — ooa san, is e? Wal, Fewd dan y' də — ooty bawmz a mather should, eed now bettern to spawl a pore gel's flahrzn than ran awy athaht pyin. Will ye — oo py me f'them?

꽃 파는 소녀 : 똑바로 좀 보구 다녀유, 프레디.

프레디 : 미안.

꽃 파는 소녀 : 무슨 놈의 태도가 그려! 제비꽃 두 다발이 흙탕 속에서 엉망이 되어버렸는데.

어머니 : 내 아들 이름이 프레디란 걸 어떻게 알았지?

꽃 파는 소녀 : 아, 저 사람이 아줌니 아들이래유? 아줌니가 에미로서의 임무를 잘 했더라면 그 아들이 불쌍한 소녀의 꽃을 다 망쳐놓고, 물어주지도 않고 내빼지는 않았을 거유. 물어주겠쥬?

—버나드 쇼, 『피그말리온』, 26 – 29면.

그때 코벤트 가든의 기둥 뒤에서 일라이자의 말을 받아 노트에 적는

"똑바로 좀 보구 다녀유, 프레디.
무슨 놈의 태도가 그려!"
꽃을 팔던 일라이자는
프레디와 부딪혀 넘어진다.
—〈마이 페어 레이디〉에서

사람이 있다. 언어학자인 히긴스 교수다. 일라이자가 구정물처럼 쏟아내는 말이 그에게는 일종의 연구대상이었던 것이다. 히긴스는 일라이자에게 말한다.

노트 든 사람: 이봐, 그 징징거리는 소리 좀 집어치워. 아니면 다른 교회의 피난처를 찾아보든지.

꽃 파는 소녀: 나두 여기 있을 권리가 있어요. 댁이나 마찬가지로.

노트 든 사람: 그런 음울하고 혐오스런 소리를 내는 여자는 어디고 있을 권리가 없어—살 권리도 없고. 너는 영혼을 지닌 인간이야. 하느님한테서 똑똑히 발음하는 재능도 부여받았고. 그리고 너의 모국어는 셰익스피어와 밀턴, 그리고 성경의 언어야. 거기 앉아 성마른 비둘기같이 구구거리지 마.

꽃 파는 소녀: 아—아—아—오우—오우—오우—우!

노트 든 사람: 맙소사! 무슨 소리야! 아—아—아—오우—오우—오우—우!

꽃 파는 소녀: 그만둬요!

노트 든 사람: 저 애의 천박한 영어를 좀 들어보십시오. 저 애를 죽는 날까지 빈민굴에 가두어 놓을 그런 영어지요. 이보시오, 선생. 나는 세 달 안에 저 애를 대사관의 가든파티에서 공작부인으로 행세하도록 할 수 있소. 나는 저 애가 더 세련된 영어 실력을 필요로 하는 자리, 귀부인의 하녀나 가게 점원 같은 자리를 얻게 할 수도 있소.

꽃 파는 소녀: 그게 무슨 말예유?

노트 든 사람: 그래, 이 으깨진 양배춧잎 같은 아가씨야. 너는 이런 멋진 기둥들을 가진 고귀한 건물을 수치스럽게 하는 존재야. 영

어에 대한 모욕 그 자체지. 나는 너를 시바의 여왕으로 보이게 만들 수도 있어.

—버나드 쇼, 『피그말리온』, 49 – 51면.

영화에서 이 장면은 히긴스의 노래로 처리되는데, 원작의 내용이 비교적 충실히 반영되어 있다. 다만 일라이자를 귀부인으로 만드는 데 필요한 시간이 원작에서는 3개월이고, 영화에서는 6개월이라고 한 점, H발음을 하지 않는 일라이자의 언어습관을 구체적으로 지적한 점이 다르다. 또한 영화에서는 언어교육에 대한 히긴스의 생각이 원작보다 직설적으로 표현된다. 그가 피커링 대령을 보고 한 말 "당신도 말투가 저 여자 같았다면 영락없이 꽃을 팔고 있었을 거요. 언어가 사람의 계급을 정하죠."는 히긴스 생각이자, 이 영화의 주제를 일찌감치 드러낸 것이라 볼 수 있다.

히긴스: (노래) 발음으로 형을 내린다면 저 여자의 음절마다 죄목을 붙여 영어를 모욕한 죄로 교수형 감이오. 저런 소리를 내다니! 이게 바로 영국 교육의 허점이오.

길을 오가며 H발음은 어디다 떨어뜨렸는지, 영어를 멋대로 구사하는군. 요크셔나 다른 지방 사투리는 그래도 들어줄 만 해. 하지만 여기 이 찢어지는 소리란… 그게 대체 무슨 말이지? 저러기도 힘들 거요. 손과 얼굴이 더럽기 때문만은 아니오. 왜 제대로 된 영어 교육을 시키지 않는 거요? 이런 문제는 정말 해묵은 거요. 당신도 말투가 저 여자 같았다면 영락없이 꽃을 팔고 있었을 거요.

언어가 사람의 계급을 정하죠. 입을 여는 순간 경멸하게 되기도 하죠…

난 여기 괴성을 지르는 아리따운 짐승을 6개월 내에 국제 외교 무도회에 내보낼 자신이 있소. 올바른 영어를 쓰는 백화점 점원으로 취직시킬 수도 있소. 난 널 시바의 여왕으로 만들 수 있지.

—영화 〈마이 페어 레이디〉에서

다음날 아침, 일라이자는 제법 멋을 내고 히긴스 교수의 집으로 찾아간다. 좋은 꽃집에 취직하려면 말을 잘해야 된다는 것을 알았기 때문이다. 친구가 프랑스 사람한테 불어를 배우는데, 우리나라 말이니까 불어보담야 싸겠지유, 하며 히긴스 교수에게 흥정을 한다.

호기심과 장난기가 발동한 히긴스 교수는 양배추 조각 같은 이 소녀에게 스피치와 매너 교육을 시켜 숙녀로 만들어 보기로 한다. 이때, 역시 언어학자인 피커링 대령이 내기를 건다. 일라이자를 6개월 뒤 국제외교 무도회에 데려갈 수 있다면 히긴스를 '최고의 스승'으로 부르겠다고 한다.

그러나 가정부인 피어스 부인은 극구 반대를 한다. 해변에 돌을 줍듯이 한 소녀를 맡을 수는 없다는 것이다. 여기서 일라이자를 의미하는 '해변의 돌'은 상징하는 바가 크다. 일라이자는 해변에 흩어진 무수한 자갈과도 같이 흔하고 보잘 것 없는 소녀에 불과하다. 그러나 보잘 것 없는 돌덩이도 사랑하고 기대하면 아름다운 사람이 될 수 있다. 바로 피그말리온 신화와 이 영화의 연계성이 암시적으로 드러난 대목이다.

본격적인 스피치 연습은 모음발음으로부터 시작한다. A, E, I, O, U를 일라이자는 코크니 사투리로 '아이, 에이, 아이, 아우, 유우'로 발음한다. 이를테면 레이디(Lady)를 '라이디'로 발음하는 식이다. 히긴스는 모음 A발음부터 연습시킨다.

"The rain in Spain stays mainly in the plain. 일라이자, 자기 전에 기도할 때 50번씩 되풀이해. 하느님도 듣기 싫으면 도와주실 거야."

그 다음은 자음 연습. 일라이자는 B, C, D를 '버이, 커이, 더이'로 발음한다. 그리고 H음.

"In Hartford, Hereford and Hampshire hurricanes hardly ever happen."

코크니 사투리에서는 첫음절 H를 발음하지 않는다. 그래서 '하포트'를 '아포트'로 읽는다. 그리고 정작 H음이 없는 '에버'는 '헤버'로 읽는다. 일라이자는 촛불을 불면서, 혹은 입안에 공깃돌을 넣고서 열심히 연습을 하지만, 이십 년 가까이 굳어진 발음이 단번에 좋아질 리 없다. 히긴스와 피커링은 일라이자의 발음교정이 생각보다 쉬운 일이 아니었음을 깨닫는다.

목적을 이루기 위한 과정에서 부딪힌 뜻밖의 난관에 대하여 두 언어학자의 태도는 사뭇 다르다. 피커링은 일련의 교육과정들에 대하여 회의하고 불안해한다. 물론 이것은 일라이자에 대한 친절한 위로와 과제의 난이도를 낮춰주는 배려로 시작한다. 그러나 아스콧 경마장에서의 일라이자의 실수 이후 피커링의 우려는 짜증과 노골적인 잔소리로 변모한다. 그러나 히긴스는 다르다. 그는 일라이자가 잘 해낼 것을 확신하고 어떠한 위기에도 흔들리지 않는다.

"못하겠어요. 너무 피곤해유, 피곤해."

"일라이자. 넌 잘 할 수 있어. 나도 네가 피곤하고 머리도 아프다는 걸 알아. 신경이 푸줏간의 고기처럼 둔해진 것도 알아. 네가 뭘 하고 있는지 생각해 봐. 네가 벌인 일을 생각해 보라고. 영어의 올바른 사용은 우리의 최대 의무야. 인간의 위대한 사상을 담을 수 있는 음악적인 소리라고. 넌 그것을 정복하러 왔잖아. 넌 꼭 해낼 수 있어."

돌을 다듬어 사랑과 정성을 기울이는 피그말리온처럼, 히긴스 교수는

"자, 따라 해봐, 일라이자.
The rain in Spain stays mainly in the plain."
일라이자에게
언어 교육을 시키는 히긴스 교수
—〈마이 페어 레이디〉에서

일라이자를 믿음으로 격려한다.

일라이자는 드디어 모음과 자음을 올바르게 발음한다. 스페인의 비는 평야에 그대로 남아있으며, 하트포드 해리포드 햄프셔에는 허리케인이 일어나지 않는다….

그런데 왜 하필이면 날씨 이야기일까.

영국의 날씨는 변덕스럽기로 유명하다. 흐리고 비 오는가 하면 거짓말처럼 개이고, 다시 비가 흩뿌린다. 한여름에도 아침저녁은 서늘하고, 가을로 접어들면 안개와 비가 줄곧 내린다. 겨울은 한국처럼 영하의 매운 추위는 없지만, 뼛속까지 스미는 듯한 축축한 냉기가 만만치 않다. 그래서 영국 사람들은 날씨를 늘 화제로 삼고, 그에 따른 건강 이야기도 빼놓지 않는다. 즉 처음 만나는 사람과의 의례적인 대화에서는 날씨와 건강 이야기를 하기 마련이고, 이를 뒤집으면 날씨와 건강에 대한 이야기만으로도 웬만한 자리는 버틸 수 있다는 뜻이다.

정말 일라이자가 스피치와 매너 교육의 실습 차원에서 참석한 아스콧 경마장[6]에서 신사 숙녀 여러분들이 진지하게 주고받은 이야기는 날씨와

06 원작 희곡에서 일라이자의 실습은 아스콧 경마장이 아니라, 첼시에 있는 히긴스 부인의 저택 거실에서 이루어진다. 대화는 영화에서 마지막 '도버 응원' 건만 제외하고 원작과 거의 똑같이 전개된다. 일라이자는 그곳에서 다시 아인스포드 힐 부인과 그의 아들인 프레디를 만난다. 물론 그들은 일라이자를 알아보지 못한다.

건강 이야기가 전부다.

3. 첫눈에 반하다

아스콧 경마장. 런던의 남서부에 위치한 왕실의 경마장이다. 이곳 경마장은 예전부터 귀족들의 고급 사교 장소였으며, 영화에서는 명문가 출신인 히긴스의 어머니가 운영하는 것으로 나온다. 그곳에 참석한 신사 숙녀들은 하나같이 기품 있는 슈트에 아름다운 드레스를 입고 있다. 특히 여성들의 개성 넘치는 모자는 훌륭한 볼거리다. 그 당시 아스콧 경마장에 입장을 하려면 꼭 모자를 써야 했는데, 그 전통은 지금까지도 내려온다고 한다. 감정이 거의 드러나지 않는 새침하고 정중한 귀족들의 표정도 일품이다.

화려하게 차린 일라이자가 아스콧 경마장에 등장하자, 시선이 집중된다. 히긴스의 어머니가 나서서 일라이자를 소개시킨다.

"일라이자, 이쪽은 복싱톤 부인."

일라이자는 연습했던 대로 품위 있는 말투로 인사를 한다.

"How do you do?"

무심코 인사를 받던 복싱톤 부인이 일라이자의 우아한 억양과 발음에 깜짝 놀라 쳐다본다.

"이쪽은 복싱톤 경"

"How do you do?"

역시 우아한 목소리.

"아인스포드 힐 부인, 둘리틀 양이예요."

"How do you do?"

뒤에 서있던 잘생긴 귀족청년 하나가 소개를 청한다. 바로 수개월 전

코벤트 가든에서 일라이자와 부딪혔던 그 청년이지만, 그때 보았던 일라이자를 알아볼 리 없다.

"그리고 프레디 아인스포드 힐"

"How do you do?"

프레디는 의자를 끌고 와서 일라이자 앞에 앉는다. 첫눈에 반한 것이다. 일라이자는 연습한대로 아름다운 발음으로 날씨 이야기를 한다.

"The rain in Spain stays mainly in the plain."

"In Hartford, Hereford and Hampshire hurricanes hardly ever happen."

그리고 화제가 날씨에서 건강으로 이어지자, 지금까지 연습한 대로 잘 말했던 일라이자는 긴장이 풀렸던 탓이었을까, 주절주절 유행어를 섞어가며 이야기를 늘어놓는다.

일라이자: 제 고모님께서 독감으로 돌아가셨죠. 사람들은 그렇게 말하지만 제 생각엔 사람들이 그분을 '끝내버렸어요.' 그전 해에도 견뎌냈던 감기로 왜 죽습니까? 고모님께선 너무 창백하셔서 모두들 그분이 죽은 줄 알았지만, 아버지께선 고모님 목구멍으로 계속 진을 들이부었죠. 그러더니 갑자기 일어나서 숟가락을 물어뜯었어요. 그렇게 팔팔하던 여자가 어떻게 감기로 죽어요? 죽지 않았다면 제가 밀짚모자를 물려받지도 못했겠지만요. 누군가가 죽였죠. 진은 고모님께 모유와 같은 거였어요. 아버지도 자기 목구멍에 많이 퍼 넣어봐서 진이 효과가 있다는 걸 알죠.

―영화 〈마이 페어 레이디〉에서

히긴스와 피커링은 당황하고, 귀족들은 황당해한다. 다만 프레디만이 일라이자의 이야기를 넋 놓고 듣는다. 다시 경주가 시작되고, 일라이자가 응원하던 7번 말 도버가 제일 뒤에 쳐지자 조용한 관중석 맨 앞줄에서 그 여자는 고래고래 소리를 지른다.

"힘내! 빨리 뛰어, 도버! 빨리! 힘차게 뛰어, 도버! 궁둥이를 들고 뛰어!"

일라이자의 입에서 얼떨결에 튀어나온 '궁둥이'라는 말에 신사 숙녀들은 소스라치게 놀라고, 피커링은 절망하고, 히긴스 교수는 터져 나오는 웃음을 참지 못한다. 침착한 히긴스의 어머니조차도 어쩔 줄을 모른다. 그 사이 귀부인 하나가 기절을 한다.

원작 희곡에서 이 장면은 프레디의 질문에 일라이자가 아주 우아한 말투로 상소리를 하는 것이었다.

> **리자**[7] : (나머지 사람들에게 인사하며) 모두들 안녕히 계세요.
>
> **프레디** : (그녀를 위해 문을 열어주며) 공원을 위해 가로질러 걸어갈 겁니까, 둘리틀 양? 그렇다면—
>
> **리자** : (아주 우아한 말투로) 걸어요! 빌어먹을[8], 걷다니! 당치 않아요. (좌중에 놀라움이 번진다) 택시로 갈 거예요. (나간다)
>
> —버나드 쇼, 『피그말리온』, 171면

우아한 말투로 너무도 당당하게 상소리를 하는 일라이자를 보고 아인스포드 힐 부인은 충격을 받으나, 프레디의 여동생 클라라는 오히려 엄마가

07 영화에서의 일라이자는 원작에서 '리자(Lisa)'로 나온다.

08 Not bloody likely: 빌어먹을, 무슨 소리야, 말도 안 돼! 정도의 뜻이겠으나 당시 중산층 이상에서는 절대로 써서는 안 될 상소리다. 숙녀가 이 말을 쓴다는 것은 상상할 수도 없는 일이며, 숙녀 앞에서는 남자도 써서는 안 되는 표현이라고 한다. 이 작품이 공연되는 중에 객석에서 가장 큰 웃음이 터지는 장면이 여기라고 한다.
—버나드 쇼, 『피그말리온』, 171면 역주 참조.

구식이라며 일라이자를 두둔하고, 히긴스 교수는 요즘은 예절방식이 너무나도 많이 바뀌어, 고상한 디너 테이블에 있는 건지 배의 갑판 위에 앉아 있는 건지 모를 때가 많다고 시치미를 뗀다. 언어 습관은 하루아침에 고칠 수 없음을 보여주는 이 대목은 영화에서는 일라이자의 실수 그 자체에 초점을 맞추고 있는 데 비하여, 원작에서는 예절에 대한 중산층의 허위의식을 풍자하고 있다.

이 영화에서 우리가 눈 여겨 보아야 할 것은 프레디의 태도다. 그는 일라이자를 처음 본 것이 아니다. 코벤트 가든에서 꽃을 팔던 일라이자와 부딪히고, 넘어진 그 여자에게 정중하게 인사까지 했었다. 그러나 의례적인 정중함일 뿐, 당연히 그는 이 천박하고 무식한 여자를 거들떠보지도 않았고, 일라이자 역시 잘생긴 신사 양반에게 눈길조차 주지 못했다.

그러나 히긴스의 "내가 너를 가르치면 거리에는 너를 위해 총으로 자살할 남자들이 널릴 거야"[9]라는 장담 이후, 정말 멀쩡한 한 남자가 바보처럼 낄낄거리면서 웃더니, 아예 일라이자의 집밖에서 밤낮으로 서성대게 된다. 프레디는 일라이자에게 반해버린 것이다. 그녀가 사는 이 거리에 그저 있는 것만으로도 행복하다고 프레디가 부르는 아리아는 아직까지도 사랑에 빠진 많은 연인들의 공감을 자아낸다.

우리는 흔히 첫눈에 반한다는 말을 한다. 그 첫눈에 반하는 시간은 얼마나 될까. 그것은 첫인상의 형성 시간과 거의 같을 것이다. 통계에 따르면 첫인상은 7초에서 10초 이내에 만들어진다. 그리고 그렇게 형성된 첫인상은 90초의 시간에 우리 머리 깊숙이 각인된다. 첫인상이 한 번 각인된 이후에는 좀처럼 바뀌기가 어렵다. 특히나 상대방이 매력적인 이성일 경우에야 완전히 한 꺼풀 씌운 상태가 되는 것이다.

일라이자와 프레디의 첫 만남을 메라비안의 법칙(The Law of Meh-

09 버나드 쇼, 위 책, 83면.

rabian)에 따라 정리해 보도록 하자. 메라비안의 법칙이란 미국의 심리학자 앨버트 메라비안(Albert Mehrabian)이 1970년 저서 『침묵의 메시지(Silent Messages)』에 발표한 것으로, 커뮤니케이션 시 한 사람이 상대방으로부터 받는 이미지는 시각이 55%, 청각이 38%, 언어가 7%에 이른다는 법칙이다. 여기서 시각 이미지는 자세 · 용모와 복장 · 제스처 등 외적으로 보이는 부분을 말하며, 청각은 목소리의 톤이나 음색(音色)처럼 언어의 품질을 말하고, 언어는 말의 내용을 말한다. 이는 대화를 통해 내용을 전달할 때 말의 내용보다는 직접적으로 관계가 없는 요소들이 93%나 차지함을 뜻한다.

프레디는 일라이자를 아스콧 경마장에서 다시 만났을 때, 메라비안의 법칙에서와도 같이 58%의 아름다운 외모와 35% 우아한 말씨로 '아름답고 우아한 여성'이라는 판단을 하게 된다. 특히 처음 7초의 시간 동안 일라이자는 아주 예의 바르고 품위 있게 인사를 하였다. 이때 일라이자의 첫인상이 형성된 것이다. 그리고 90초의 시간 동안, 그 여자는 날씨 이야기를 고상하게 하였다. 이제 일라이자는 프레디에게 아름답고 우아한 여성이라고 완전히 각인된다. 그리고 그 다음, 갖은 은어를 쓰면서 말도 안 되는 살인 이야기를 하고 심지어는 달리는 말에게 궁둥이를 들라고 소리쳐도, 이미 각인된 첫인상은 바뀌지 않는다. 오히려 더욱더 매력적으로 보이게 된다.

일라이자는 비록 그 여자가 의도하진 않았지만, 프레디와의 만남에서 첫인상의 형성과 각인 과정을 성공적으로 수행했다.

4. 한 영혼을 재창조하는 일

드디어 6개월이 흐르고 새하얀 드레스에 높이 틀어 올린 머리, 그리고 가늘고 긴 목을 다이아몬드 목걸이로 장식한 일라이자가 등장한다. 6개월 전 바로 그 자리에 있던 일라이자는 천박한 말투, 검댕이가 묻는 얼굴, 핑크빛 싸구려 털목도리와 이가 들끓는 낡은 깃털 모자, 그리고 걸핏하면 '아우 — '하며 괴성을 지르고, 눈물범벅으로 울음을 터뜨리는, 그야말로 한 마리 짐승 같은 소녀였다. 방이 없다는 가정부 피어스 부인 말에, 심지어 옷은 다 태워버리고 휴지로 말아 쓰레기통에 재우라는 말까지 히긴스 교수에게 들었다. 그 소녀가 이렇게 기품 있는 레이디로 변모한 것이다.

버킹엄 궁의 국제외교 무도회장. 이웃나라 트렌실베니아 여왕님과 그의 아들 그레고리 황태자가 참석한 자리. 대사 부인은 물론이고, 그곳에 모인 귀족들은 저토록 아름다운 일라이자가 누군지 궁금해 한다. 특히 여왕이 일라이자에게 매우 매력적이라고 칭찬하고, 왕자가 무도회의 첫 번째 춤을 신청하게 되자 사람들의 호기심은 극에 달한다. 대사부인은 히긴스의 제자이기도 한 카파티[10]라는 언어학자를 불러 일라이자의 정체를 알아내라고 한다. 일라이자와 춤을 추며 이야기를 나눠 본 카파티가 호들갑스럽

버킹엄 궁
국제외교 무도회장으로 입장하는
히긴스 교수, 일라이자, 피커링 대령
—〈마이 페어 레이디〉에서

게 한 말을 히긴스는 다음과 같이 요약한다.

> **히긴스**: (노래) 외국인이 아니고서야 그렇게 영어를 정확히 할 수 없지. 영국인들은 그게 모국어니까 정확히 할 수 없어. 그녀가 아무리 훌륭한 선생과 공부를 했다 해도 그녀가 헝가리 사람이란 걸 알 수 있다. 헝가리의 왕족이야. 공주님이셔. 그녀의 혈통은 누구보다도 순수하고, 얼굴에는 고귀함이 있지.[11]

—영화 〈마이 페어 레이디〉에서

히긴스의 완벽한 승리였다. 그러나 무도회에서 돌아온 일라이자는 집을 나간다. 자신이 공주가 아님을 누구보다도 잘 알기 때문이었다.

새벽의 코벤트 가든. 예전처럼 일라이자의 이웃들은 꽃을 묶고 야채를 다듬으며 하루의 일거리를 장만하고 있다. 일라이자는 반갑게 다가서나, 같이 꽃을 팔던 친구도, 이웃의 아저씨도 그 여자를 알아보지 못한다.

"꽃 드릴까요, 아가씨."

"택시를 불러드릴까요? 아가씨 같은 분이 이 시간에 다니면 안돼요."

코벤트 가든 뒷골목에서 구걸하듯 꽃을 팔던 소녀를 기억하는 사람은 어디에도 없었다. 그 여자는 돌아갈 곳이 없어진 것이다. 일라이자는 다시 런던의 부촌인 첼시에 위치한 히긴스의 어머니 집으로 가고, 그 사이 냉정하고 자신만만하던 독신주의자 히긴스는 자신이 그 여자를 깊이 사랑

10 원작 희곡에서는 네폼먹(Nepommuck)이라는 이름으로 나온다.

11 원작 희곡에서는 네폼먹이 그녀가 외국인이며, 그것도 자기와 같은 마자르 족인 헝가리 공주님이라고 매우 논리적으로, 그러나 결과적으로는 우스꽝스럽게 설명하는 부분이 나온다. 영화에서는 히긴스 교수가 집에 돌아와 하인들에게 마치 무용담처럼 무도회에서 있었던 일을 요약해서 노래로 들려준다. 인용한 부분은 히긴스의 노래 중 카파티(네폼먹)가 한 말이다.

하고 있음을 깨닫는다.

영화는 히긴스와 일라이자의 해피엔딩을 암시하며 끝난다. 그러나 원작 『피그말리온』에서는 다르다. 버나드 쇼는 희곡에 덧붙인 '후일담'으로 일라이자가 프레디와 결혼하는 것으로 마무리한다. 원작에서 일라이자는 프레디와 꽃집을 운영하며 열심히 살아간다. 버나드 쇼는 말한다. "갈라테이아(조각 여인)는 자신을 만든 피그말리온을 좋아하지 않았다. 그 여자에 대한 그의 관계가 너무 거룩한 것이어서 전적으로 좋아할 수 없는 것이다"[12]라고.

이 영화에서 피그말리온은 히긴스 교수다. 그는 일라이자를 언어 교육으로써 조각한다.

히긴스는 언어 교육을 이렇게 정의했다.

> **히긴스**: 언어를 순화하여 한 인간을 재창조하는 건 의미 있는 일이죠. 분리된 계급과 영혼을 결합시켜 주는 일이니까요.
>
> —영화 〈마이 페어 레이디〉에서

사람이 언어를 만들지만, 언어 역시 사람을 만든다. 언어가 바뀌면 사람도 바뀐다. 우리는 말로 생각하고, 말로 표현하고, 말로 전달하기 때문이다. 언어가 없다면, 우리 자신도 존재하지 않는다.

그 사람이 앞으로 어떤 사람이 될지, 누구를 만나게 될지는 그 사람이 쓰는 말에 달려 있다. 교수는 교수의 언어를, 공주는 공주의 언어를, 꽃 파는 소녀는 꽃 파는 소녀의 언어를 쓴다. 일라이자가 꽃 파는 소녀의

12 버나드 쇼, 앞 책, 327면.

말투를 고치지 않았더라면, 그녀는 평생 런던의 뒷골목에서 구걸하듯 꽃을 팔고 살았을 것이다. 히긴스가 언어학자인 피커링 대령에게 한 말, 당신이 이 소녀(일라이자)처럼 말을 하고 있다면 당신도 지금 꽃을 팔고 있었을 거요, 라는 말은 우리에게 시사하는 바가 크다.

5. 영화 〈귀여운 여인〉으로 변주

버나드 쇼의 희곡 『피그말리온』은 〈마이 페어 레이디〉를 거쳐 다시 한 번 영화로 변주된다. 영화 〈귀여운 여인(The Pretty Woman)〉(1990)[13]이 그것이다.

여자 주인공 비비안은 거리의 여자다. 그는 우연히 할리우드 거리에서 이혼남인 에드워드를 만나 일주일 간 사업상의 파트너가 된다. 에드워드가 기업을 인수하기 위한 미팅을 할 때 여성 동반자가 된다는 조건이다. 물론 에드워드가 백만장자인 만큼 금전적으로 후한 대가를 받기로 한다. 그러나 비비안이 에드워드를 진심으로 사랑하게 되면서 사업상의 관계는 사적인 관계로 발전한다. 에드워드 역시 비비안을 사랑하게 되고 동화 속 왕자님처럼 멋지게 그 여자에게 청혼을 한다. 비천한 여성이 돈 많은 남성을 만나 단번에 신분상승을 하는 것이다. 이 영화는 피그말리온 신화와의 연계성보다는, 한 편의 현대판 신데렐라 이야기로 대중들에게 알려졌다. 영화에서 직접 신데렐라가 언급되기 때문이다.

에드워드를 사랑하게 된 비비안에게 역시 거리의 여자인 룸메이트 루카가 찾아와 다음과 같이 이야기한다.

루카: 진짜 멋있어졌구나. 감쪽같이 새로워졌어. 거리 출신 티는 하

13 게리 마샬 감독. 리처드 기어·줄리아 로버츠 주연. 1991년 골든 글로브 여우주연상을 수상하였다.

나도 안나. 예전에 그랬다는 말은 아니지만.

비비안: 오, 고마워. 돈만 있으면 쉬운 일이야.

루카: 그래. 그 사람은 언제 떠나니.

비비안: 내일. 또 만나자고 하지만 안 만날 거야. 이번에도 다를 바 없어. 그렇지?

루카: 달라. 이럴 수가. 표정을 보니 알 만하다. 그를 사랑하는구나! …이거 큰일났군. 그는 쓰레기가 아니라 부자에다 고상해.

비비안: 그러니까 날 차버리겠지?

루카: 아냐. 그가 또 만나자고 했지? 아마 함께 살게 될지도 몰라. 보석도 사고, 말도 타면서… 잘 모르겠다. 아무튼 잘 될 수도 있어. 가능하다고.

비비안: 언제 가능하단 말이야? 언제 가능하냐고? 누가 잘된 적이 있어? 마리나나 레이첼이 잘 됐어?

루카: 그건 특별한 경우지. 그 애는 마약 중독자야.

비비안: 그럼 누가 잘 됐어? 잘된 사람이 누군지 하나라도 이름을 대 봐.

루카: 나한테 이름을 대라 이거지? 맙소사! 그년 이름이 뭐더라. 아, 우라질 신데렐라!

—영화 〈귀여운 여인〉에서

루카가 '우라질 신데렐라(Cinde—fucking—rella)'라고 말하자 비비안도, 그 말을 내뱉은 루카도 파안대소 한다. 결국 거리의 여자가 돈 많고 고상한 남자를 사랑해서 행복하게 잘 살 수는 없다는 말이다. 그것은 신데렐라와 같이, 어린 소녀들이 읽는 동화 속 주인공이나 가능한 일이다.

거리에서 산전수전 다 겪은 비비안도 루카도 이미 잘 알고 있다.

그러나 그들은 현실 속의 실제 인물이 아닌, 영화 속 인물들이다. 그들은 "그것은 불가능한 일이다."라고 말하고 있지만, 이후 할리우드 영화의 공식에 따라 신데렐라의 성공담을 실현해 보인다. 관객들에게 이 영화는 또 하나의 현대판 동화책이 되는 것이다.

거리의 여자인 비비안은 시종일관 동화적인 분위기를 연출한다. 붙박이 정부가 되어 달라는 돈 많고 잘생기고 성격 좋은 남자의 애원을 당당히 뿌리치는 이유도 어이없게, 아니 지극히 영리하게도 어린 시절 꿈꿨던 백일몽 때문이라고 말한다. 그 여자는 스스로 성안에 갇힌 공주가 되어 에드워드에게 자신을 구해줄 꿈속의 기사가 되어줄 것을 암시한다.

에드워드: 또 만나고 싶어. …아파트도 하나 마련해 뒀어. 차도 같이. 쇼핑하고 싶을 땐 친절하게 대하도록 해놨어. 다 준비해 뒀어. …이젠 거리의 여자가 아니야.

비비안: 장소만 바뀐 거죠.

에드워드: 비비안, 원하는 게 뭐지? 어떤 관계를 원하지?

비비안: 몰라요. 어렸을 때 말썽 피우면 엄마가 다락방에 가뒀는데 그때마다 난 마녀에게 잡혀 성에 갇힌 공주라 상상했죠. 그런데 갑자기… 백마를 탄 멋있는 기사가 달려와 칼을 뽑았고 내가 손을 흔들면 탑으로 올라와서 날 구해줬죠. 하지만 꿈속의 기사는 한 번도 "괜찮아, 멋진 아파트에서 살게 해줄게"라는 말은 안했어요.

에드워드: 난 가야 돼. 하지만 내가 한 얘기를 잘 생각해 봐. 현재로선 그게 내가 할 수 있는 전부야. …나는 한 번도 널 창녀 취급한 적 없어.

비비안: …방금 했어요.

—영화 〈귀여운 여인〉에서

비비안을 떠나보내고, 예상했던 대로 몸이 단 남자는 흰색 리무진을 백마처럼 타고 달려가 칼 대신 접은 우산을 휘두르며 비비안을 부른다. 그리고 오래된 성처럼 낡은 아파트의 꼭대기 층까지 기어 올라가 청혼을 한다. 동화 속 꿈이 한 편의 할리우드 영화를 통하여 관객들의 눈앞에 실현된 것이다.

이 영화의 도입부에서 한 광인은 이렇게 외치고 있었다. "할리우드에 오신 것을 환영합니다. 할리우드에 오는 사람은 모두 꿈이 있어요. 무슨 꿈이냐고? 당신의 꿈은? 당신의 꿈은 뭘까요?" 이 광인은 영화 말미에 다시 나타나 관객들에게 들으라는 듯 또 한 번 외친다. "할리우드로 오세요. 여러분의 꿈은 뭔가요? 모두 할리우드로 오세요. 여기는 꿈의 전당 할리우드! 꿈이 실현되기도 하고 안 되기도 하죠. 하지만 이곳은 할리우드. 계속 꿈을 꾸세요. 시간은 충분하니 계속 꿈을 꾸세요."

그리고 이 꿈과 같은 이야기는 끝난다. 관객들은 동화 속에 빠져드는 어린 소녀들처럼, 이 황당한 '우라질 신데렐라 이야기'의 해피엔딩에 박수를 쳤다.

신데렐라 이야기가 모두 허황된 것은 아니다. 신데렐라의 이야기는 여성 주인공이 등장하는 대부분의 영화와 드라마, 미니 시리즈의 원전이 된다. 비천하지만 매력적인 여성이 능력 있는 남성의 눈에 들어 신분상승을 한다는 것은, 그것이 바람직하냐 아니냐의 가치판단을 떠나 어릴 적 신데렐라 류의 동화를 읽으며 자라난 여성들의 집단 무의식과도 같은 것이다.

그러나 신데렐라도 욕먹지 않으려면 '눈물겨운 노력의 결과'까지는 아니더라도, 행운에 대한 최소한의 자기 합리화의 여지는 주어져야 한다. 남들보다 착하다거나, 구박받아 불쌍하다거나, 고생하고 살았다거나, 하다못해 조상의 묏자리라도 잘 썼다는 납득할 만한 이유가 있어야 한다. 그래야 벼락출세한 신데렐라도 덜 불안할 것이 아닌가. 그러나 영화 속 비비안은 우연히 젊은 갑부를 만나, 재수 좋게 그의 애인이 된다.

현대판 신데렐라는 언니들에게 구박받는 착한 소녀도 아니고, 유리구두를 감추고 기다리는 참을성 많은 아가씨도 아니다. 돈 많은 남성의 선심을 재주껏 이끌어내는 섹시한 여자. 현대 자본주의 사회에서 여성의 성적 매력은 돈과 교환될 수 있는 최고의 가치이며, 돈이야말로 요술할멈의 지팡이 이상의 위력을 발휘한다는 것. 그리고 그것이 우리가 꿈꿀 수 있는 사실상 최고의 꿈처럼 여겨짐을 이 영화는 다시 한 번 확인해 주고 있었다. 결국 영화는 광인의 입을 빌어 관객들의 숨은 욕망을 꼬집은 것이며, 관객들은 기껏 한 편의 영화를 아무 생각 없이 잘 보다가 결국 막바지에 비웃음을 당한 것이다!

내가 공전의 흥행작 〈귀여운 여인〉을 보고 내심 못마땅했던 이유는 사실 따로 있었다. 그 영화는 내가 정말로 좋아하는 영화 〈마이 페어 레이디〉를 조롱하고 있었다.

오페라를 관람하기 위해
한껏 차려 입은 비비안에게
보석 목걸이를 보여 주는
에드워드.

—〈귀여운 여인〉에서

〈귀여운 여인〉은 〈마이 페어 레이디〉와 똑같은 구조를 가지고 있다. 런던 뒷골목에서 꽃을 팔던 일라이자는 "나는 꽃을 팔았지 내 자신을 팔지는 않았어요."[14]라는 그 여자의 말이 무색하게, 할리우드 밤거리에서 몸을 파는 비비안으로 변형된다. 천박한 일라이자를 교육시켜 레이디로 만드는 독신의 히긴스 교수는, 거리의 여자를 플래티넘 카드 한 장으로 단번에 치장시키는 돈 많은 이혼남 에드워드가 된다. 그리고 일라이자가 언어를 공부하고 예절을 익혔던 책으로 가득 찬 서재는 비버리힐즈의 명품 상점이 되고, 비비안은 특급호텔 지배인인 톰슨에게 단기속성 코스로 매너를 배운다. 그리고 속전속결로 보란 듯이 에드워드의 사랑을 얻는다.

시간이 돈인 현대 자본주의 사회에서 스피치와 매너 교육에 반 년 씩이나 투자할 필요가 없다는 것이다. 교육의 힘이 아닌 자본의 힘에 의하여, 6개월이 아닌 단 6일 만에 한 인간을 재탄생시킨다는 것. 비비안 스스로가 친구 루카에게 말했듯이, 돈만 있으면 다 되는 세상이 되어버렸다. 〈귀여운 여인〉은 〈마이 페어 레이디〉의 구조를 그대로 따왔으면서도, 사실은 〈마이 페어 레이디〉를 철저하게 뒤엎고 있었다.

현대의 피그말리온은 더 이상 수공예로 여인을 조각하지 않는다. 그에게는 돌을 다듬는 연장 대신 플래티넘 카드 한 장이 들려 있을 따름이다. 그리고 그 카드 한 장이면 수많은 갈라테이아들이 줄을 선다. 버나드 쇼가 이 영화를 보았다면 아마 기함을 했겠지만, 이것은 후기 자본주의 사회를 살아가는 우리들이 부정하기 어려운 슬픈 현실이다.

14 버나드 쇼, 앞 책, 217면.

찾아보기